地球の中心までトンネルを掘る

ケヴィン・ウィルソン

代理祖父母派遣会社のエースとして、核家族の子どもの「ばあば」を演じて報酬を得ている女性（「替え玉」）。自分の中の発火遺伝子に怯えながら、製菓店の娘に恋する青年（「発火点」）。折りヅルを用いた遺産相続ゲームに挑む一族の男たちと、その審判を務める孫のぼく（「ツルの舞う家」）。大学を卒業し、何者にもなれず生きてきたある朝、ふと裏庭にトンネルを掘り始めた三人の若者（表題作）。――とびきりヘンで、優しく、がむしゃらな人々を描いた11の物語。シャーリイ・ジャクスン賞と全米図書館協会アレックス賞を受賞した珠玉の短編集。

地球の中心までトンネルを掘る

ケヴィン・ウィルソン
芹澤　恵　訳

創元推理文庫

目次

地球の中心までトンネルを掘る

ぼくという人間を造ってくれた、デビー、ケリー、クリステン・ウィルソンに
そして
ぼくという人間に辛抱してくれている、リー・アン・クーチに

草木も繁る、黄昏の、この温気のなか
美しくないものはなく、永らえるものもまたない。

――「熱帯の庭」ジョー・ボルトン

鶏に期待をかけすぎる者は、手酷い幻滅を味わうことになる。

――「卵」シャーウッド・アンダーソン

替え玉

Grand Stand-In

この仕事のコツは、自分は誰かのお祖母《ばあ》ちゃんに成り代わるわけではない、という点を常に心にとめておくことだ。オリジナルのお祖母ちゃんよりもすばらしいお祖母ちゃんになろうと思う必要などない。そう、今までも、そしてこれからも、自分こそがお祖母ちゃんなのだと常に思い込むのだ。その心がけに基づき、どの家族に対しても毎回、しかるべきお祖母ちゃんらしさを提供できるなら、この仕事で充分に身を立てていけるだろう。ただし、ときによって違和感を覚えることがなきにしもあらず。何しろ、仕事自体が一風変わっているのだから。というよりも、正直なところ、ときによってどころか、たいていの場合は一風どころか二風も三風も変わっている、そういう類《たぐい》の仕事だ。

わたし自身は自分の家族というものを築かずに生きてきた。結婚しなかったのは、しなくてはならない理由が見つからなかったからでもある。血縁の者はほとんどが他界してしまったし、存命している者もいるにはいるけれど、今では行き来が途絶えて顔を合わせることもない。買い物も自分ひとりの分だけしかしないので、世の中の人たちにはいかにも、婚期を逃して孤独な生涯に甘んじている女に見えるのだろうが、今のこの境遇にはなんの不満もない。わたしにとってプライバシーはこよなく大切なものだから、ベッドを共にする相手に、その後の人生をわたしと共に歩んでいきたいと言いだされても困るのだ。自分の居場所はひとりで独占していたいし、わたしにはそういう暮らしが心地よい。とはいえ、そうではない暮らしを想像することぐらいは、わたしにもできないわけじゃない。夫と何人かの子どもと何人もの孫がいて、マントルピースには写真がずらっと飾ってあって、クリスマスになると互いの家を訪ねあい、お葬式には大勢の人が集い、わたしの遺産を相続する人たちのいる暮らしを。今の人生に満足している人でも、まるで別の人生にもそうした人生なりの良さがあることは理解できるものだ。だからこそ、実に自然なことに思えたのだ。新聞の求人欄にこんな広告を見つけたときには——**祖母募集します：経験不問**。

そうしてわたしは、〈グランド・スタンドイン〉という核家族対象の祖父母派遣サーヴィス会社のスタッフになった。仕事の仕組みはごく単純だ。今の世の中には、夫婦揃って上昇志向が強く、夫婦＋子どもという家族構成の家庭が次から次へと誕生しているけれど、人口統計上この層に分類される夫婦は、どちらの両親もすでに他界しているというケースが思いのほか多い。その場合、そうした新米の親たちは、わが子は人生における貴重な経験をしそびれているのではないか、と感じている。要するに、祖父母との関わりを持てずにいる、ということだ。そこで、わたしの出番となる。

目下のところ、わたしは南東部の州に暮らす五つの家庭で祖母を務めている。もちろん、家族ごとに果たすべき役割は微妙に異なるのだが、わたしが得意とするのは独り暮らしでいまだに活動的なお祖母ちゃんという役所《やくどころ》だ。たいていは父方の祖母で、夫に先立たれた身で、取りたてて裕福というわけではないけれどそれなりに気楽に暮らしていけて、容色もさほど衰えてはいなくて、手芸が得意ということになっている。実年齢は五十六歳だけれど、求められる役柄に応じて、それより歳上でも歳下でも演じられる。そのほかの細かい点については、クライアントである各家族が会社側と打ち合わせをして造り込む。古い写真にわたしの姿が合成され、思い出が創作され、電話をかけたりかけられたり訪問したりされたりするタイミングが慎重に決められる。派遣先の家庭《ファミリー》を仲間うちでは〝ファム〟と縮めて呼ぶのだが、派遣先が決まるたびにその〝ファム〟の来歴を八代まえまで遡《さかのぼ》って暗記することが求められる。その点は確かに楽とは言えないけれど、報酬は悪くない。ひとつの家庭あたり一年換算で一万ドル近くの収入になるのだ。社会保障制度が破綻しつつある時代にあって、自由に使えるお金があるというのはありがたいことだ。けれども、この仕事に飽きがこない理由はそれだけではない。あの瞬間の気持ちを、どう表現すればいいだろう。長らく他人を迎え入れたことのないわが家の玄関のドアを開けて、まだあどけない少年なり少女なりを迎え入れるときの、あの気持ちを。数日まえからお祖母ちゃんに会うことだけを愉しみにしてきたと言わんばかりの、わくわくどきどきを抑えかねているような表情を見せられたときの、あの気持ちを。そう、一途な熱い視線を浴びるのだ。映画スター気分を味わえるとでも言えばいいだろうか。子どもたちは、〝お祖母ちゃん〟の拡げた腕のなかにまっしぐらに飛び込んできて、いつもの呼び方で〝お祖母ちゃん〟を呼び——もちろん、本名で呼ばれるわけではないけれど——〝お祖母ちゃん〟はしばしのあいだ、子どもたちの〝大好き〟を独占することになる。

呼び名について言うなら、わたしの場合は、ばあば、祖母ちゃん、ヘレンお祖母ちゃま、大っきいママ、それから厄介なことに、もうひとつの〝ファム〟からもばあばと呼ばれている。この仕事を始めたばかりのころは、そんな呼び名で呼ばれてもすぐには返事ができなかったものだが、慣れてしまえばなんということもなくなる。

今夜、各〝ファム〟宛てに今月分のカード書きをしていたときのことだ——ちなみに、カード書きとは、担当する〝ファム〟の構成員のなかで、その月に誕生日や記念日やもろもろの節目や初聖体拝領を迎える者がいる場合に、しかるべきグリーティングカードを書いて送ることを指す。その作業をしていたとき、〈グランド・スタンドイン〉の〝家族コーディネーター〟から電話がかかってきて、新規の仕事を紹介したいのだが、と言われる。「一件目は簡単な業務です」とコーディネーター氏は言う。「期間はほんの六週間ほど、内容は〝延命〟、対象となる子どもも一名だけですからね」

〝延命〟は文字どおり、祖母なり祖父なりがまだ死んでいないことにするサーヴィスで、週決めで利用できる。サーヴィス内容は、祖父母からの週に一度の電話だが、利用するのは主に、祖父なり祖母なりが突然亡くなり、それを子どもに伝えられないでいる家庭だ。祖父母の存命を装うことで、親たちは時間を稼ぎ、そのあいだに子どもにどう説明するべきか、その死をいかに伝えればいいのかを考えるのである。"延命"の仕事には、子どもと直接顔を合わせる"対面"は含まれない。料金は電話一回につき百ドルと悪くはないのだが、どこか不健全な気がして、個人的にはできるだけ引き受けないことにしている。とはいえ、今月から来月にかけては、電話を使う仕事のスケジュールにはかなりの余裕がある、というか、あらりすぎるぐらいだ。使う機会がなければ、声色の技術も錆びついてしまうので、これはちょうどいい訓練だと思って引き受けることにする。

「次の案件ですが」とコーディネーター氏は言う。「通常とは若干、異なるものでして。気持ちの切り替えに長けた人に引き受けてもらう必要があって、それでまっさきにあなたのことが思い浮かんだんです」

「〝対面〟の仕事？」と訊いてみる。

「ええ、回数も多くなります」とコーディネーター氏は答える。「週に一度は〝対面〟の機会を設けたいという希望ですから」

〝対面〟回数が多い案件は、準備に時間を取られる。けれども、〝ファム〟の子どもたちとの絆を確立するのが容易になるという利点がある。報酬もぐっと増える。

「心配ないわ」わたしはコーディネーター氏に伝える。「そのぐらいなら、なんとかなりそうだから。で、通常の案件とちがうというのは、具体的には何がどうちがうの？　ご主人がまだお元気でいらっしゃるとか？」

「いいえ」とコーディネーター氏は言う。「そういうわけではないんです。ただ、〝替え玉〟案件なので」

〝替え玉〟とは、すでに子どもたちと面識のある祖父母が期せずして死を迎えた場合に適用されるサーヴィスだ。ミスの許されないサーヴィスで、利用対象としては通常ではそれまでに祖父母との交流がほとんどなかった〝ファム〟に限定される。〝替え玉〟案件で〝対面〟回数も多い場合、得てして問題が生じやすい。そうなればいちばん傷つくのは、ほかならぬ子どもたちだ。そんな事態は誰だって避けたい。

「少し考えさせて」とわたしは答える。

「でしたら、ついでにもう一点、考慮していただきたいことがありまして」コーディネーター氏はそこで三秒ほど、いや、正確にはたぶん四秒近く、黙り込む。「実を言いますと、本物がいまだご存命なんです」

切り替えの潔さにかけては、誰にも引けを取らない自信がある。派遣スタッフたるもの、〝ファム〟は顧客であることを常に忘れてはならない。顧客にサーヴィスを提供しているのだということを。それでいて、〝ファム〟のひとりひとりを、生まれたときからよく知っている相手であるがごとくに愛さなくてはならない。彼らの存在などこれっぽっちも思い出さずに長い時間を過ごしながら、いざそのときになったら、そんな時間など存在しなかったように〝ファム〟と心を通わせることが要求される。また、いかなる状況に置かれても、了承済みのラインを踏み越えて〝ファム〟の生活に立ち入ることは許されない。淋しいからといって、予定外の電話をかけて驚かせるようなことは厳に慎むべきだし、たまたま近くを通りかかったからという理由で、〝ファム〟の家を訪ねることも禁止事項と心得るべきだ。実生活でも祖父母という立場にある人の場合、このルールをしんどいと感じるらしい。家族はいつだって家族だという思い込みと折り合いがつけられないからだ。でも、わたしたち派遣スタッフにとって、家族はほんの一時《いっとき》、わずか数時間程度のつながりでしかなく、優秀な派遣スタッフであれば、そのことを決して忘れない。

そして、そんな優秀なスタッフのなかでも群を抜いて優秀なのが、このわたしだ。担当する各〝ファム〟からは常にトップクラスの評価を得ている。彼らが会社側に提出する月例報告カードには「彼女が本当にわたしの母親だったらと願わずにはいられません」とか「いっそのこと養母縁組というものはできないのでしょうか?」といったことばが並ぶけれど、わたしのほうは派遣期間が終了したあと、彼らに会いたくてたまらなくなることはない。〝ファム〟のことは愛してはいるけれど、それがどういった愛なのかは自覚している、ということだ。気持ちを切り替えるなどというと、ずいぶんと冷たいことのように思われるかもしれないけれど、それができなければこの仕事は勤まらない。そして、これまで数えきれないほど言われてきたことだけれど、こと気持ちを切り替えることにかけて、わたしの右に出る者はいない。

その夜遅くなって、わたしのほうからコーディネーター氏に電話をかけて「先ほどの仕事だけど、引き受けることにしたわ」と伝える。分け与える相手が多少増えたぐらいで、わたしの愛情は目減りしたりはしない。

数日後、コミュニティセンターで顔を合わせた、ほかの派遣スタッフにその案件のことを話してみる。コミュニティセンターは、わたしたちのような派遣スタッフには何かと得るところの多い場所だ。コミュニティセンターは、優秀な派遣スタッフに必要とされる技能を習得できる講座が無料で開かれている。なんといっても、わたしも毎週、顧客側から高く評価される技能を磨くべく、〝お祖母ちゃんスキル〟関連の講座を受講している。料理、編み物、裁縫（これは個人的に特に苦手としているので）、それにフラワーアレンジメント。より多くを学び、より多くを習得していれば、依頼される仕事の件数もそれだけ増えるというものだ。そうした講座をいくつか受講して、何度か教室に足を運ぶうちに、同じ仕事をしている人の存在に気づくようになる。やけに熱心にノートを取っている人がいれば、たいていは同業者だ。じきに同業者同士、寄り集まって代理祖母限定の読書サークルが結成される。といっても本を読むわけではなく、お互いの〝ファム〟のことを話題におしゃべりをする場だ。

「それで、その〝替え玉〟案件だけど、依頼が来たのは本物のお祖母ちゃまに何か問題でもあるから?」とマーサが訊いてくる。マーサが専門にしているのは、裕福な一族の出で、何度も結婚したことがあって、アルコール依存症の気があるお祖母ちゃんだ。マーサの場合、気持ちを切り替えるのとは正反対のやり方で仕事に臨む。複数の派遣先を抱えながら、どの家庭にも実に自然に入り込んでしまうので、そのつど気持ちを切り替える必要がないのだ。何しろ、予告なしにひょっこりと、しかもたいていの場合は夕食時に訪問したとしても、嫌な顔ひとつされずに快く迎え入れてもらえる、という実績の持ち主だ。わたしの知る限り、マーサはずっとそのスタイルで誰よりも長くこの仕事をしてきている。自分の役所《やくどころ》を、まさに自分のものとしている。

「そこまでは聞いてないけど」とわたしは答える。「もともと家族とあまり折り合いがよくなかったのかもしれない。今後のつきあいはお断りってことで、フロリダあたりに引っ越しちゃったんじゃないかしら」

「ううん、それはないわよ」とマーサは言う。「ありえないもの、お祖母ちゃまのほうからつきあいを断つなんて。引っ越したのは、依頼してきた家族のほうよ。その人、きっと車椅子生活なんじゃないかしら。でなけりゃ、何かしら老人性の病気を患ってて自由に動けないとか。だから、元気なお祖母ちゃまが必要なんじゃない？」

「その依頼、引き受けるつもり？」と別の同業者が訊いてくる。

「もう返事をしたの、引き受けるって」とわたしは答える。「〝替え玉〟案件は気が進まないけど、報酬は悪くないから」

「〝対面〟が週一ペースでセッティングされてるとなれば、そりゃ、いいお金になるものね」とマーサが言う。「そういう話なら、あたしも断らない。ついでに、余計者のお祖母ちゃまの後始末も追加でサーヴィスしてあげちゃう」

その場にいた誰もが屈託なく笑い声をあげる。ひとしきり笑ったところで、マーサがみんなの顔を見まわして、にんまりと笑みを浮かべる。

「心優しいお祖母ちゃまどころか」とマーサは言う。「あたしたちって、とんでもない性悪女よね」


今日は、目下担当している〝ファム〟がわが家を訪ねてくる予定になっているので、さっそく準備に取りかかる。まずは書斎に行って〈ファーガソン家〉というラベルを貼った箱を出してくる。箱のなかには、写真立てに入れた写真、孫たちからの贈り物――これは目立つところに飾らなくてはならない、過去の訪問を記録した索引つきの台帳、それからファーガソン家の面々が好きな料理のレシピが収められている。ファーガソン一家は、わたしのお気に入りだ。孫はふたりとも、利発で、感受性が豊かで、人なつこくて、まさに百点満点のいい子たち。両親は揃って今の状況を大いに気に入ってくれている。そういう両親が何よりもありがたい。両親のどちらかがこちらを常にじろじろと観察しているような状況で、しかもこんなサーヴィスを利用しなくてすめばその分のお金で何が買えただろうかと考えているような視線にさらされながら子どもたちの相手をしなくてはならないようでは、仕事はやりにくいことこのうえない。

しかるべき場所に写真を飾り、コーヒーテーブルに『リーダーズ・ダイジェスト』誌を何冊か置いてから、食事の支度に取りかかる。フライドチキンにマッシュポテト、穂軸についたまま蒸し焼きにしたトウモロコシという昔ながらの懐かしい献立にする。デザートにはココナツクリーム・パイをこしらえる。この仕事を始めるまで、実はパイを焼いたことなど一度もなかった。初めて〝ファム〟に手料理の夕食をふるまったとき、オーヴンから取り出したブルーベリー・パイはほとんど真っ黒焦げの状態で、わたしはそんなときにいかにもお祖母ちゃんが言いそうな言い訳でごまかすしかなかった――「おやまあ、お祖母ちゃんも年齢《とし》には勝てないわね。最近はすっかり忘れっぽくなっちゃって」この手はちょっとした言いまちがいにも使える。たとえば孫の名前をまちがって呼んでしまったり、偽物の祖母としてではなく自分自身の思い出をついうっかり口にしてしまったりしたときには「あら、やだわ、お祖母ちゃんも年齢《とし》だわね」と言えばいい。とはいえ、あまりにも多用すると、アルツハイマー病ではないかと心配させることになり、気がついたときには両親によって葬り去られている、という事態を招くこともある。

ファーガソン一家が到着したときには、彼らに関する情報を何から何までしっかり頭に入れなおしていたから、ミッシーにはバレエの発表会のことを、ティナにはペットのハムスターの様子を尋ねることができる。旅行会社主催の高齢者向けツアーで行ってきたばかりのアイルランド旅行の話をすることも（ファーガソン夫妻は、世界じゅうを飛びまわっているお祖母ちゃんを希望している。子どもたちがさまざまな地域や文化に興味を持つ助けになるから、という理由で）。「ねえ、ばあば、聞いて！」ティナが声を張りあげる。「あたしね、歯の妖精から一ドルもらったの（欧米では、乳歯が抜けたときにその歯を枕のしたに入れて眠ると、歯の妖精が集めにきて代わりにコインを置いていく、という言い伝えがあり、両親が硬貨や紙幣を枕のしたに入れておくのが慣わしになっている）」確かに、前回の訪問のときには全部揃っていたティナの前歯が一本、抜けている。「まああ」とわたしは言う。「それじゃ、ばあばも、歯の妖精さんに負けるわけにはいかないわね」そして財布から二ドル取り出して、ティナに差し出す。この分の払戻しを希望する場合は、報告書を提出するときに必要経費として計上することになる。両親から提出される報告書で支払いの事実が証明されれば、払戻しが受けられることになっている。払戻しは、もちろん、希望するつもりだ。

　夕食後、家族揃ってわたしのアイルランド旅行の写真を見る。といっても、ほとんどが風景や建物の写真で、そこにほんの数枚ほど、デジタル加工でわたしの姿を入れたものが交ぜてある。次に旅行に行くときには一緒に連れていってもらえる？　と孫たちに訊かれたから、こういうのはお年寄りだけが行ける団体旅行なのよ、と答える。「じゃあ、今度のお休みにあたしたちが旅行に行くときに、ばあばも一緒に来てくれる？」ミッシーがそう言って父親の表情をうかがう。ファーガソン氏は肩をすくめ、それからこんなふうに答える――「そうだな、それならなんとかなるんじゃないかな」無料で行ける休暇旅行は、めったにない特別《ボー》手当《ナス》てのようなもの。マーサはちょくちょくその恩恵に浴しているけれど。

　別れ際、わたしは孫たちを抱き締める。ティナの歯を指先で一本ずつ触って、抜けそうになっている乳歯がないかどうかを確かめる。ティナはくすくす笑いながら、わたしにもたれかかってくる。ミッシーはソファに飛び乗り、わたしにぎゅっと抱きついてくる。ほかの人が見ていないときにこっそりと、ミッシーの服のポケットに一ドル紙幣を二枚、滑り込ませてやり、人差し指を唇に当ててみせて、これはふたりだけの秘密だと知らせる。玄関先で両親が夕食に招待してもらった礼を言う。「いつでも歓迎よ」とわたしは答える。何時間かを共に愉しく過ごせたのだ、わたしとしても満足だ。親たちのなかには、子どもを通してしかわたしに話しかけてこない人たちもいる——「さあ、みんな、お祖母ちゃんにさようならのご挨拶をするんだ。おいしいお料理をご馳走さまでしたって言ったか？」でも、ファーガソン氏はわたしのことを〝母さん〟と呼び、別れ際には実の母親にするようにわたしを抱き締める。彼らを見送るため、ポーチに出て手を振る。すると、両親に連れられていたミッシーがくるりと向きなおり、こちらに向かって駆け戻ってくる。「ばあば、ばあばのこと大々大好き」とミッシーが言う。ばあばもミッシーのことが大々大好きよ、とわたしは答える。それが口先だけのことばではない証拠に、ファーガソン一家のことを忘れるのに、それからなんと四時間もかかる。写真の入った額をひとつずつ箱に戻しながら、わたしにはほかにもまだ四組ほど、同じように愛情を注いでいる家族がいることを自分に思い出させないとならない。

本社のオフィスでコーディネーター氏と会って、新たな案件について詳しい説明を受ける。件《くだん》の〝替え玉〟案件を依頼してきた家族は、新興の富裕層で、インターネット・ブームの恩恵にたっぷり浴し、業界が急激な下り坂に突入するまえに手際よく離脱した口だという。依頼人夫婦は今や、あり余るほどの資産を手にしていると言っても差し支えない身分で、それが代理祖母との〝対面〟を週に一度という頻度で設定できる理由でもある。「それで――」

「その期に及んでも、どうしても気になるので、わたしはコーディネーター氏に尋ねる。「このご夫妻が派遣を依頼してきた理由は？　本物のお祖母さんには何か問題となるようなとんでもない行動癖があるとか？」コーディネーター氏は首を横に振る。「それについては、おそらく、深く考えないのが最も望ましい対処法かと」そう答える彼に、わたしは指摘する。あなたの眼のまえにいるのはプロの代理祖母であり、持てる能力を存分に発揮するためにも起こりうる問題を事前に予測し、本物の祖母と同じ運命をたどることは避けなければならないのだ、と。「込み入った事情がありまして」とコーディネーター氏は言う。「ええ、それを承知のうえで訊いてるの」とわたしは食いさがる。それでようやく、コーディネーター氏はその込み入った事情について説明する。

依頼主のビーマー夫妻は、新規まきなおしを希望している。幼い子どもがひとりいて、裕福な身分となった今、それまでの人生を忘れたがっているのだという。それまでの人生もさほどみじめなものではなかったけれど、かといって人さまに自慢できるものでもないらしい。今ではご主人はセーリングと登山三昧の日々を送り、奥さんのほうはヨガとチャリティ活動に力を入れ、子どもには日本語を習わせている。人も羨むような優雅な暮らしぶりだ。そのなかで唯一、優雅とは言えない存在が実の祖母、ということになるらしい。ビーマー夫妻の血も涙もない情け知らずぶりをオブラートにくるんで言うなら、実の祖母は、要するにごく当たりまえで、きわめて平凡な人物だということだ。

その祖母は二年まえ、凍りついた段差だかどこだかで足を滑らせて転び、腰骨を骨折した。ビーマー夫妻はやむを得ない選択として、彼女を介護施設に預けることにしたのだが、最近になって今度は脳卒中を起こしたのだという。ビーマー家の娘は六歳で、祖母が介護施設に入所して以来、一度も顔を合わせていない。両親としては、そんな娘が、祖母の変わり果てた姿を眼にして深刻な精神的ダメージを受けることを恐れている。だからこそ、新規まきなおしを希望しているのだ。娘と心を通わせ、一生涯大切にできる好ましい思い出を残してくれるような祖母を迎え入れることを。

「なるほど、そのビーマー夫妻っていうのは――」わたしはそんな仕事が自分に勤まるのかどうか、いまだに測りかねている。「要するに、ひとでなしってことよね」

「それは言い過ぎというものです。昨今の祖父母というのは、ただいればいいだけの存在ではありませんから」コーディネーター氏が事実を指摘する。「祖父にしろ祖母にしろ、一緒にいて愉しい人物でなくてはならないんです。家族の生活を、なんらかの意味で豊かなものにしてくれる人物であることが求められます。年長の家族に対する恩義や責任なんてものは、今や時代遅れの発想になりつつあるってことですね」

「そう、わたしたちにとっては好都合なことに」

「ええ、非常に好都合です」とコーディネーター氏は言う。「まだ存命中の祖父母の替え玉を提供する。これは需要がありそうですね。新たな切り口からマーケットを開拓できるかもしれない」

「代理派遣《スタンドイン》じゃなくて、生前交換《トレードイン》とか？」とわたしは言う。

「それ、いいですね」コーディネーター氏は満足そうにうなずく。

わたしはしばらくのあいだ黙ったまま、渡されたファイルの中身をぱらぱらとめくる。そして、こんな恥ずべき仕事を自分は本当に引き受けたいのだろうか、と考える。それから、依頼主のうちの子どものことを考える。この女の子には、すてきなお祖母ちゃんがいてもいいのではないか？　わたしなら、この子のすてきなお祖母ちゃんになれないだろうか、たとえ一時《いっとき》のまがいものだとしても？　それに、この案件はどうにも気に喰わないと激しく思いながらも、心の片隅では、難題に敢えて挑んでみたいと思っている自分がいる。手品のトリックさながらの鮮やかな手際で本物とすり替わり、さらにはそこになんらかの改良を加えたいと思っている自分が。

「気に喰わないんですね、依頼主夫妻のことが？」とコーディネーター氏が言う。

「ええ」

「それでも、向こうには気に入らせてみせる、と思ってるんじゃないですか？」とコーディネーター氏は尋ねる。

「ええ」とわたしは答える。「そのつもりよ」

その後、キャルと食事に出かける。キャルは六十四歳で、派遣スタッフのなかではトップクラスの実績の持ち主だ。今も十四組の家族を受け持っていて、その受け持ち件数だけでも、それに次ぐ件数を抱えるスタッフより六組も多い。キャルが扮するのは立派な肩書きつきの難しい役所《やくどころ》が多い。勲章を授与された戦争の英雄で、現職を引退した医師で、六十歳以上限定のシニア・マラソンの優勝者。とくれば、まさに難関中の難関としか言いようのない取りあわせだろう。そして、訊いたことがないので理由はわからないけれど、どういうわけか、わたしに対して並々ならぬ好意を抱いてくれている。「ぼくが若かったころ、きみはどこに隠れていたんだい？」ときどき、そんなふうに言ってくる。わたしはこんなふうに答える——「人気者はあっちこっち飛びまわるのに忙しくて、わたしのことなんか、眼に入らなかったんだと思うわ」

わたしが新規で担当することになった〝ファム〟のことが、キャルはどうも気に喰わない様子だ。この仕事をするにあたって、キャルは自分のなかで明確な倫理規定を設けている。たとえば、派遣先の家庭に入る際には必ず、実の祖父の人生の一部分を自分の役柄に取り入れることにしている。そうすることで、その家庭の子どもに、より真実に近い家族の歴史を提供しようと心がけているのだ。それと、それぞれの家庭を訪問する際には、充分に間隔を空けて日程を設定し、そのあいだに息抜きをして、訪問した日の記憶をしっかりと頭に刻み込む——でも、それはただ単に気持ちの切り替えが下手だってことの言い訳にすぎないんじゃない？　わたしはそう言ってキャルをからかうのだけれど。そう、キャルならば、替え玉案件は絶対に引き受けたりはしない。

「だったら、どうしてこの仕事をしてるの？」とキャルに訊いてみる。「お金が必要ってわけでもないでしょうに」

「ああ、確かに、ぼくは金《かね》を必要としているわけじゃない」とキャルは答える。「でも、ぼくのほうが、ぼくを必要としてもらいたくてね。誰かの役に立ちたいんだよ」

どう答えていいかわからないので、わたしは黙って呑みものを口に含む。

「今夜はうちに泊まっていくだろう？」とキャルが尋ねる。

「そうね」とわたしは答える。

店を出るとき、わたしは急に大事なことを思い出して、ロビーの公衆電話に駆け寄る。

「孫に電話をしなくちゃいけないんだった」とわたしは言う。「お祖母ちゃんはまだ元気だって、坊やに信じてもらわないと」


数日後、わたしはビーマー夫妻と直接会って、会社が言うところの〝初顔合わせ《ミート・アンド・グリート》〟をする。〝初顔合わせ〟と言っても、実際には、ただ単に初めて顔を合わせるだけではない。双方が契約書の各事項に同意し、どの程度の関係性を築くかについてレヴェルを調整し、過去の思い出について今後持ちあがってきそうな問題点をつぶし、前もって互いの結びつきを深めておくのだ。そこまで入念に準備してこそ、子どもは派遣スタッフを本物の祖父母だと信じ込む。また、この面談は派遣スタッフにとっても依頼者である両親にとっても、子どもに〝新しい〟祖父母の存在を知らしめるまえに手を引く、最後のチャンスでもある。夫妻が待っている部屋に入るまえに、わたしは今回の面談の最中にトラブルを引き起こしかねない感情、要するにこの案件に対する不信の念を、残らず引っ張り出して廃棄する。そうしたうしろ向きの気持ちをまとめて流氷に載せて、はるか彼方の大海原に押し出し、手を振って別れを告げるところを思い浮かべる。一度廃棄してしまえば、もう二度と戻ってこないことには自信がある。それを終えて、気持ちの整理がついたところで、わたしは部屋に入る。この先、心から愛することになる人たちに会うために。

ビーマー夫妻はとても魅力的で、とても礼儀正しく、わたしを家族の一員に迎え入れることにもとても前向きだ。わたしとしてはふたりに対して嫌悪感を抱いてしまうことを危惧していたけれど、実際に会ってみたふたりは、そんな気持ちを直視せずにすみそうな長所を持ちあわせている。「常識はずれなお願いだということは、よくわかってます」とビーマー氏は言う。「実は二年ほどまえから考えていたことなんです」そこで思わず、顔をしかめそうになる。実の祖母が腰骨を骨折したのが、確か、二年まえではなかっただろうか。それでも、わたしは笑みを絶やさない。「でも、そこは慎重に検討しました。うちのグレタにこの種の経験をさせるべきかどうか、簡単に判断できることではありませんからね」そこで、ふたり揃って満面の笑みを向けてきたので、わたしはこんなふうに言う。「そうですね。でも、個人的に言わせていただくなら、マイナス面よりもプラス面のほうが大きいと思いますよ、ええ、はるかに。何度か対面を重ねて、お嬢さんがご自分の日常に新たに加わった人物を心から歓迎している様子をご覧になれば、おふたりともその点を実感できるのではないかと思いますけど」ビーマー夫妻は揃ってうなずく。背中を押されたことで、自分たちの決断力と情報収集力と問題解決能力に対する自信を深め、すっかり意を強くしている。

「よし、だったらもう迷うことはないな」ビーマー氏はそう言うと、期待のこもった眼差しをビーマー夫人に向け、ビーマー夫人もこくりとうなずく。「では、心から言わせてくださ い。あなたを家族の一員に迎えることができて、ぼくらは本当に嬉しく思います」そこで差し出された手を握るため、椅子から腰を浮かせたとき、ビーマー氏が最後にもうひと言つけ加える――「母さん、どうぞよろしく」ビーマー夫妻はふたり同時に笑い声をあげるけれど、わたしは自分の眼が思わずすうっと細くなるのを意識する。それでも、もちろん笑みは絶やさないし、伸ばしかけた手を引っ込めたりもしない。ビーマー氏と握手を交わしながら、この部屋を出ていけるようになるまでの秒読みをひそかに開始する。胸のうちに、強烈な怒りとこの案件を引き受けてしまったことへの罪悪感が舞い戻ってきているのを感じる。これはきっちり抑制しておかないと、この先トラブルの種になりかねない。

「なんのちがいがあるって言うの?」マーサが訊いてくる。ジン&トニックをきこしめしているマーサは、その時点でほぼできあがっていて、開いた本を上下逆さまに持っている。

「何が問題なのか、あたしにはさっぱり理解できないんだけれど」

「だから、そのお祖母さんは死んでないってことでしょ」あきれたように、アンジェラが言う。アンジェラも派遣スタッフの一員だ。

「あら、でも、あたしたちにとっては同じじゃないの、死んでようとまだ死んでなかろうと」

「だけど、その〝ファム〟にとってはちがうわよ。実際にまだ生きてるんだから」とアンジェラが言い返す。

「いいえ」わたしは口を挟む。「あの人たちにとっても死んでるのよ。そこが問題なの」

「そんなこと、問題になんかなるもんですか」とマーサが言う。

「ええ、問題にはさせないつもりだけど」とわたしは言う。それでも、まだ不信の念をすっかり拭い去れた気はしない。自分の能力の衰えを感じる。


一週間後、家族の思い出をすっかりお復習《さら》いして、さらにもう一度お復習《さら》いしてから、わたしは〈グランド・スタンドイン〉の本部から車の貸し出しを受ける。グレーの車体のキャデラックだ。派遣スタッフに貸し出される車は、キャデラックかオールズモビルと決まっている。二十五分ほど車を走らせて、ビーマー家に到着する。今回は初めての対面なので、子どものグレタが慣れ親しんだ場所を選んだほうが負担が少なくてすむだろう、という配慮からだ。ドライヴウェイに車を入れると、ルームミラーで自分の表情を確認し、納得してから車を降りて玄関まで歩く。玄関ではビーマー家の人たち――ビーマー夫妻とその娘が待ち受けている。「ほうら、お祖母ちゃまがいらしたわ」ビーマー夫人は興奮気味に声を張りあげるけれど、わたしはあくまでも笑みを絶やさず、軽くうなずいて言う。「ええ、来ましたよ」

ビーマー夫妻は娘をそっとわたしのほうに押しやる。「お祖母ちゃまに、ご挨拶するんじゃなかったかな。『こんにちは』って」とビーマー氏は言うけれど、グレタは言われたとおりにしない。

父親にしがみついたまま、父親の片方の脚の陰にすっと隠れる。「ほら、どうした？ 『こんにちは』だろう？」父親は繰り返すけれど、グレタはさらに身体を引いて父親の背中にすっかり身を隠してしまう。「お祖母ちゃまのこと、覚えてない？」とわたしは話しかけてみる。グレタの警戒心を解くには、こちらの声を聞かせて、怖がらなくてもいい相手だということを理解してもらわなくてはならない。父親の陰からグレタが顔をのぞかせたので、ようやく顔を見ることができる。事前に渡された写真で見ていたよりも、ずっと愛らしい。ブロンドの巻き毛に大きなブルーの眼。こんな子どもなら誰だってほしいと思うだろうけれど、あまりにも完璧すぎて生身の子どもとは思えないぐらいだ。「お顔がちがう」とグレタが言い、ビーマー氏がその場を取りつくろうべく、言ったところでなんの役にも立たないことを言おうとしたので、わたしはすかさず答える。「ええ、あなたもそうよ。このまえ会ったときは、まだ赤ちゃんみたいにちっちゃかったんだもの。本当に大きくなったこと。あのときの赤ちゃんと同じ女の子だなんて、お祖母ちゃま、とても信じられないわ」

グレタは父親の背後から姿を見せて、こちらに近づいてくる。でも、わたしは無理に抱き寄せようとはしない。もちろん、抱きあう姿を見せるほうが、両親は安心するだろうとわかってはいるけれど。「お祖母ちゃまのこと、覚えてない？」とわたしは言う。グレタはその大きな眼でわたしをじいっと見つめてくるけれど、ここでひるんではいけない、と自分に言い聞かせる。次の瞬間、グレタは身を寄せてきて、子どもの短い腕をわたしの首にまわしてくる。これで状況はぐっと楽になった。あとは万事スムーズに、わたしにはお馴染みのいつもの手順で、なんの問題もなく進んでいくことだろう。わたしたちはもう、ひとつの家族なのだから。

マーサが担当していた家族から、ある日突然、葬られる。マーサにとっては思ってもいなかった展開で、呆然としている。あのマーサがそこまで？　と思うほど、動揺してもいる。派遣スタッフは誰しも、早い遅いの差こそあれ、いずれは葬られる日がくることを知っている。子どもが成長して、祖父母を訪ねることが愉しみではなく義務になってくると、親たちはそろそろ次の段階に進む頃合いではないかと考えはじめる。家族としていつかは向きあわねばならない局面、つまりは死だ。担当のコーディネーターから、派遣先の某家庭でこのたび家族の構成を縮小することになったと知らされるのは、なんとも奇妙な体験だ。死という終末を迎えても、子どもは——今やすっかり成長してしまっているわけだが、それでも——祖父母のことを忘れない。そもそも、それこそが両親が当初から希望していたことなのだ。〝ファム〟の両親は新聞の訃報欄に死亡の告知を出し、葬儀を執り行い、遺灰を入れた壺を居間のマントルピースのうえに安置する。わたしたち派遣スタッフのほうは、仕事上の空いてしまった穴が別の〝ファム〟によって埋まるのを、淡々と待つ。それがマーサの場合、祖母としてまさに脂の乗りきっていた時期にお役ご免を申し渡され、ある日突然に〝ファム〟から切り離されたものだから、ショックのあまり酒浸り寸前というところまで落ち込み、担当しているほかの〝ファム〟を困惑させている。

「冗談じゃないわ、このあたしが葬られるなんて」というのがマーサの言い分だ。「葬られなくちゃならないようなことなんて、何ひとつしてないってのに」

「亡くなるってのは、自然の成り行きよ」とわたしは諭す。「いずれは誰でも死ぬんだもの、わたしたち全員、ひとり残らず」

「そりゃ、あなたはそうかもしれないわ」刺々しい口調でマーサは突っぱねる。「でもね、あたしはほんとにうまくやってたのよ。あたしにはずっとお祖母ちゃんでいてもらいたいと思ってるから、〝ファム〟のなかの誰よりも長生きすることになりそうなぐらいだったのよ。そのときのために、あたしの名前を遺言状に書いてひと財産遺してもらおうと思ってたとこなんだから」

「でも、少なくとも突然だったわけだから」とユージニアが言う。「前もって徴候を用意する手間は省けたってことよね。みんなのまえでめまいがするふりをするとか、シャワーを浴びてるときに足を滑らせて転ぶとか、レントゲン検査のときに怪しげな影が見つかるとか、その手の仕込みをしなくてすんだじゃない？」

「どんなふうに亡くなったの？」とわたしは尋ねる。

「それが最悪なのよ」とマーサは答える。「眠っているあいだに死んだの。安らかに」

「あら、でも、それって悪くないじゃないの」とアンジェラが言う。

「あたしはスカイダイヴィング中の事故で死にたかったのよ」とマーサは言う。「でなけりゃ、銀行強盗に失敗して殺されちゃうとか」

「葬られるのも、この仕事のうちよ」とわたしは言う。「今回みたいなことにも慣れておかなくちゃ」

「それはそうかもしれないけど」マーサはそこでまた呑みものをもうひと口呑む。「この歳になっちゃったら、無理よ。あたしたち、葬られることに慣れるには、お婆ちゃんになりすぎちゃったのよ」


今夜は、わたしがビーマー家で過ごすことになっている。グレタとふたりでボードゲームをして遊ぶ。盤上の巨大なショッピングモールに各自の駒を進めて、ゴールド・ランクのクレジットカードで買い物をする。ゲーム盤の世界では、ありとあらゆるものに法外な値段がついている。わたしにはとてもじゃないけれど、納得できる値段ではないものだから、ゲームに負けてしまう。でも、それでいい。お祖母ちゃんたる者、ゲームでは常に孫に負けるべきなのだ。ビーマー夫妻は、わたしが到着したときにはいたけれど、そのあとは姿を見かけていない。うちにいることはいるようだけれど、どこかに引っ込んだまま出てこないのだ。そう、あのふたりは、わたしの家を訪ねてきたときも、電話をかけなくちゃならないからとか、急に用事を思い出したとか、何かと口実をこしらえては席をはずして長いあいだ、戻ってこない。ひょっとすると、祖母ではなく単にベビーシッターがほしいだけなのではないか、という気がしはじめているところではあるけれど、そのことを面と向かって言おうとは思わない。

両親のことはさておき、グレタのほうは、もう、注文のつけようもないほどかわいい。グレタが習ってきた日本語で数を数えるのを聞くのもお祖母ちゃまの役目だが、あまりにも早口で——イッチィニィサンシィゴゥ——たぶん、自分でも何を言っているのかわかっていないのではないかと思う。でも、わたしにはそれがむしろ微笑ましく思える。そもそも年齢的にまだ早すぎるのだ。わたしとしては、グレタがそんな習い事を強制されても親が期待したほどには上達していないことが、まだ年端もいかないほんの子どもだということが、嬉しい。

毛糸を使ってあやとりをしてみせる。グレタはわたしの手元に長いことじっと眼を凝らしていて、それからそろそろと片手を伸ばし、毛糸と毛糸のあいだに慎重に差し入れてくる。毛糸をさばいて形をこしらえてみせたとたん、グレタの笑い声が弾ける。元気いっぱいの笑い声だ。わたしも釣り込まれて、思わず元気いっぱいの笑い声をあげてしまう。われながら、これはなかなか耳に心地よい笑い声だと思える。ほかの〝ファム〟のためにも、この笑い方をいつでも実践できるよう、日ごろから練習しておくことにする。

それから、グレタとビデオを見て過ごす。わたしには何がなんだかわけがわからない代物だけれど、すっかり面喰らっているわたしをよそに、グレタは鮮やかな色の大きな塊が画面いっぱいに跳ねまわるのにあわせて、歌を歌っている。疲れると、膝に這いあがってきて、こちらの胸に顔を埋《うず》める。そのままゆっくり揺すってやっているうちに、わたしはそろそろ家に帰らなくてはならない時刻だということに気づく。今週末にミード家の人たちがわが家を訪ねてくる予定なので、その準備をしておかなくてはならない。でも、グレタを起こすのがしのびなくて、もう何分間かそのまま坐っているけれど、それでもいよいよもうそれ以上ぐずぐずしていることが許されない時刻になってしまう。

「ねえ、お祖母ちゃま、おやすみなさいのお歌、歌ってくれる?」ベッドに連れていって寝かしつけようとしたとき、グレタにそうせがまれる。わたしはその場に凍りつく。

「おやすみなさいのお歌? どのお歌のこと?」おっとりとした優しい口調で訊き返してみる。頭のなかのファイルを猛然と繰って、それこそ眼の色を変えんばかりの勢いでその歌とやらに関する情報を探しながら。記憶力が衰えてきているのだろうか? 仕事に対する勘が鈍ってきているのだろうか?

「なんのお歌かわからないけど」とグレタは言う。「でも、寝るときにいつも歌ってくれたお歌があるでしょ?」

その瞬間、頭のなかにぱっと、ある光景が浮かびあがる。子守唄を歌う実の祖母とグレタ、本物の愛情で結ばれた本物の祖母と孫の姿が。わたしはその光景を頭から振り払う。

「あのね、グレタ、お祖母ちゃまは歳をとっているでしょう? それで、いろいろなことをすぐ忘れちゃうのよ。そのお歌のことも、よおく考えてみないと思い出せそうにないから、今夜はこんなお歌でどうかしら?」

わたしは〝おやすみ、アイリーン〟を歌う。わたしの声は低いし、歌を歌うとなれば繊細な表現力にも欠けている。コミュニティセンターでは確か歌唱講座も開講されていたはずだから、来期は忘れずに申し込むこと、と頭のなかのメモ帳に書きつける。グレタがようやく寝入ったので、ほっぺたにそっとキスをして子ども部屋を出る。出ていくときに「おやすみ、愉しい夢を見るのよ」と声をかけるけれど、もちろんグレタには聞こえない。ただ、わたしがそう言いたかっただけのことだ。

階段を降りて、トレーニング・ルームに向かう。ビーマー夫妻はそれぞれフィットネス・マシンにまたがり、いつ終わるとも知れない運動を続けている。

「歌のこと、事前に聞かされていなかったけど」とわたしはふたりに伝える。

「えっ？」ふたりは揃って声をあげ、ふたりのまたがったフィットネス・マシンのたてる音がいくらかゆっくりになる。

「歌よ、歌」とわたしは言う。いくらか興奮気味の口調で。「くそいまいま――ええと、その、つまり子守唄よ。わたしがいつも歌ってやっていた子守唄があるそうね」

「初耳だわ、そんな子守唄があったなんて」とビーマー夫人が答える。「あの子が想像して言ってるだけじゃないかしら」

「必要な情報は事前にすべて伝えておいていただかないと」冷静さを失わないよう懸命に自分を抑えながら、わたしは言う。「うまくいくものもうまくいかなくなります。今回の派遣が失敗に終われば、全員がとんでもなく苦い思いをすることになるんですよ。お嬢さんが以前に経験なさっていた交流の性質が、こちらに伝えられている以上にこまやかなものだった場合――」

「ちょっといいかな、母さん」とビーマー氏が言う。「これだけははっきり言えるけど、母さんをうちの家族に迎え入れるにあたっては、ぼくらだって努力してるんだ。母さんに負けないぐらい、いや、それ以上かもしれないな」

「だったら、子守唄のことは調べてもらえますね？」わたしは詰め寄る。

「いや、それはその……調べるといっても、ぼくらには調べようがないことだし……」ビーマー氏は、にわかに歯切れが悪くなる。

「でしたら、けっこうです。その部分はこちらで処理できることだと思いますから」と言ってしまってから、自分の立場を思い出す。わたしは一企業の一従業員であり、この人たちはわが社の顧客なのだということを。眼のまえに垂れかかってきた髪の毛を払いのけて、わたしは笑みを浮かべる。そして「すみませんでした、つい」と言う。「それでは、これまでのところ、お嬢さんはわたしの存在に満足していると考えてもいい、ということですね？」

「もちろんですとも。あの子はあなたのことが大好きよ」とビーマー夫人が答える。彼女がまたがっているフィットネス・マシンがもとどおり、最大限の幅で揺れはじめる。

「だったら、今後もそう思ってもらえるよう、精いっぱい努めます。それから、これからはもう、今回のような些細なことでおふたりをわずらわせることはないとお約束します」

「ありがとう、母さん」とビーマー氏は言う。ドライヴウェイに停めた車まで歩いて戻るあいだに、わたしは気持ちを切り替え、ビーマー夫妻に向けていた愛情をすっぱりと断ち切る。自分でも驚くほど簡単にできてしまう。それからグレタに向けていた愛情も断ち切る。完全に断ち切るには、車を運転して〈グランド・スタンドイン〉の本部に戻るまでの所要時間を残らず費やすことになる。それでも最後には、あの子のことも記憶から閉め出すことに成功する。自宅に帰り着いたときには、あの子守唄のことしか考えていない。わたしは自分に言い聞かせる、これは純粋により良いサーヴィスを提供するためなのだ、と。子守唄を知りたいと思うのは、〝お祖母ちゃま〟としての立場を揺るぎないものにするために必要だからにほかならない、と。それでも、わたしは心の片隅でそれとは別のものを望んでいる。ビーマー家の本物の祖母に会いたいと思っているのだ。

派遣スタッフは、祖父母業務を遂行するにあたって支障となるような健康上の問題を抱えていないことを証明するため、月に一度の健康検診を義務づけられている。予期していなかった問題が発見された場合、会社側には当該スタッフの引きあげに向けての準備期間が必要となるからだ。

「最近、何か気になるようなことはありませんでしたか？　新たにストレスの元を抱え込んでしまったというようなことは？」鉛筆でカルテを叩きながら、主治医が訊いてくる。「ストレスの元なら次から次へと舞い込んできますよ」とわたしは答える。「昨夜は予定にはなかったのに、ティナの話を一時間も聞いてあげなくちゃなりませんでした。あの子の飼っていたハムスターが死んでしまったもんだから。歴《れつき》とした時間外労働だわ」主治医はもう一度、カルテを鉛筆で叩いて「血圧が高いな」と言う。「高血圧はさまざまな病気の原因になりますからね。ご自分でも充分に気をつけてください。穏やかな気持ちで過ごすように心がけるといいですよ」わたしの気持ちはいたって穏やかだ。穏やかすぎて、診察室を出たあと、通路を抜けて、派遣コーディネーター氏のオフィスに入り、彼のまんまえにでんと腰を降ろして、ビーマー家の実の祖母が暮らしている施設の住所を教えてほしいと頼んだときでさえ、気持ちは毛ほども乱れない。

「どうかしてます」とコーディネーター氏は言う。「そういうことは、どうかしている人の言うことです。あなたはどうかしている人じゃない。プロでしょう、この仕事の」

「観察したいのよ、ただそれだけ」わたしはコーディネーター氏を言いくるめにかかる。「ちょっとした身振りとか、ふとしたときのことば遣いとか、そういうことが知りたいの。きっと役に立つと思うのよ、子どもの気持ちを確実につかんでおくという面でも、疑いを持たれないようにするという面でも」

「疑われてるんですか、派遣先の子どもに?」コーディネーター氏は、椅子から跳びあがらんばかりに驚く。

「まさか」わたしは声を張りあげて否定する。「なんの心配もないわよ、子どもに関しては。わたしのことをとても慕ってくれてるし。いいえ、子どもだけじゃなくて、家族のみんながわたしのことを慕ってくれてるわ。だけど、どうしても実のお祖母ちゃんに会う必要があるの。子守唄のことを教えてもらわないと――」

「はあ？」

「子守唄よ。女の子が覚えているの、お祖母ちゃんに子守唄を歌ってもらってたことを。両親にはまったく心当たりがないそうなの。だから、ともかくその施設の住所を教えて」

「何を根拠に、わたしが知っていると決めつけるんです？」とコーディネーター氏は反論してくる。

「だって、知ってるんでしょ？」

コーディネーター氏はうなだれる。そして、コンピューターの画面をわたしのほうに向け、コマンドをいくつか打ち込む。次の瞬間には、知りたかった情報が画面のうえに現れている。

「いいですか、わたしは外部に漏れたら馘首《くび》になりかねないことをしてるんですからね」とコーディネーター氏はぼやく。

だから「わたしはプロよ」と言ってやる。「なんなら、実のお祖母ちゃんに、わたしがあなたのお祖母ちゃんだって思わせることもできるわよ」

コーディネーター氏はにこりともしない。「いいえ、そういうことはしないでください」と言う。「子守唄を教えてもらったら、それ以上の長居は慎むように」

「ねえねえ、ばあばはどっちが好き？」マカリスター家のピーターが訊いてくる。「ぼくとジュリーと、どっちのほうが好き？」ジュリーもソファによじ登ってきて、わたしの答えを待ち受ける。「ふたりとも同じだけ好きよ」とわたしは答える。「ばあばはどの孫のことも大好きだし、好きの量はみんなぴったり同じなの」それは限りなく真実に近い。

今夜、わたしのベッドで一緒に横になっているときに、キャルがこんなことを言う。「たまにはふたりで夫婦として派遣されるってのも、悪くないんじゃないかな。このところ、祖父母が揃っていることを希望する家族が増えてきてることだし。今、担当している〝ファム〟のなかには、なんと、父方と母方の双方あわせて四名の派遣をうちの会社に依頼してきてる家庭もあるぐらいだからね」わたしはキスでキャルの唇をふさぎ、発言権を奪い取る。「ねえ、つきあってもらえない、例のお祖母ちゃんに会いにいくのに？」キャルは首を横に振る。そして「いや、それは遠慮させてほしい」と言う。「その件には関わりたくないんだ」と言われれば、わたしとしては説明せずにはいられなくなる。そのお祖母ちゃんにはどうしても会わなくてはならないのだということを。その人に会っても自信を失わずにいられたら、自分がこの世で最低の人間だという気持ちにならずにいられたら、これまでどおり、自分に言い聞かせることができる気がする。わたしならもっとすてきなお祖母ちゃんになれるはずだ、どんなことがあっても妥協をすることなく、あくまでも完璧なお祖母ちゃんを目指すのだ、と。

「そもそもこの仕事を辞めてしまうこともできるんだよ、ぼくらは」とキャルがわたしに言う。「こんなことはすべて放り出して、もっと普通に暮らしたっていいんだ」

「でも、報酬面では恵まれてるじゃない？」とわたしは答える。

「金《かね》のことなら心配いらないよ」とキャルは言う。

「わたしはこの仕事が好きなの」と言ってみる。「やりがいを感じるのが好きなの」

「いや、この仕事が好きってわけじゃないと思うな」とキャルが言う。

「だったら、こう言えばいい？　仕事だってことを忘れてしまえる瞬間が好きなの」

「それこそ、ほかの人たちが実生活で経験していることじゃないか」

「いいえ、ちがう」とわたしは言う。「だから、みんな、わたしたちを雇いたがるのよ。たとえお金と引き換えであっても、わたしたちの愛情を必要としてるのよ」


「ビーマーさんのご家族とお友だちづきあいをさせていただいているんです」介護施設の看護師には、そんなふうに説明する。「ずいぶん昔から、親しく」

看護師はうなずき、わたしを案内するため、先に立って廊下を進んでいく。あまりにも簡単にことが運ぶものだから、拍子抜けしてしまうけれど、人というのは実は自分が言われたことを信じたがっていて、ただ信じるための口実を探しているだけなのだと気づく。

ベッドのうえで上体を起こして坐っているビーマー老夫人の姿を眼にしたとたん、わたしはもう少しでまわれ右をして介護施設から出ていきそうになる。わたしとはまるで似ていない。痩せぎすで、薄くなりかけた頭髪は真っ白でこしがなく、眼は落ち窪んでいる。その姿をまえにして、わたしは落ち着かない気持ちになる。いったい全体どうして、グレタはこの人とわたしが同一人物だと思い込んだのだろう。けれども、すぐに胸の奥から湧きあがってきた誇らしさが、最初の戸惑いを消し去る。わたしはそのぐらい巧みに本物に成り代わったのだ、グレタが信じて疑わないぐらい。部屋に足を踏み入れると、老夫人が微笑みかけてくる。わたしも笑みを返す。看護師が出ていってしまうと、老夫人の笑みがいくらか翳り、そこに困惑の色が加わる。そして、老夫人はこう問いかけてくる。「失礼ですけど、あなた、どなた?」わたしは口を開きかけるが、とっさにことばが見つからない。「息子さんのご家族とおつきあいさせていただいてる者です」ようやくそれだけ答える。老夫人の顔に微笑みが戻る。「おや、まあ、そうでしたか。それはそれは」と彼女は言う。

わたしはビーマー夫妻に頼まれて、家族の暮らしぶりを伝えるために訪ねてきたのだと告げる。「淋しがってますよ、みんな」と言い添える。「そうね、わたしも淋しいわ」と老夫人は言う。「会いたいと思ってるのに、なかなか会えないもんだから」わたしはグレタの写真を何枚か取り出してみせる。わたしが撮ったものだ。祖母なら見たがるだろうと思って。「これは誰?」と訊かれて、切なさに胸が締めつけられる。ここで暮らしているあいだに、急激に症状が進んでしまったにちがいない。「グレタちゃんですよ」とわたしは答える。「あなたのお孫さんでしょう?」老夫人は首を横に振る。「これは孫のグレタじゃありません」それに反論するだけの気力が、わたしにはない。老夫人はベッド脇のサイドテーブルに手を伸ばして写真立てを取りあげ、こちらに渡してよこす。「その子よ、グレタは」老夫人がそう言って、写真に写っている女の子を指差す。ブロンドの髪に前歯が二本抜けている小柄な女の子が、ビーマー夫妻に挟まれて立っている。でも、グレタではない。

わたしはめまいを覚える。話をどんなふうに続けていけばいいのか、わからなくなってしまう。「この女の子が、お孫さんなんですか?」と尋ねると、老夫人はうなずく。「ここに会いに来てますか?」と尋ねると、それにもうなずく。「ええ、月に一度は」と老夫人は答える。「息子夫婦は猛烈に忙しい人たちでね、仕事の手が離せないもんだから、運転手を雇ってグレタだけここによこすの。ふたりで愉しい時間を過ごすんですよ。この部屋で、ふたりきりでね。ほら、ご覧になって。グレタはなかなか別嬪《べっぴん》さんでしょう?」確かにそのとおりだと答えながら、わたしはこれまでに耳にした情報の断片を頭のなかで整理し、組み合わせて、ようやく理解する。なんと念の入った計画だろう。たちまち胸が悪くなる。孫の派遣サーヴィスを利用した二重の替え玉なんて。

「ねえ、あなた、どうかなさったの?」ビーマー老夫人が問いかけてきているけれど、わたしは答えない。まだ幼い小柄な女の子がひとりぽつねんと車の座席に腰かけ、この介護施設に送られてくるところが思い浮かび、その光景から眼が離せなくなっている。家族のなんたるかについても、愛情のなんたるかについても、充分に理解しているとは思えないような年齢の女の子が、その未熟で未分化な感情を心のなかから切り離し、車のなかに置き去りにして、まだ一度も会ったことのない祖母を見舞うために介護施設の玄関に入っていく――その姿を、わたしは心のなかで追いかける。今の今まで、わたしは誰よりも難しい仕事をしていると思っていたけれど、そうではないのかもしれない。もしかしたら、この世で何よりも簡単な仕事なのかもしれない。

「ねえ、ちょっと、もしもし？」ビーマー老夫人がもう一度、声をかけてくる。わたしの注意を引き戻そうとして。

「はい？」自分がひとりではないことにようやく気づいた人の唐突さで、わたしは返事をする。内心では、一分一秒でも早くここから出ていきたいと思いながら。

「何かご用がおありになるんでしょう？　どうしてわたしに会いにいらしたの？」

ここを訪ねてきた理由を思い出し、なんとか気持ちを立てなおそうとする。「ええ、実は」とわたしは答える。「子守唄を歌っていただけないだろうかと思いまして。そのお願いにあがったんです。グレタちゃんに聞かせてあげたくて」

「おや、まあ、歌うのは別にかまいませんけど。そう言われてみれば、もう長いこと、あの子には子守唄を歌ってあげてないわ。おねだりされなくなったもんだから」

わたしはテープレコーダーを取り出す。老夫人は穏やかな優しい声で、月は古いグリーンチーズでできている、といったような歌をそっと口ずさむ。取りたてていい歌だとも思えないけれど、その歌いぶりには心がこもっている。伝えたいことがあって歌っているような歌い方だ。そう、伝えたいことがあるのだ。わたしにはそう思える。歌が終わると、わたしはテープレコーダーのスウィッチを切って帰り支度をする。

「息子たちに伝えて、たまには顔を見せてほしいって」とビーマー老夫人は言う。わたしは黙って部屋をあとにする。

ある派遣スタッフが、ほんの何ヶ月かで仕事を辞める。「なんだか自分が娼婦になったような気がするのよ」と言い残して。

「冗談じゃないわ」とマーサは言う。「娼婦なんていたって気楽な商売じゃないの」


わたしはビーマー家の玄関のドアをノックしている。しばらくして、ビーマー氏がなかから出てくる。

「あれっ？　やあ、母さん」ビーマー氏は眉間に皺を寄せ、こめかみに人差し指を当てる。

「ええと……今日は何か予定があったんだっけ？」

「今日、ある人に会ってきたの」

「ある人？」

「そう、あなたのお母さまに」

「なるほど。でも、そういうことはしてほしくなかったな」

「なぜなの？」とわたしは詰め寄る。「どうして娘には新しい祖母をあてがい、母親には新しい孫をあてがうの？」

「その件については、日を改めて話しあいませんか？」ビーマー氏は明らかに困惑し、気分を害している。「いや、むしろ、いっさい話しあわないほうがいいのかもしれない」

「異常だとは思わないの？」

「いいえ、思いませんね」とビーマー氏は言う。苛立ちを隠そうともしないで。「異常でもなんでもない。ぼくらはグレタの人生を豊かなものにしてやりたくて、そういう祖母にいてほしいと思った。ぼくの母にはおよそできないことをしてくれる祖母が望ましいと思った。だから、探しだせるなかで最高の祖母を探しだして、グレタに引きあわせたんです」

「それがわたしだったわけね」

「そう、あなたです」とビーマー氏は言う。「だが、ぼくは母のことも愛しています。それでグレタの代わりをしてくれる子どもを探して、月に一度、母のところに面会に行ってもらうことにしたんです。会社から届く月例報告書と、母から送られてくる手紙を読む限り、母はとても満足していて幸せだということがわかります。何もかも、ものすごくうまく運んでいるんです。グレタだったら恥ずかしがって、ろくに話もできないでしょう。人見知りの激しい子ですからね。その点、派遣スタッフのあの子は、テレビの仕事をしてた経験があるとかで、実に堂に入ったもんです。すばらしいのひと言に尽きます。そうです、あなたのように。ぼくらは、家族には最高のものを与えたいと思った。そして、それを手に入れたんです」

「お母さまには一度も会いにいってないの？」とわたしは尋ねる。

「会いにいけば、いろいろとややこしくなるだけですから」とビーマー氏は答える。「血のつながりがあるからと言って、必ずしもその人の愛情を納得して受け入れられるとは限りません。ぼくには、これ以上、母に会い続ける理由がないんです」

「でも、あなたのお母さまなのよ」とわたしは言う。

ビーマー氏は今度もまた眉間に皺を寄せて、怪訝そうな顔をする。「ちがいますよ、ぼくの母はあなただ」そしてかぶりを振る。まるでわたしが聞き分けの悪い子どもで、そんな子ども相手にことばを尽くして説明することに疲れてしまったとでもいうように。

「そのうち、そうは言えなくなるかもしれないわね」

そこで、ビーマー氏は腕時計に眼をやる。「いいですか、ひとつ言わせてください。あなたは最高の祖母だ。でも、代理祖母はあなたしかいないわけじゃない。別の人に変わってもらったっていいんですよ」

「同じ手が二度も通用するとは思えないけど」

「その点はご心配なく」とビーマー氏は答える。「今や、ぼくらのほうもコツがわかってきましたからね」

ビーマー氏もわたしも、互いに相手がひるむのを待って黙り込む。わたしの担当コーディネーターが、ビーマー家からかかってきた電話を受けているところが眼に浮かぶ。それから、わたしのお粗末な仕事ぶりが書き連ねられた報告書が、今後の契約に与える影響について考える。けれども、何よりも心に重くのしかかっているのは、ビーマー氏のような人物に対してこんなことを認めるのはなんとも業腹でならないけれども、馘首《くび》を申し渡されるのはこたえる、ということだ。おまえはもう必要ないと宣告され、人の役に立つ機会を奪われ、誰からも慕われなくなるのは、あまりにもつらい。ビーマー夫妻に対してどんな感情を抱こうとも、それでもやはりわたしは彼らに慕われ、必要とされることを望んでいる。「わかったわ」結局はわたしのほうが折れる。「ごめんなさい。今日はどうも虫の居所が悪いみたい」

「おやおや、なんだか本物の家族みたいじゃないですか」とビーマー氏は言う。そして、わたしを抱き締める。「いいんです、それで。家族ってのは、そういうときに遠慮なく八つ当たりするためにいるんですからね」

　グレタに会わせてもらえるかと訊くと、屋内《なか》に通される。わたしは二階にあがって子ども部屋をのぞく。グレタはもうベッドに入っているけれど、わたしに気づくと起きあがって笑みを浮かべ、「お祖母ちゃま！」と声をあげる。わたしはベッドの端に腰を降ろす。そして、今日は録音テープをこしらえてきたのよ、と言ってテープレコーダーを取り出してグレタに手渡す。再生ボタンを押して、グレタとふたり、しばらくのあいだ本物の祖母が歌う子守唄に聴き入る。「そうそう、これ。このお歌」グレタはそう言って手を叩く。それから、もうしばらく耳を傾けたところで、こんなふうに言う――「ねえ、これ、お祖母ちゃまのお声？」わたしはうなずく。「これがあれば、子守唄が聴きたくなったときに、いつでも聴けるでしょう？」と言う。「子守唄を聴いて、ついでにお祖母ちゃまのことを思い出してちょうだいね」わたしたちはもう一度、テープを再生する。そのうちにグレタは寝入ってしまう。

　わたしは階下に降りて玄関のドアを開ける。「それじゃ、母さん、気をつけて」ビーマー夫妻の声に送られて、わたしは戸外《そと》に出る。

キャルに電話をして、その日の出来事の一部始終を話す。

「ひどい話だな」とキャルは言う。

「ええ」とわたしは答える。「わたしもひどい気分」

「そっちに行くよ」とキャルは言うけれど、わたしとしては来てもらいたくない。今はひとりきりで、考えるべきことを考えなくてはならないときだ。

「愛してるよ」とキャルは言う。

「やめて。そういうことは言ってほしくないの」と答えて、わたしは電話を切る。


キャルと話をしたあと、わたしはそれぞれの〝ファム〟の資料を収めてある箱を残らず運び出して、廊下に一列に並べる。他人の人生の断片であり、自分の人生の断片でもあるそれらの箱を眺めながら、この箱が全部なくなったら、わが家はさぞかしがらんとした空間になるだろうと考える。この仕事に就いたとき、わたしは自分の人生を組み立てなおすために、それまで家にあった私物をすべて処分した。どれも、わたしの個性を物語るものであり、祖母としての人格とはかけ離れたものだ。それでも、未練はなかった。何ひとつ残さず、きれいさっぱり処分した。ということは、担当している家族のすべてから葬られたときには、この家は仕事を始めるまえよりも、もっとずっと空っぽで味気ない空間になるということだ。

担当している家族から初めて葬られたのは、この仕事を始めてまだ間もないころだった。

契約が終了したあとも何週間か、わたしはその〝ファム〟の箱を手元に置いておいた。担当のコーディネーターから、その家族の資料を返却するように言われたとき、わたしはこのまま手元に置かせてほしいと頼み込んだ。そうしておけば、それぞれの家族のちがいを常に把握しておけるので、複数の家族を担当しても混同しないですむから、という理屈をつけて。「でも、あのご家族はあなたをあの世から呼び戻すつもりはありませんよ」コーディネーター氏のその忠告めかしたことばに、むらむらと怒りが湧きあがった。「わかっているわ、そんなことぐらい」とわたしは言い返した。「別にあの世から呼び戻してもらうのを待ってるわけじゃありません。ただ、ほかの家族と混同したくないからだって言ったでしょう?」結局、資料の箱はそのまま保管していてもかまわない、ということになった。

それから何週間か過ぎても、その家族のために覚えたこまごまとした事柄が、無意識に頭に浮かんでくる日が続いた。ほんの些細な、取りたてて意味のないことだったけれど、どれもがその家族の個性ともいうべき情報だった。たとえば、その家の女の子が朝食に食べたがるものはどんなものかとか、男の子には興奮したときについ語順を入れ替えてしゃべってしまう癖があるとか。そんな状態がいつまでも続くので、わたしは自分で自分をたしなめた。「あの人たちはもう、あなたの家族じゃないんだから」その瞬間、胸の奥で心臓がぎゅっと縮みあがったような気がして、わたしはその場に凍りついた。「いいえ、そうじゃない、あの人たちは一度としてわたしの家族だったことはないのよ」わたしは声に出してそうつぶやいた。その翌日、わたしは資料の箱を返却した。

午前二時を過ぎていたけれど、わたしはかまわずにコーディネーター氏をポケットベルで呼び出す。数分後、コーディネーター氏から電話がかかってくる。

「いい話なんでしょうね、こんな時刻に呼び出すぐらいだから」欠伸を嚙みころしながら、コーディネーター氏が言う。

「葬って」とわたしは言う。

「これは夢だ。夢にちがいない。今のことばは聞かなかったことにします」

「いいから、わたしを葬ってちょうだい」とわたしは言う。

「少し落ち着いてください」コーディネーター氏の声には、もう眠気の名残は感じられない。「その件については、明日の朝になってからもう一度ゆっくり話しあいましょう。要するに、ビーマー夫妻のことがどうしても好きになれないんですね。ええ、それはよくわかります。確かに、わたしもあの夫婦は好きになれません。でも、好きになってくれる人がひとりぐらいは見つかるでしょう。こちらでできる限りの手当てはします。で、あなたは晴れてビーマー家にとって死んだ人間になる。これで満足ですか？」

「全部の派遣先で葬ってほしいの」とわたしは言う。「もうこれ以上、お祖母ちゃんをやりたくないのよ」

「ちょっと、ちょっと待ってください。そんなことをしたらどんな問題が持ちあがるか、あなたはまったくわかってない。あなたとわたしだけで処理できる問題じゃありませんよ。会社としての責任がかかってくるんです。そんな勝手な要望は、コーディネーターとして断じて許可できません」

「だったら、いいわ、自分で担当家庭に電話するから」わたしはコーディネーター氏に通告する。「ついでに孫たちにも、あの子たちがまだ知らないことをいくつか教えてやってもいいかもしれないわね」

「ずいぶんなことを言いますね」とコーディネーター氏はのたまう。「それは歴とした背信行為ですよ」

「だったら、わたしを葬って」

受話器から何も聞こえてこないまま、一分が経過する。

「もう復帰はできませんよ」とコーディネーター氏が言う。

「ええ、それでけっこうよ」

「わかりました」コーディネーター氏は心底うんざりしている口調で言う。「あなたは死にました。関係先には明日、通知を出します。どうぞ安らかにお眠りください」

わたしは書斎の椅子に坐っている。もちろん、ひとりきりで。死んだという実感はない。それから明日、起こるであろう出来事について考える。親たちはわたしを担当していたコーディネーター氏に向かって声を荒らげ、祖母の愛情とやらを得るためにこれまでどれだけのお金を注ぎ込んできたと思っているのかと憤慨し、それなのにその愛情をこんなふうにいきなり没収されるのはあまりに理不尽ではないかと責めたてるだろう。それから子どもたちを呼び集めて伝える、お祖母ちゃまが、大っきいママが、ばあばが死んだことを。子どもたちは泣きだすだろうから、親としては人の一生というのはそういうものなのだと言ってなだめなくてはならない。人は誰しもこの世に生まれてきて、生きて、そしていつかは死んでいくものなのだ、と。

ひとりで暮らす家にひとりきりでいるうちにようやく、わたしは〝ファム〟のもとを去るのではなく、彼らを失ってしまうのだということが実感できるようになる。それでも、それまであったものを失うという感覚は、最初から何もなかったのだと納得することよりも、なぜか不思議と心地よい。わたしは廊下に出て、〝ファム〟の箱をひとつずつ書斎に戻しはじめる。そして、わたしが派遣されていた先の子どもたちは、月日が経って大人になってからも、わたしのことを覚えているだろうか、と考える。そのときになってもまだ、わたしの顔を鮮明に思い出すことができるだろうか、と。それから、わたしがひとりひとりを、どの子もみんな同じように心から愛していたことを覚えていてくれるだろうか、と考える。なぜなら、どの子もみんな、わたしにとっては大切な家族の一員だったから。わたしたちみんなでひとつの大きな、幸せに満ちた完璧な家族だったのだから。

発火点

Blowing Up on the Spot

ぼくは歩くときに歩数を数えながら歩く。退屈で幸せとは言えない人生を送っているからだ。毎日、工場に出勤するときも、片方の足をもう片方のまえに踏み出すたびに、その一歩ずつに番号を割り振りながら歩く。そうすることで気持ちが落ち着き、おもしろくもない人生がいくらかましになるからだ。弟と一緒に暮らしているアパートメントから工場まで、たったの七千四十五歩で歩けたこともある。ルートは日によって変える。歩幅を大きくしたり、歩き方を工夫してみたりもする。ゲームみたいなもんだ。奇妙で、みじめったらしいゲームだけど、やっているあいだは、なんというか、いくらか愉しい気分になれる。連続するってことは時間にも意味があるってことだと信じられるようになる。おかげで、ぼくは発火しないでいられる。工場に着くまでのあいだ、歩数を数えることで頭がいっぱいで、哀しいことを考えなくてすむ。工場に着くと、建物のまえに並ぶ人の列に加わり、まえの人に続いて仕分け室に入り、それから八時間、アルファベットの雨が降り注ぐなかで過ごす。

ぼくは《スクラブル》の工場でコマを文字ごとに選り分ける仕事をしてる。ぼくの働いている工場はコマを製造しているから、言ってみればハズブロ社の《スクラブル・ゲーム》という生態系における一次生産者だ。工場には大きな仕分け室が五つあって、それぞれの仕分け室で百名の作業員がコマの山を切り崩して、文字ごとに選り分けている。コマは木でできていて、天井にあるシュートから定期的にまとまって投下される。一日のうちに何度か、仕分け室の壁についている青い大きなライトが点滅して同時にサイレンが鳴る。すると、それまで床に這いつくばって各自の担当するコマを集めていた作業員たちが揃って、ぴたりと手を止め、その場で立ちあがり、天井のシュートからAだのJだのRだのが降ってくるのを眺める。文字の刻まれた木のコマは、カチャカチャ、カチャカチャ、カチャカチャと何百人もの人がいっせいにタイプライターを叩いているような音をさせて降ってくる。そして、ぼくはそのコマに膝まで埋まりながら、Qを探して歩きまわる。こう言っちゃなんだけど、まあ、魅力的な仕事ではない。

《スクラブル》ひとセットにつき、Qのコマは一個しかない。もともと出番が少ないからだと思う。〝quack（やぶ医者）〟とか〝quarter（四分の一）〟とか〝quibble（屁理屈）〟なんて単語を作るチャンスはそれほど頻繁にはめぐってこない。《スクラブル》のコマはひとセットで百個だから、その割合で言うと、Qのコマは百個につき一個しか見つからないことになる。つまり、ぼくが千個のコマを仕分けしたとしても、Qはたったの十個しか見つからないってことになる。この仕事でもらえるのは、ささやかな時給プラス各自が一日ごとに集めたコマの数に応じて支給される特別加算手当だから、ぼくがこの仕事を好きになれないのも無理のない話だと思う。二十歳のときからこの仕事をしているから、Qのコマを集めだして、そろそろ三年になる。それなりにコツはつかんだけど、コマの山に手を突っ込んだとき、指先に触れる文字がEやNやAだったりすると、その文字の担当だったらいいのに、と思わずにはいられない。

今日は五十三個のQを集めた。昨日は四十個で、そのまえの日は六十三個。仕分けをしている作業員はベテランになるとコマの文字を点字のように指先で読めるようになる。ぼくもコマを見ないでQを探すことができる。アルファベットの海に両手を突っ込み、木のコマの表面を撫で、指先の感覚だけでQを探す。コマを一個ずつ拾いあげ、表を返して確認して、担当のコマでなければ捨てる、というやり方より効率的だし、ずっと楽でもある。仕分け室の作業員はみんな、動作が忙しない。コマの山に駆け寄り、何度か手を突っ込んだだけで、すぐにまた別の場所に移動する。何も文字の入っていない空白《ブランク》のコマを集めている女の人は――ちなみにその人は二日まえにこの仕事を始めたばかりの新人だけど――コマをつかんでは空白を探しもしないでただ宙に放り投げている。もうやってられない、とでも言うように。そのすぐ横では、無精髭を二日分ぐらい生やして眼を血走らせた若い男が、欠陥品のなんの文字も入っていないコマを探している。このふたりは互いのコマをめぐって言い争ってばかりだ。仕事を終えて帰るときには、ふたりともどこかしらに痣《あざ》をこしらえている。手当のほうは雀の涙ほどにしかならない。

今日も一日の仕事が終わり、作業終了のベルが鳴って、ぼくたちは一列に並ぶ。だけど、

Mのコマを担当してる女の人は、まだ床に這いつくばっている。見ると、ほっぺたが赤くまだらになっている。泣いているのだ。ぼくは思わずそっちに足を向ける。女の人はひとつかみ分のコマを差し出して、ぼくに見せる。一個残らずWのコマだ。「見てよ、レナード、そっくりでしょ？ まったく同じに見えるでしょ？」女の人は弁解するように言う。「うんと注意して、ものすごく気をつけて見ないと区別がつかないでしょ？」彼女はまる一日、自分の担当ではない文字を集めていたのだ。W担当の男が事情を察して駆け寄ってくる。満面の笑みというやつを浮かべて。でも、あとちょっとのところで、M担当の女の人は握っていたコマを部屋の反対側の、まだ分類されていないコマの山めがけて放り投げる。Wのコマはたちまちほかのコマにまぎれ込んで区別がつかなくなる。男はわめきながら、それでもコマの山に頭から突っ込んでいく。ぼくはタイムカードに退勤時刻を刻印し、今日集めたコマを提出して工場を出る。そして、歩数を数えながら家に帰る。

今日は七千三百八十三歩。

ぼくは製菓店の上階《うえ》の小さなアパートメントを借りていて、そこで弟と一緒に暮らしている。製菓店をやっているのはヘディという年配の女の人で、白髪交じりの髪をうしろできゅっとひとつにまとめて小さな引っ詰めに結っている。見るからに優しそうで、穏やかな顔を見ていると、この人はきっとこれまで一度も怒ったことなんかないんじゃないか、という気がしてくる。自分は娘と一緒に店の奥の小さな居住スペースで生活していて、うえの階をぼくたち兄弟に貸している。部屋代はひと月あたり百ドルだ。ここに住むようになって三ヶ月になるけれど、新しい環境にも少しずつ慣れてきたところだ。たとえば、朝は下階《した》のほうから湯気のように立ちのぼってくるシナモンと砂糖の匂いで眼を覚ます、とか。ぼくは一階の店舗に寄って、レモン・ドロップを一ドル分と弟のために一本二十五セントのミント味の棒付きキャンディを一本だけ買う。代金を支払っていると、厨房からヘディの娘のジョーンがチョコレート・タートルのトレイを持って出てくる。ジョーンは十九歳だ。

黒くて細くて柔らかな髪を肩にかかるぐらいまで伸ばしていて、キャラメルそっくりの茶色い眼はいつもきらきらしている。ぼくの視線に気づくと、ジョーンの顔に少しずつ笑みが浮かんでくる。なんだか、ひとつの点から始まった幸せが、じわじわとまわりに拡がっていくみたいだ。ジョーンはトレイに載せてきたチョコレート・タートルをひとつつまんで、ぼくに味見をさせてくれる。口のなかでペカンナッツとチョコレートとキャラメルが混ざりあう。それと一緒に、ぼくは舌の先でジョーンの指紋も味わう。ジョーンはきれいだ。眼のまえに垂れてきた髪を払いのけているところなんか、ここに突っ立ったまま何時間でも眺めていたいぐらいだけれど、店はそろそろ仕事帰りのお客で混みあってきている。お客はこのあたりにいくつかある工場で働く人たちで、長いこと働いたあとは甘いものがほしくなるからか、帰宅する途中でこの店に立ち寄るのが毎日の習慣になっているらしい。ぼくは二階まで階段をのぼる——これでプラス十五歩。アパートメントに入るまえに、ドアに耳を当てて弟のケイレブがいるかどうか、気配をうかがう。聞こえてきた物音で、弟がいることがわかる。

居間で泳いでいるのだ。

　思ったとおり、ケイレブは居間のまんなかで、二脚の椅子のあいだに細長い板を渡し、そのうえにうつ伏せになってストロークの練習をしている。両方の手首に重り《ウェイト》を巻いて。空気抵抗を減らすため、指をぴったりつけて、左右の腕を交互に頭のうえまで振りあげては空中を掻いている。陽に当たらないので、弟の身体は蒼ざめて見える。単なる色白を通り越して、文字どおり抜けるように白い。身体を動かすたびに、その蒼白い皮膚のしたで、筋肉がぴくぴくとうごめく。ぼくが見ていることに気づくと、ケイレブは泳ぎの動きを止めて、にっこりする。ぼくは疲れているし、指先もじんじんしている。つまらない意地を張ることもないので、あっさりとソファに身体を投げ出し、そのまま眠り込んでしまってもかまわない体勢になる。ケイレブは身体をくるっと反転させて板から降りると、四つん這いになってぼくのところまで近づいてきて、額をぼくの額にくっつける。

　ケイレブは十六歳だ。八ブロック先の公立学校に通っていて、水泳チームのスター選手として活躍している。放課後はチームのほかの選手たちと一緒にYMCAで午後四時まで練習する。だから、その一時間半後にぼくが仕事から帰ってくると、アパートメントには塩素の臭いがこもっている。化学薬品っぽい臭いだ。次の競技会で少しでもタイムを縮めるために、弟は眉毛を剃り落とし、頭もつるつるに剃りあげている。そのせいだと思うけど、ケイレブの薄いブルーの、白眼の部分が塩素で充血した眼でじっと見つめられると、なんだかアザラシに、それも生まれたばかりの赤ちゃんアザラシに見つめられているような気がする。

「今日は何歩で帰ってきたか?」とぼくは尋ねる。これはふたりで毎日やっているゲームのようなものだ。

「ええと、そうだな……十億歩とか?」とケイレブは答える。

「多すぎ」

「じゃあ、二歩」

「少なすぎ」

「それじゃ、百万歩」

「多すぎ」

「だったら、千歩」

「少なすぎ」

「なら、十万歩」

「多すぎ」

「うーんと、五千歩」

「少なすぎ」

「一万歩とか」

「多すぎ」

「ってことは、七千歩」

「少なすぎ」

「ならば、八千歩」

「多すぎ」

「わかった、七千、三百、八十……四歩だ」

「惜しい。七千三百と八十三歩でした」

「階下《した》のお菓子屋に入るときの一歩は数えた？」

「数えてない」

「ほらね。やっぱりぴったりじゃないか」

ケイレブはソファのまえのカーペットにうつ伏せになる。後頭部をぼくのほうに向けて、両腕を身体に沿って伸ばし、掌をうえに向けて。ぼくはソファに仰向けになる。片方の腕をだらんと垂らして、指先でケイレブの背中に小さな円を描く。薬品で化学的に消毒した水に長時間つかっているせいで、弟の皮膚は乾燥してうろこのようになっている。そうやって掌をうえに向けていると、手首の傷跡が見える。今は新しい皮膚ができてふさがってはいるけれど、傷自体はけっこう深い。三年まえに両親が死んでから、弟はこれまでに二度、自殺を図っている。二度目のときは、水泳チームの練習中にスイス・アーミーナイフで手首を切ってプールに飛び込み、自由形で百メートル泳いだ。水中に血の雲を棚引かせながら。弟は入院した。三週間して、病院の医師《せんせい》たちはそろそろ退院しても大丈夫だろうと言った。だけど、一度目のときも、同じことを言っていた。弟は気持ちがふさいでいるわけでもなく、哀しみのどん底に沈んでいるわけでもない。ただ精神的に不安定なだけだ。だからこそ、こっちは気の休まる暇がない。《スクラブル》工場の仕分け室でQのコマを探しているとき、急に背筋がぞくりとしたりすると、とっさにケイレブのことを考えてしまう。ぼくなりに、できるだけ弟から眼を離さないようにしている。変わった様子がないかにも気を配っているつもりだ。けれど、もし、もう一度その気になったら、ケイレブはやるだろう。そういう衝動は、抑えることなんてできやしないものだから。

三年まえ、ぼくたちの両親は発火した――そうとしか言いようがない。ある晩、外出先から帰宅するために地下鉄の、ほかには誰も乗っていない車輛に乗り込み、ふたり並んで座席に腰かけていたあいだに自然発火したのだ。その夜のうちに地下鉄の警備員に発見されたけど、ふたりとも腰からうえは真っ黒に焼け焦げていて顔の見わけもつかないほどだった。人体自然発火現象というのは前例がないわけではないが、ふたり同時というのは史上初ということになるらしい。そんなことは知りたくもないのに、それからの何週間かのあいだに何度も耳にすることになった。両親の例はテレビ番組にも取りあげられて、『謎の超常現象を解明せよ』で一時間枠の特集が組まれたりしたけど、ぼくは観なかった。両親をいっぺんにふたりとも亡くすなんて、子どもにとっては救いがないことだけど、亡くなった原因に説明がつかないというのはもっと救いがない。今では、人に訊かれたときにはたいてい、両親は火事で死んだと言うか、ガス爆発事故の巻き添えになったと答える。ぼくの両親はもうこの世にはいない。その事実は受け入れられている。というか、少なくとも受け入れようとはしている。ぼくがどうしても振りきることができないのは、ぼくの身にもいつか同じことが起こるんじゃないか、という不安だ。

人体自然発火というのは実は遺伝的なもので、世代から世代へと受け継がれ、ひっそりと潜伏しつつ発現の機会をうかがっているんじゃないか。たとえばハンチントン病のように、発症するかしないかはある程度の年齢まで待ってみないとわからない、というようなものなんじゃないのか。ある日、《スクラブル》工場でコマを選り分けているときに、急に身体が火照ってきて頬が熱くなって、鼓動が停まり、発火の瞬間を迎えることになるのかもしれない。夜、ベッドに入ってもすぐには寝つけないことがある。そんなときも気がつくと、耳を澄まして身構えている。何かが破裂するような、電気が火花を散らすような、炭酸が弾けるような、そんな音が今にも聞こえてくるんじゃないかと思うと、身動きひとつできなくて、そのまま何時間も、ただじっと横になっている。でなければ、アパートメントのそとの非常階段に坐り込んで、自分が空高く打ちあげられて花火のように破裂し、さまざまな色の光となって空一面にぱあーっと散っていくところを想像する。

今夜もぼくは非常階段に坐って、チョコレート・ドロップをなめながらミルクを飲んでいる。このあたりにはあちこちに工場があるから、排煙に邪魔されて夜空は見えない。煙の雲の向こうからかろうじて射し込んでくる月の光が、おぼろな影をこしらえている。ぼくは眺めるともなくそれを眺める。製菓店の裏手の路地をのぞき込み、端から端まで歩いたら何歩になるだろうかと考える。自分が歩いているところを思い描き、歩数を数えていると、階下《した》のほうからジョーンが非常階段をのぼってくる足音が聞こえてくる。こんなふうにジョーンと会うのが毎晩の習慣になって、かれこれ二週間になる。夜に見るジョーンは、いっそうきれいだ。黒い髪が夜の闇に溶け込んで、顔だけがぼくの眼のまえに浮かんでいるように見える。ぼくたちは非常階段の端に坐り、両脚をそとに垂らしてぶらぶらさせる。ジョーンがぼくの肩に頭をもたせかけてくる。ジョーンは汗と焦がした砂糖の匂いがする。チェリーを山ほど載っけて最後に火をつけて仕上げるお洒落なデザートの匂いだ。ぼくは今日、仕事場であったことを話す。それから家まで何歩かかったかを話す。ぼくの話を聞きながら、ジョーンは自分の髪の毛を一本引き抜いて、口に持っていく。草の葉かなんかをくわえるみたいに。

ジョーンがそうしているところを、よく見かける。たぶん癖なんだろうと思う。ジョーンの髪に触れ、指に巻きつけながら、当人に訊いてみる。ジョーンは黙って微笑むと、髪の毛をもう一本引き抜いて、ぼくに差し出す。それを受け取って、月明かりにかざして眺める。それからそっと舌に載せてみる。甘い。スティックの代わりに髪の毛を芯にしてロック・キャンディをこしらえたら、こんな味がするのかもしれない。一日じゅうお菓子をこしらえているからだ、とジョーンは言う。空気中に漂う砂糖の霧が、髪の毛にまとわりつくのだと言う。そのなんとも言えない甘さをもう一度味わってから、ぼくは髪の毛をポケットにしまう。

いつも店にばかりいるけど、そういう生活を物足りなく思ったことはないの？　と訊いてみる。ジョーンは子どものときからずっと、母親と一緒に製菓店で働いてきた。学校にも通わなかったし、普通の若い女の子がするようなことも何も経験していない。だけど、ジョーンは、この仕事が好きだし、母親亡きあとは自分が製菓店を継ぐつもりでいるのだと答える。「だって、この仕事なら自分が何をすればいいのか、ちゃんとわかるから」とジョーンは言う。「そういうふうに刷り込まれてるんじゃないかな、たぶん」気がつくと、だいぶ時間が経っている。そろそろベッドに入ったほうがよさそうな時刻になっている。ベッドに入ったところで、仕事に出かけるまでのあいだ、まんじりともしないでただ横になっているだけではあるけれど。ジョーンはぼくにおやすみのキスをする。一瞬、ジョーンの舌先がぼくの前歯をかすめる。あっという間の短いキスだ。そしてこちらに背を向けて、非常階段を降りはじめる。その姿を、ぼくは最後まで見届ける。ジョーンがタラップみたいな段々を一段ずつ降りていって――全部で二十四段ある階段の最後の一段まで降りきって、こっそりと自分の部屋に忍び込むところまで。顔が火照っているのが自分でもわかる。ジョーンの姿が見えなくなったあとも、ぼくは非常階段に残って火照りがおさまるのを待つ。でないと、発火してしまうかもしれないから。

Qという文字が秘めている潜在的な力を引き出すためには、Qを使う単語は、〝quartet（四重奏）〟や〝quality（品質）〟や〝queen（女王）〟といったquで始まる誰もが知っている一般的な単語以外にも存在するということを、早めに学習しなくてはならない。たとえば〝qat（アラビアチャノキ）〟〝qaid（族長）〟〝qoph（ヘブライ語アルファベットのクォフ）〟〝faqir（苦行僧）〟あたりを押さえておくと役に立つ。《スクラブル》工場で働いているあいだ、ぼくはQの重要性を目いっぱい膨らませる。ただ単にアルファベットの十七番目の文字だというだけにとどまらない、もっと大きな意味のある存在なのだと思えるよう、最大限の努力をする。必要に駆られてそうせざるを得ない、という面もあるけれど。夜になっても、ぼくの指先にはQの文字が押しつけられている感覚が残っている。痛みを感じることもある。そこまで必死になってQを探すのには、それなりの理由があるからだと思えなければ、ぼくだってやっていられない。

今日、仕事をしているあいだに、ぼくは文字をひとつ盗んだ。Qを探し、またQを探し、ひたすらQを探していた指先が、ふと別の文字を見つけたのだ。その新しい文字を親指と人差し指で挟んで、ぼくは点字を読むように指先で読む――J。Jの輪郭は滑らかだ。すっと伸びた線の最後のところが優雅な曲線を描いている。カーヴを抜ける車のように、ぼくの指先がその曲線をなぞる。Jを自分のものにしたくなる。ジョーンへのプレゼントにしたくなる。OとAとNも見つけて、彼女の眼のまえでJOANと並べて名前を綴ってみせるんだ。周囲を見まわして、Jのコマを担当している女の人を見つける。うつむいているので、髪の毛が顔のまえに垂れかかって視界をふさいでいる。ぼくはJのコマをすばやくポケットに押し込む。コマを無断で失敬する従業員は、実はたくさんいる。なかには長い時間をかけて少しずつコマを盗み出し、フルセット揃ったら、厚紙に定規で線を引いた手製の盤をこしらえ、自宅で《スクラブル》を愉しむという猛者もいる。作業終了の時刻になると、ぼくはポケットに手を突っ込み、Ｊのコマがあることを確認する。そして、その日に集めたコマを提出するカウンターに向かいながら、Ｊのコマを口に入れ、舌のしたに滑り込ませる。工場からそとに出て歩道を歩きはじめても、コマを取り出そうとは思わない。歩数を数えながらジョーンのことを考える。口のなかに彼女を隠したまま。

夜、自分が発火しないようにすることに一生懸命になっているとき、あるいは弟の寝息に耳を澄ましてひと晩明かしてしまいそうになっているとき、ふと地下鉄に乗っている両親の姿が思い浮かぶことがある。見えてくる光景は、毎回ちがう。

たとえば、こんな光景だ。その夜、外出した両親はどこかで食事をして映画を観て、ミルクシェイクを飲み、これから地下鉄に乗って家に帰ろうとしているところだ。ふたりは、ほかに乗客のいない車輛に乗り込み、座席に並んで腰かける。途中で父さんが、母さんをけなすようなことを言う。口にするべきではないと当人もわかっていながら、それでもまあ、ともかく言ってしまう。母さんは小声で言い返す、〝ろくに甲斐性もないくせに〟とか〝男として最低だ〟とかいうようなことを。父さんは坐ったままわずかに身体の向きを変えて、母さんと顔を合わせなくてすむようにする。ここで口にしようものなら、あとあと確実に後悔することになるようなことばを思わず口走ってしまわないよう、懸命に自分を抑えているのだ。父さんも母さんも腹を立てている。ふたりとも相手をぐさりと傷つける残酷で辛辣なことばを探している。父さんの顔は赤黒くなっている。ほとんど紫に近いような色だ。その顔色には見覚えがある。そう、調子の悪くなった電化製品を修理しようとして分解してみたけれど、どうやってもとに戻せばいいのかまったくわかっていないことに気づいたときの顔色だ。そのうち、父さんは頭痛がしてきたことに気づく。胸焼けもするような気がするけど、それは帰りがけにあんな安っぽい店で脂っこい料理を食べたせいだと考える。母さんのほうも、なんとなく身体が熱いような気がするけれど、それはアドレナリンのせいだと考える。父さんを痛めつけてやる方法をあれこれ考えているうちに、頭に血がのぼってしまったのだということにする。車内がだんだん熱くなってきて、じきに息をするのも苦しくなる。父さんと母さんは、ほんの一瞬、顔を見あわせ、その一瞬で互いにもう相手を愛していないことを悟る。ふたりとも眼のまえの相手と同じ駅で降りることが嫌で嫌で仕方ないと思っていることに気づく。そして、次の瞬間、ふたりの身体が火を噴く。そんな光景が見えてくることもある。

工場から七千九百五十四歩で帰ってくると、店のまえにケイレブとジョーンが坐っている。ケイレブは興奮してしゃべっている。やたらと大きな手振りを交え、身体を前後に揺すっている。ジョーンはそんなケイレブの話を、怪訝そうな顔で聞いている。ぼくが帰ってきたことに気づくと、ふたりは弾かれたように立ちあがる。ケイレブに腕をつかまれ、店のなかに引っ張り込まれて階段をのぼる。うしろからジョーンもついてくる。アパートメントに入り、居間のソファに無理やり三人で並んで坐り、色とりどりのグミ・キャンディの入った袋をまわす。「ニュースにならないわけがないよ、レナード」とケイレブが言う。「ほら、やっぱりだ。見て」ケイレブがテレビの音量をあげる。

昨夜、オハイオ州カントンで女の人が自然発火したというニュースだった。今朝になって近所の住人が訪ねていったところ、安楽椅子にひと山の灰とまったく無傷のままの脚部が残されていたらしい。安楽椅子のまうえの天井は焼けているのに、足元に置いてあった新聞には炎に炙られた跡もなく、椅子も表面がわずかに焦げている程度だったという。ニュース番組のレポーターの質問に、超常現象の専門家が答えて、自然発火を起こす人間は身体の内側から火を発するので、火が周囲に及ぶことはほとんどない、と言っている。わかりやすく解説するため、ブタの脂肪でこしらえた蠟燭に火をつけ、それを自然発火した人間の身体に見立てながら、人間の身体は内側から発火すると身体そのものに備わっている脂肪を燃料として燃えるものがなくなるまで燃え続け、最後に灰だけになるのだと説明している。その灰は、遺体を火葬にした場合に出る灰よりも細かくてさらさらしたものになる、とも言っている。

ケイレブは腰を浮かせて、小さなテレビの画面に顔をくっつけんばかりにしている。「父さんと母さんもそうだった」と誰に言うともなく言う。どういうことかとジョーンに訊かれるけれど、今はまだ詳しく説明する気にはなれない。ぼくは立ちあがって歩数を数えながらソファから離れる。うしろからついてくるジョーンの足音に耳を澄ましながら、その歩数も数えている。

その夜、ぼくのベッドで、ぼくの隣に横になっているジョーンに人体自然発火のことを話す。ジョーンの胸とおなかに手を這わせながら、ぼくたちの身体がそっくり同じでまったくちがうことに、気持ちが楽になる。指先に感じるジョーンは柔らかくて温かい。ぼくの身体は硬くて、筋肉質で、張り詰めた神経の塊だ。ジョーンはぼくの身体に散っているそばかすを人差し指で点々とたどる。そうしていると指先からぼくの心臓がどきどきいっているのが伝わってくると言う。それから、ぼくの腰に腕をまわし、ふたりのあいだに隙間がなくなるまでぎゅっと抱き締める。そうやって抱き寄せられたまま、ぼくは話しはじめる。

まずは、人体自然発火が発現しやすいのは独り暮らしの女の人で、これまでに自然発火が原因で死亡したとされている事例のうちの七五パーセントが、女の人だったことを話す。人体自然発火が起こる理由については諸説さまざまあって、なかには放火魔の騒霊《ポルターガイスト》の仕業だと信じる人もいれば、発火念力《パイロキネシス》を持つ霊体が町から町へとさまよい、人の魂を燃やして歩いているのだと解釈する人もいることを話す。インドのラクナウという小さな町では、〝精霊性不審火〟が大発生して、その対応策として災害救済基金の設立が要請されたこともあったという話もする。それから、人間は内臓の動きをコントロールすることで、腹腔内で電気エネルギーの爆発を引き起こすことができるはずだと考えられていて、ローレンス・ブレアの『リング・オヴ・ファイアー』という探検もののドキュメンタリー番組でも、十六世紀初頭のインドネシアで実際にあったことだと紹介されている、ということも話す。ということは、もしかしたら自然発火した人たちは、自分でも気づかないうちにうっかり内臓を動かしてしまったのかもしれない。たとえば、ある日あるとき、椅子に坐ったとたんに、たまたま内臓が意図せずして動いてしまって、それで発火するのかもしれない。そんなことも話す。だけど、ぼく自身も発火するんじゃないかという不安を抱えていることは話さない。なぜなら、そっと重ねられたジョーンの唇はとても柔らかくて、ぼくとしてはいつまでも離れてほしくないから。

たとえば、こんな光景が浮かぶこともある。その夜、外出した両親はとても愉しいひと時を過ごして、これから地下鉄に乗って家に帰ろうとしているところだ。月明かりを浴びて母さんの顔は輝き、父さんは十歳ばかり若返って見える。ふたりは、ほかに乗客のいない車輌に乗り込むと、抱きあってキスをする。互いの耳元で囁きあい、相手の身体に手を這わせるうちに、地下鉄の車内に熱気が立ちこめ、窓ガラスが曇る。父さんも母さんも幸せを感じている。ふたりは愛しあっているのだから。そして、その愛を行動で示していたそのとき、ふたりのあいだで、触れあっていた身体と身体の摩擦で火花が散り、次の瞬間、ふたりは抱き締めあったまま発火する。互いに見つめあっていた眼が、閃光にくらんで何も見えなくなる。そして、ふたりは灰になる。灰になったふたつの身体から煙があがり、ふた筋の煙は途中で混じりあい、ひとつになって地下鉄の車窓から漂い出て、天高く、どこまでもどこまでも、のぼっていく。そんな光景が見えてくることもある。

今日、ぼくは0のコマをひとつ拾う……いや、正確に言うと、拾ったのは三つだ。0のコマを拾うことは普段からよくある。Qと手触りがそっくりだからだ。そんなこともあって、三つぐらいなら拾ったところで大して問題にもならないだろうと考える。実は、そうやって集めたコマを紐でつなげてブレスレットをこしらえ、ジョーンにプレゼントしようと思っている。ジョーンがぼくのほうに手を伸ばしてきてその手を頰に当てるとき、小さな木の板を連ねたブレスレットが彼女の手首を滑るようにあがったりさがったりするところを想像してみる。仕分け室の青いライトが点滅してサイレンが鳴り響き、天井のシュートからコマが降ってくる。ぼくは手を伸ばして、次から次へと掌に当たるコマが指のあいだを擦り抜けていくのを感じ取る。

今日はこれまでのところ、Qのコマはまだ二十九個しか見つかっていない。誰かに〝埋められ〟たのかもしれない。ここでは、そんなことがときどき起こる。たまたまうっかり誰かの気にさわるようなことをしたりすると、されたほうはしたほうが集めることになっているコマをこっそりと先に拾い集め、全部まとめて仕分け室の片隅に隠してしまうのだ。Sのコマを集めている男が、その憂き目に遭ったことがある。ちなみにSのコマを担当しているのは、瘦せていて脚がひょろっと長くて、いつもリコリスの黒いスティックガムを何枚もまとめて嚙んでいるので、歯がないように見える男だ。その人があるとき、Rの文字を集めている男と接触して、はずみで突き飛ばしてしまったことがある。それからの一週間、Sのコマを集めている男は、仕分け室じゅうをくまなく駆けずりまわって探しに探しても、見つけたコマを入れておく袋はほとんど空っぽのまま、という日が続いた。そういうこともあるので、ぼくは終業時刻になるまえに仕分け室のすみずみをひととおり見てまわる。そして、今日はただ単に収穫の少ない日で、ぼくが探したところにはたまたまQのコマが少なかっただけなのだと納得する。作業終了のベルが鳴ると、ぼくは三個のOを口のなかに押し込む。ほかの人たちと一緒にぞろぞろと集めたコマを提出するカウンターに向かっているときに、窓ガラスに映った自分の姿が眼に入る。口元が不自然にゆがんでいて、唇がやけに突き出している。頬が熱くなり、胃袋がでんぐり返り、足がまえに進まなくなる。OのコマをふたつJ、こっそりと吐き出して、コマを入れておく袋にまぎれ込ませる。何か訊かれたら、まちがって拾ってしまったと言えばいい。残りのひとつはしっかりと舌で押さえ込む。カウンターでコマを渡すときにも何も言わない。中途半端な笑顔をこしらえてその場を切り抜け、工場をあとにして家までの歩数を数えはじめる。

七千三百十二歩で帰ってくると、ジョーンが製菓店のまえの歩道に出ている。店は閉まっていて、なかの明かりも消えている。ジョーンの顔を見て、ぼくはこれから聞きたくない話を聞かなければならないのだとわかる。そして、今日の水泳競技会で事故が起こったと知らされる。ケイレブは今は病院にいて、ぼくが行くまでのあいだ、ジョーンの母親のヘディが付き添っていると言われる。足元がふらつき、ジョーンに支えられてかろうじて踏みとどまる。病院に向かうあいだも、ジョーンに支えてもらって歩く。ジョーンの腕に両手で思い切りしがみつく。足が重くて引きずるようにしないとまえに出ないので、歩数を数えるのが難しい。どこで一歩が終わり、次の一歩がどこから始まるのか、はっきりわからなくなる。

病室に入ると、ケイレブはベッドで上半身を起こしている。胸が静かに膨らんだり縮んだりしているので、肺が動いていて呼吸をしていることがわかる。皮膚は蒼白い。いつも以上に蒼白い。しかも、いつものあの抜けるような、心配とは無縁の透明な白さではなく、白いチョークでぞんざいに塗りつぶしたような、むらのある濁った白さだ。ヘディは店に戻っていったけれど、ジョーンはあとに残り、病室のそとの待合室の椅子に坐って、髪の毛を抜いては口に運びながら、看護師が通りかかるたびに呼びとめ、ケイレブのことを訊いている。昨夜、テレビであんなニュースを見たからかどうかはわからないけれど、ともかくケイレブはまたやったのだ。

今日、競技会まえの練習で本番どおりにコースを泳いでみることになったとき、ケイレブは手首と足首に重り《ウエイト》を巻いて飛び込み台にあがった。ほかのコースを泳ぐチームメイトと一緒にプールに飛び込み、彼らが水飛沫《しぶき》をあげてコースを突き進んでいくなか、第四コースのケイレブは静かに身を沈めて、膝を胸に抱え込み、プールの底に坐り込んだ。周囲の騒々しさと派手な水音のせいで、ケイレブが沈んだままだということにコーチが気づくまで、いくらか時間がかかった。といっても、それほど長い時間ではない。せいぜい数分間といったところだ。病院の医師《せんせい》たちも、生命に別状はないし、あとあとまで影響するような障害が残ることもないだろうと言っている。弟の身体から塩素の臭いがする。つんと鼻を刺す強烈な消毒薬の臭いは、防腐処理を施された死体を連想させる。どことなく人工的で、作り物めいた臭いだ。

弟の顔に手を伸ばして、本来なら眉が生えているところの、なだらかな稜線を指先でたどる。弟は眼をつむる。しばらくは退院させられない、と医師《せんせい》たちからは言われている。いくつか検査をして、その検査結果を分析したりしなくてはならないからだ。ケイレブの行動には情緒不安定傾向がうかがえるので、精神状態が少しでも安定するような治療を進めるつもりだ、と説明される。そのことでちゃんと話をしなくちゃいけないのに、ケイレブは口角を無理につりあげた不自然な笑みを浮かべたまま、いつまでもその表情を顔にへばりつけている。ひょっとすると、これがケイレブの望んでいることなのかもしれないと思う。騒ぎを起こしたあと、自分のまわりの世界が不鮮明になり、温かくなり、進みがゆっくりになる、このほんの束の間の時間を弟は求めているのかもしれない。

何を言ったらいいのかわからないので、ぼくはケイレブの手を取って顔に近づけ、ケイレブの匂いを吸い込む。帰り際にケイレブは、ぼくに心配をかけたことを謝る。どこもなんともないし、すぐによくなるからと言う。「わかってはいるんだ、自分がやってるのは馬鹿なことの繰り返しだって」とケイレブは静かな声で言う。「でも、どうしてもやっちゃうんだよ」それはわかっている。わかってはいるけれど、受け入れるのは難しい。それでも、ぼくはたぶん、弟が家に帰ってくるのを待ち、帰ってきたときにはきっと笑顔で迎えるんだと思う。そしてまた同じことが繰り返されるのを、ただ待つことになる。なぜなら、弟もぼくも、ほかにどうすればいいのか、わからないから。

その晩、眼を覚ますと、ぼくは自分の部屋にいる。病院から歩いて帰ってきた記憶がない。アパートメントまで何歩だったのか、本当に歩いて帰ってきたのか、それとも一瞬にしてこの部屋に舞い戻っていたのかもわからない。隣にジョーンが寝そべっている。こちらに手を伸ばしてきて、ぼくの額に手を当てたところだ。熱があるときみたいに、顔だけやけに熱くて、額に重ねられたジョーンの手がひんやりと冷たく感じられる。ぼくは上半身を起こして、ベッドの頭板に寄りかかる。ジョーンは手を引っ込める。窓のそとは真っ暗だ。おぼろな月明かりは、この部屋までは届かない。今ここに存在しているのは、ジョーンとぼくと、ぼくの心の奥底に閉じ込めてあることだけ。それ以上黙っているのが辛くなって、ジョーンに両親のことを話す。ふたりが自然発火で亡くなったことを。

それから、ぼくもいつか自然発火するかもしれない、と打ち明ける。歩数を数えながら歩いている途中で、いきなり発火して歩道に丸い焼け焦げを残して灰になるかもしれない、と言う。話しているうちに頭の芯がずきずきしてくる。なんとなくめまいもする。歩数のことも、アルファベットのコマのことも、砂糖やら塩素やらの匂いのことも、それ以外のことも、ともかく今は何も考えたくない。ぼくは、いつか発火してしまうのだ。この身体が風船のように破裂して、空中に飛び散ることになるのだ。ばらばらになったぼくの破片は地面にひらひらと舞い落ちるだろうけれど、風船の中身のほうは、ぼくという空気は、噴出したとたん大気と混じりあい、溶け込んで消えてしまうのだ。ジョーンは何も言わずにぼくを抱き寄せる。ぼくはジョーンにしがみつき、髪に顔を埋《うず》めて、次の日が始まるのを待つ。

朝になっても、ジョーンはまだぼくと一緒にいる。ぼくのすぐそばにいる。そのことばかりを考えてしまって、自分が本来ならいるべき場所にいないことにしばらく気づかない。本当なら仕事に出かけていなくてはいけない時刻だ。ぼくはこれまで一日も仕事を休んだことがない。そもそも仕事を休むということを考えたこともない。朝になれば、ただ仕事に行くだけだ。ところが、こうして仕事に行かずにジョーンと一緒にベッドに寝転がっていると、こうしていることもそれほどありえないことではないように思える。

陽光がまぶしくて、とうとうジョーンも眼を覚ます。身体をひねってこちらを向き、まだ半分眠ったままの笑顔を見せる。ふたりのあいだには、言うべきことは何もないようにも、数えきれないほどあるようにも思える。だから、ぼくたちは黙ったまま、ただ笑みを浮かべている。階下《した》の製菓店からシナモンの香りがのぼってきて、ぼくたちは温かな空気の流れに包まれる。それで、ジョーンも仕事をしていないことに気づく。本当なら今ごろは母親と一緒に、お菓子を焼いていなくてはならないはずだ。「店に降りていかなくていいの？」とぼくは訊く。「仕事に遅れちゃうんじゃないの？」ジョーンは、答える代わりにぼくのうえに乗ってくる。ぼくの身体をベッドに釘付けにしておいて、「そのことば、そのまま返す」と言う。ぼくは、工場には毎日行かなくちゃならないわけじゃないし、それに工場で働くことだけがぼくの人生ではないはずだ、と答える。そう答えてから、そのとおりだと気づく。自分が今言ったとおり、ぼくは必ずしも工場に行かなくちゃならないわけじゃない。ジョーンも、自分だっていつも階下《した》の店にいなくちゃならないわけじゃない、と言う。「ほかの場所にいたっていいのよ」と言う。「そうしたいと思えば、上階《うえ》にいたっていいわけだし、なんなら一日じゅういたってかまわないはずよ」ぼくたちは声をあげて笑う。そして、窓からそとを眺め、太陽が高くなり、もっと高くなり、もっともっと高くなるのを眺める。

正午《ひる》を過ぎて、ジョーンもぼくもさすがにそれ以上は寝ていられなくなり、服を着て階下《した》に降りる。ヘディが取っておいてくれたシナモン・ロールをふたりで食べてから、ジョーンはエプロンを締めてカウンターに入る。夜になったら、ぼくたちはまた一緒に過ごす。それはわざわざことばにして確認しあわなくても、互いにわかっていることだ。ぼくはそとに出て、歩数を数えながら歩きはじめる。工場ではなく、別の場所に向かって。

五千四十三歩で花屋に着き、ぼくは十二本のチューリップを買う。鮮やかなオレンジ色のチューリップにする。バスに乗って町を離れ、郊外の停留所から三千八十八歩で両親の墓のまえに出る。大きな墓石の両側にチューリップを六本ずつ供える。墓石は、ふたりの名前と生年月日と死亡年月日を刻んだだけのシンプルなものだ。ぼくは眼をつむり、大理石に刻まれたふたりの名前を指でなぞる。指先に感じる文字はどれも、完璧な形をしている。両親が死ぬまえ、ぼくたち家族がどんなふうに暮らしていたかを思い出してみる。ぼくたちが四人で暮らしていた、あの古い家のことを思い浮かべる。工場からも煤煙からも遠く離れたところで四人一緒に暮らしていたときのことを思い出し、今でもまだその家で暮らしているつもりになってみる。ぼくたちは家族揃ってテーブルを囲み、夕食を食べながら話をして笑いあっている。でも、そこから先が浮かばない。思い出はそこで途切れて、消えてしまう。自分の人生を振り返ってみたとき、弟とふたりきりで暮らし、工場に通っていることしか思い浮かばなくなっていることに気づく。それ以外の自分を想像するのが少しずつ難しくなってきていることに。両親が死んでから、弟もぼくも幸せを実感したことがほとんどない。ときどき、そのことを思い出して、ぼくはどうしていいのかわからなくなる。

両親を恨みたいと思うこともあるし、実際に恨んでみることもあるけれど、そういう気持ちは長続きしない。あれは両親にとっても予期せぬ出来事であり、不可抗力だったのだ。あんなふうに世にも奇妙な出来事で家族がばらばらになってしまうことなど、父さんにしろ母さんにしろ、想像すらしていなかったにちがいない。それに、あの出来事がなければ、ぼくの人生は今よりもよくなっていたかもしれないし、悪くなっていたかもしれないし、今とあまり変わらなかったかもしれないけれど、そんなことを考えたところで意味はない。生きていれば、それまで知らなかったことを知るようになる。そのなかにはいいことだってあるはずだ。そんなふうに思えるのは、ものすごく久しぶりのことかもしれない。ぼくたちは与えられたものしか手に入れることができない。ならば、ぼくたちの指先がようやく探り当てたその小さな小さなものを、慎重に探らなければ探り当てられないほどささやかなものを、感謝して受け取るべきなのだ。そのことがようやくわかって、ぼくは笑みを浮かべる。

たとえば、こんな光景が浮かぶこともある。これは、そうであってほしいとぼくが思っていることでもあるし、筋書きとしても納得のいくものだ。ぼくの両親は、ほぼいつも相手のことを想い、たいていの場合は互いに愛しあっている。その夜は満足のいく食事をして、まずまず愉しめる映画を観て、これから地下鉄に乗って家に帰ろうとしているところだ。ふたりは、ほかに乗客のいない車輛に乗り込み、座席に並んで腰かけ、とりとめのない会話を愉しみ、笑いあい、手をつなぎ、互いに詰めあって、ふたりのあいだにほんの少し残っていた隙間を埋める。そのうち車内に熱気がこもり、窓ガラスが曇りはじめる。父さんが見ると、母さんは顔を真っ赤にして、荒い呼吸をしている。それを見て、父さんは出産に立ちあったときのことを思い出す。そのとき、閃光が走り、熱気が炸裂し、母さんは最後にもう一度だけ父さんを見つめる。父さんは母さんの手をしっかりと握ったまま、その手を離さない。ふたりのあいだをさらにもう少し詰め、輝く熱の塊となった母さんに身を近づけ、自分の身体で相手を包み込む。そしてふたり一緒に発火する。ふたり一緒に燃えあがり、煙をあげながら燃え尽きる。そんな光景が見えてきて、その相手を離さなかった姿に納得することもある。

今日、ぼくは仕事を辞めることにする。

《スクラブル》工場の仕分け室にいたぼくは、午後二時を少しまわったところで、コマの山に両腕を突っ込み、両手にあふれるほどのコマをつかみ取って、肩から提げているコマを集めるための袋にざらざらと流し込む。それを何度か繰り返すうちに、袋はいっぱいになり、袋の口からコマがあふれるほどになる。そこで仕分け室を出て、主任にちょっとトイレに行かせてほしいと言う。主任は顔もあげない。コマでぱんぱんになっている袋には関心の〝か〟の字も示さない。

廊下をゆっくりと歩き、主任の姿が見えなくなったところで足を速める。さらに足を速め、もっと速め、もっともっと速める。カウンターの輪郭がはっきり見定められないぐらいに。ぼくを呼びとめる係員の声が音の波になって砕け散ったときには、カウンターのまえを通過してしまっている。出入口のドアを駆け抜け、階段を駆け降りたあと、ぼくはヘディの製菓店に向かって、ジョーンの待っているところに向かって、ひたすら走りつづけることになる。だけど、今はまだそれを知らない。今はともかく走っている。片方の足をもう片方のまえに踏み出しつづけている。このままずっとスピードを落とさずに、いつまでも走りつづけていられそうな気がする。ぼくはとても速く走っている。頭のなかで数えている歩数は、もうぼくの足には追いついてこられない。

今は亡き姉ハンドブック：
繊細な少年のための手引き

The Dead Sister Handbook:
A Guide for Sensitive Boys

第五巻（収録項目：laconic method から near misses まで）

laconic method【ぶっきらぼうメソッド】

一九〇〇年代初頭、当時の今は亡き姉たちによって開発された、自己防衛手段のひとつ。個人の思考や感情をもっぱら内面にて処理し、そこから抽出された本質のみを一語ないしは二語、最多でも三語に集約し、他者の聴取に供する行為から成る。その後、思春期にあるすべての男女から広範に支持されるようになるが、実践面での第一人者はあくまでも今は亡き姉である。とある正午《ひる》下がり、繊細な少年であるあなたは、自室に姉が無断で入り込んでいることに気づく。姉は床に寝転がり、胎児の恰好に身体を丸めている。大丈夫かと尋ねても、姉は眼をつむったまま何も答えない。そして、だいぶたってから「わかんない」と答える。一緒にいてもいいかと尋ねると、「好きにすれば」と言われる。そこで、何も言わずに姉の隣に寝転がり、夕食の時間になるまでそうしている。夕食の席に着くと母親から、ふたりで何をしていたのかと訊かれる。繊細な少年であるあなたは苦しまぎれに、やたら複雑なのに簡単にばれてしまいそうな嘘をつこうとするが、そのとき姉の声がする——「別に」。「別に」とあなたが同じように言うと、姉は笑みを浮かべて、それでいいという合図にうなずいてみせる。

lacrosse【ラクロス】

今は亡き姉はその生前、おしなべて、棒状の用具を用いるスポーツをたしなむ。主な種目としては、フィールド・ホッケー、アイス・ホッケーなど（sports and leisure【スポーツと娯楽】の項も参照のこと）。競技場においてはしばしば、繊細な少年であるあなたが辟易するほどの好戦的性向を示す。試合に際しては、常日頃の眠たげな眼をして退屈が服を着ているような姿が、相手チームに対する痛烈な妨害行為《チェック》、相手チームにゴールを決められるたびにあげる怒りの叫び、スポーツ飲料《ゲータレード》を飲んだあとの紙コップをグラウンドに投げ捨てて踏みつぶす行為などに取って代わられる。今は亡き姉を思い出すとき、浮かんでくるのは、顔を真っ赤にして怒りの形相も猛々しく、乱闘のきっかけを求めてフィールドを駆け抜けていく姿である。

last meal, preparation of【最後の食事の支度】

今は亡き姉の最後の食事は、一般的に真っ黒焦げである（arson, minor and major cases of【放火、軽犯罪に属するものおよび重罪相当のもの】の項も参照のこと）。オーヴンにものを入れたまま、その場を離れてテレビのまえに移動し、テレビを観ているうちに眠り込んでしまって、火災報知器の音と煙で眼を覚ましたときには、オーヴンのなかのものは黒焦げになっているのである。姉のこの行動は、繊細な少年であるあなたに感覚誘発型記憶を植えつけることとなり、あなたのその後の人生経験を大きく変化させる。煙は死の前触れであると認識するようになるからである。ガールフレンド（look-alikes【よく似た人】の項も参照のこと）がシナモン風味のクッキー《スニッカー・ドゥードル》を焦がしたときも、その匂いが引き金となってあの晩のことを思い出す。火災報知器がいつまでも鳴りやまない原因を突き止めようと、階段を駆け降りていったときのことを。姉はキッチンにいて、オーヴンの庫内をのぞき込んでいる。煙がもくもくと湧きだしてくるなか、姉はオーヴンミットをはめた手を庫内に突っ込み、パン一枚から成るシナモン・トーストを回収する。シナモン・トーストは真っ黒焦げだ。キッチンの戸口のところからそれを眺めていると、姉が気づいて、にっと笑い、トーストをひとかじりして、半ば無理やり嚥《の》みくだす。姉はそこでまた、にっと笑う。口元からのぞく歯に、パンとパンの焦げたところの黒いかすが付着している。結局はこれが姉に関するほぼ最後の記憶となる。ガールフレンドが焦がしたクッキーは、いったんはゴミ箱行きとなるが、それをどうしても食べると主張した場合、そういうことには賛成できないという反応が返ってくる。それをもってその人がガールフレンドでなくなるのも時間の問題だろう、との認識が得られる。

legacies（also known as the dead sistory）【血筋（別称に〝早死に姉の家系〟）】

今は亡き姉の家系図を樹木になぞらえると、枝分かれをしていない枝があちこちで眼につく。いずれも、きわめて普通ではない状況下で発生した早すぎる死によるもので、死者の性別は女性に限定される。大伯母は浅い池に頭から飛び込み、首の骨を折って溺死。高祖母は曾祖父を出産したわずか十七日後、夢遊状態で自宅から迷いだし、裏手の森を徘徊していたところを熊に襲われて死亡している。伯母は生後一ヶ月も経たないうちにベビーベッドで、家族の飼い猫が原因の窒息死。こうした世代をまたいだ早死に姉の連鎖は、何世代先まで継続するものなのか、現時点では不明であるが、おおかたの予想では永遠に続くものとされている。

lightning, nearly struck by【雷の直撃を受けるものの】

死が訪れる直前の数日間、姉の体内にどっしりと集積した宿命が電線管《コンジット》の役目を果たしたため、大気電気の放電が起こる。今は亡き姉が雷の直撃を受けるものの死亡するに至らないケースは、同様事例中の二七パーセントで確認されている。その日は雨が降っていて、姉に定められた門限の時刻をもう何時間も過ぎている（midnight equation【真夜中の計算式】の項も参照のこと）。そのとき、窓に小石が当たる音がする。見ると、窓のそとに姉がずぶ濡れで立っている。人差し指を唇に当てて。こうした事態が発生した場合には、繊細な少年であるあなたは、二階のバスルームの窓の鍵をはずしておくよう指示されている。二階のバスルームの窓であれば、家の外壁に造りつけた木組みの格子垣《トレリス》をよじ登ることで至近距離からアクセスできるようになるからである。指示されたとおり、二階のバスルームに忍び込み、窓の鍵をはずして待つ。稲妻が走り、ほぼ同時に雷鳴が轟く。姉の姿はまだ見えてこない。戸外《そと》に出て様子を見てくるべきだろうかと考えるが、雨が降っているし、両親が眼を覚ますと厄介だし……。十五分後、姉が窓を乗り越えてバスルームに転がり込んでくる。砂糖の焦げたような匂いをさせながら。何があったのかと訊いても、姉は何も答えない。さっさと自分の部屋に引きあげてドアを閉めてしまう。翌朝、庭に出てみると、芝生に姉の靴跡が残っている。黒々とした焦げ跡になって。その跡は、姉が死亡したあと数週間経っても残っていて、繊細な少年であるあなたは、窓のそとを見てそれが眼に入るたびに、意外の念に打たれることになる。

location of diary【日記の隠し場所】

今は亡き姉の日記帳（papers and correspondence【書類と手紙類】の項も参照のこと）は、一般的に当人のお気に入りの靴の空き箱にしまわれ、ジュニア・ハイスクール時代の古い小テスト（above-average intelligence but could have done so much better if she'd really applied herself【知能的には標準以上、本気で努力をしていればはるかに好成績を得られた可能性大】の項も参照のこと）複数枚で覆い隠されている。当該物件は、両親に発見されるまえに回収すべきものである。それには、葬儀のあと、会葬者を自宅に招いて簡単な食事を出しているときがいちばんの狙い目となる。しばらく独りでいたいと言えば、その場にいる誰もが、繊細な少年であるあなたが耐えがたきを耐えていることを知っている以上、駄目だと言うわけがない。今は亡き姉の部屋に入り、日記帳を回収したら、まずは全体にすばやく眼を通し、あなたの名前が出てきているところがないかを調べること。あなたに関する記述はきわめて乏しく、その数少ない記述にもこれといって問題視されるような表現（**make hands【手にする】**の項も参照のこと）が含まれていないことを再確認する必要があるからだ。常日頃、そうじゃないといいなと願いながら、でも実際はそうなんだろうなと思っていた事柄についても、確認を怠らないように（**belief that no one understands her and she wishes she could go far away and live her own life【〝誰もわかってくれないんだもん、うんと遠くに行ってあたし自身の人生を築きたいと願ったって罰は当たらないよね〟願望】**、**drugs and alcohol, abuse of【ドラッグとアルコールの濫用】**、**sexual contact with boys【男子との性的接触】**、**suicide, poetry about【自殺をモチーフにした詩】**、**sexual contact with girls【女子との性的接触】**の各項についても参照のこと）。その後、あなた以外の誰にも読まれることがないよう、日記は処分すること。

look-alikes【よく似た人】

繊細な少年である者が遭遇する、今は亡き姉によく似た人の数は、四名以上十一名以下とされる。遭遇に際しては、それがいかなる状況下であっても、相手女性に話しかけてはいけない。市街の雑踏にまぎれてあとをつけようと試みることも、また金銭と引き換えに性的交渉を持とうとすることも厳に慎むこと。これらの行為から得られるものは何ひとつないと心得るべきである。

loss of blood【失血】

今は亡き姉は生前、ごく軽微な、およそ眼に見えるか見えない程度の傷をこしらえ、その状態を反復することに異様なほどの執着を示す。実行段階においては有効性が確立されている手順が何通りかあり、それぞれ以下の組み合わせで器具を用いる。裁縫用の針と作文練習帳、剃刀の刃とティッシュペーパー、注射器とガラス瓶、小型ナイフと脱脂綿。ある晩、姉が友人の家に泊まりにいったので（sexual contact with girls【女子との性的接触】の項も参照のこと）、その機を利用して姉のクロゼットを引っかきまわしていたところ、ある箱のなかから過去六年分のスケジュール帳が出てくる。いちばん古いものを取り出して一月一日の欄を見ると、一月一日と記した四角い枠のなかに赤錆色の、おそらくは血痕だと思われるしみがついている。いや、一日だけではなく、一月のすべての日付の枠内に同様の印がついている。それらに比べて、六月のページにつけられたしみはどれも、色味がいくらか濃いように思えるが、それは両方のページを交互に何度も見比べてようやく気づく程度の、差異とも呼べない程度の差異である。いちばん新しいスケジュール帳を見つけて今日の日付の欄を確認してみると、姉の血によって赤黒く、ほとんど紫に近いような色の印がついている。スケジュール帳のすべてのページの、すべての血のしみをひとつずつ、あまりにも熱心に見つめたものだから、スケジュール帳をもとどおりしまった箱を隠し場所に戻して自分の部屋に引きあげてからも、夜ベッドに入って眠ろうとしているときにも、眼のまえに赤い斑点が次から次へと浮かんできて、頭がくらくらする。姉の死後、スケジュール帳の日付の欄に赤い印をつける役目を引き継ごうとしてみたものの指先の痛みが気になって、それでも三週間はがんばってみたけれど、ついには断念せざるを得なくなる。

loss of child【子どもを亡くすということ】

繊細な少年にはひとつの確信がある。両親は、選択が許されるものなら、姉ではなく弟のほうに死んでもらいたかったと思っている、というものだ。実際にそのとおりであるケースは、同様事例中の八〇パーセントで確認されている。

love apples【赤茄子《トマト》漬け】

今は亡き姉により考案された食べもの兼呑みもの。作り方の手順は、トマトの薄皮を剝《む》き、瓶に入れてウォッカを注ぎ、そのまま数週間ほど放置して完成となる。中毒性がきわめて高く、大量に摂取した場合は死を招く場合もある。アルコール漬け状態のトマトは、ジップロックのビニール袋に収められて、学校に持ち込まれ、ランチタイムに摂取される。今は亡き姉は、それによってその日の学校生活の午後の部をどうにかこうにかやり過ごすことができるようになる。姉が死亡したという一報を受けた場合、繊細な少年である者にはトマト漬けの瓶を見つけて自室に持ち帰り、クロゼットに隠れてすべてのトマトを食べ尽くすことが推奨される。この行為によって、深刻な気持ちの悪さがもたらされる。精神の働きにも一時的な麻痺が生じ、哀悼の気持ちときわめて似た精神状態となる。

magic, lack of【魔術の欠如】

一九三〇年代、合衆国の深南部および中西部のごく限られた一部地域で人気を博したものに〈ウィルミントン同胞《はらから》復活術〉がある。実践には、故人の身体を多数の一セント硬貨で覆い尽くすという準備が必要となる。その後、遺された兄弟姉妹が故人の身体に手を置いて硬貨を温めると、温められた硬貨の熱が亡骸《なきがら》に伝播し、そのぬくもりが蘇生につながる、というもの。ただし、成功を期待するには、血のつながりの確認できる兄弟姉妹が最低でも十一名は参加することが前提とされる。当該復活術の成功を目撃した者の存在は確認されておらず、また目撃談の類《たぐい》も伝わっていない。なお、〈テネシー河流域兄弟姉妹とりかえばや法〉並びに〈三十七日間ラザロ復活プログラム〉については、科学的根拠が不確かであるとの理由からアメリカ合衆国内全五十州で、法律によってその実践が禁止されている。

make hands【手にする】

血縁にある兄弟姉妹間で――一般的には年齢差四歳以内の姉と弟のあいだで実践される〝予行演習〟を指し、誰も見ていないときにキスをすることも含む。始まりは、キャンプ旅行に出かけて姉と同じテントに宿泊した際に、互いの手を利用して、常日頃テレビで観ている行為を練習した時点に遡《さかのぼ》る。そのときは相手の掌に押し当てた唇をそっと動かしてみたりもしている。これはほどなく実際に唇を重ねてのキスへと発展し、のちにその欲求が昂じた際には姉に、どこか別の場所に移動して〝手にする〟をしたくないかと問いかけるようになる。この〝予行演習〟はしばらくのあいだ実践されるが、その後、姉がこうした行為は異常であり、きっぱりとやめねばならないと決意した時点で終焉を迎え、以降、二度と口にされなくなる。この予行演習を行うと、体内で未知の化学変化が生じる。それが原因で、予行演習を行った当事者二名のうち少なくとも一名は、初回の予行演習から十年以内に死亡する。

midnight equation【真夜中の方程式】

一九七五年、フェミニズム数学の研究者であるデボラ・オナンによって導き出された数学の定理。この方程式に、今は亡き姉の年齢、両親の定めた門限の時刻、正確な死亡時刻を代入することにより、この時刻を過ぎたがために無事に帰宅することがかなわなくなった時点、別名〝鐘が鳴りはじめたとき〟を割り出すことができる。一般的に、〝鐘が鳴りはじめたとき〟と死亡時刻のあいだに十五分以上の開きがあることは、まれである。

modes of transportation【移動の手段】

死亡事故が発生するものとしては列車、飛行機、オートバイ、橇《そり》、より一般的なものとして自動車が挙げられる。ときには、たとえばあなたの今は亡き姉の事例などでは、事故の発生にふたつの移動手段が介在する。列車が近づいてきているのに線路内で車が動かなくなった、もしくはそのまえに渡りきってしまおうとスピードをあげるけれど渡りきれなかった、もしくは列車が接近してきているのを承知のうえで線路内に侵入し、そのまま車を停めて待っていたものと考えられる。ボーイフレンドが同乗していた場合（first love【初恋】、name of boyfriend【ボーイフレンドの名前】の項も参照のこと）、ボーイフレンドのほうは生き延びる場合が多い。事故原因においてボーイフレンドが有責であるケースは、同様事例中の三〇パーセントで確認されている（altercations at funeral【葬儀の場で発生する口論】の項も参照のこと）。

muscle spasms【筋痙攣】

今は亡き姉の、肉体の成熟を加速させる行為（application of makeup【化粧でごまかす】、fake ID【偽の身分証明書】の項も参照のこと）に対する条件反射的反応。筋肉は、体内に過剰に摂取された糖分、ニコチン、高純度のエチルアルコールを吸収した場合、加齢のプロセスを促進させるが、その際に激しい痙攣を伴う。過剰亢進《こうしん》を予防するためには、週に一度、両腕、両足、両胸に氷嚢《ひょうのう》を当てること。

nail-biter【爪を噛む癖】

今は亡き姉の手指上端部を莢状に覆う角質には、ごく微量ながら、三環系抗鬱剤の成分が含有される（attempts to medicate【投薬治療の試み】の項も参照のこと）。ストレス過多の状況下における手指の爪の経口摂取は、体内の神経伝達物質であるカテコールアミンの働きを促進させ、低レベルの幸福感と落ち着きをもたらす。この働きに対しては、成長に伴い二年ないしは三年で耐性ができるが、行為そのものは本能的な反応として存続する。精神状態がとりわけ悪化した際には、姉は手指の爪をしたの肉の部分が露出するほど深くまで噛みちぎり、試験用紙、シャツの袖口、接触のあった相手の皮膚に小さな三日月形の血の跡を残す。

name of boyfriend【ボーイフレンドの名前】

今は亡き姉のボーイフレンドは、ひとりの例外もなく、入れ替え可能な姓名を持つ。デートの相手は、トーマス・アレグザンダーだったり、マーカス・ベンジャミンだったり、ジェイムズ・マクスウェルだったりする。何年かしてから、その名前を思い出そうとすると、そのたびに苗字と名前を逆さまにしてしまう。アレグザンダー・トーマス、ベンジャミン・マーカスというふうに。こうした特性を有するため、彼らのことをインターネットで検索するのは信じられないぐらい困難である。

naysaying【否認】

今は亡き姉がこの世に存在しなくなったことを決して認めず、その証拠となるものをことごとく否定してかかる行為。その技術は繊細な少年たちによって確立されたものだが、これはあくまでも本能的な反応であるため、効力を有するのは、死亡時刻から七十二時間以内に限定される。否認における最も一般的な行動は、電話に出ない、両親を閉め出すべくドアの内側から鍵をかける、特定物質の摂取（love apples【赤茄子《トマト》漬け】の項も参照のこと）、視覚および聴覚の一時的な不調（sensory deprivation【感覚の遮断】の項も参照のこと）など。姉の死後、あなたは姉の寝室に入り込み、床に放置してあったTシャツのなかから一枚を拾いあげ、それを自室に持ち帰って枕にかぶせ、胸にぎゅっと抱き締めながらなんとか眠りに就こうとする。Tシャツは葉っぱ《マリファナ》と煙草とラヴェンダーとその他もろもろの、姉が姉であったときの名残の匂いがする。その匂いを吸い込んだところで眠れるようになるわけではない。しかし、一時的に姉の不在を意識しなくなる。その結果、どうにか泣かずにいられる。

near misses【異常接近】

今は亡き姉は実際の死を迎えるまでのあいだに、最低でも二件、多い場合は五件の、ことによっては死んでいたかもしれない出来事を経験する——具体例としては、薬物の過剰摂取、交通事故、虫垂炎などなど、枚挙にいとまがない（lightning, nearly struck by【雷の直撃を受けるものの】の項も参照のこと）。たとえば、あなたの場合。姉とふたりで農産物品評会《ステート・フェア》に出かけて、一緒に観覧車に乗り、ひとつの綿菓子を分けあって食べながら、観覧車がまわるにつれて会場内の明かりが暗くなったり明るくなったりするのを眺める。ふたりの坐った座席が観覧車のいちばん高いところに差しかかり、その時点で地上に到着した乗客を降ろすため、鈍い軋みをあげて一時停止したとき、座席の扉がギーッと音をたてたかと思うと、いきなり掛け金がはずれて、全開状態になる。そこに存在しているのは、あなたと姉と空と地面のあいだの何もない空間だけ。姉は坐ったまま、まえにぐっと身を乗り出し、はるか彼方の下界をのぞき込む。そのままインチ刻みにじりじりと何もない空間に接近していくのを、あなたは座席に全力でしがみつきながら見ている。何か言いたいと思いながら、何も言わずに。観覧車がまた動きだす直前、姉はようやく座席に深く坐りなおす。座席のうえの金属の格子に頭を預け、それから地上に到着するまでのあいだ、じいっと空を眺めている。そして、観覧車が停まって座席から降りるなり、ざわめく人混みのなかに駆け込んでいく。あなたを独り、置き去りにして。あなたはおもらしをしてズボンが濡れていることに気づく。お願いだから戻ってきて、置いていかないで、と頼んでみても、姉はもうどこにもいない。

ツルの舞う家

Birds in the House

うちの一族の男連中は、朝から〈楢《なら》の木屋敷〉に集まって鳥をこしらえている。全員がダイニングルームにある楢材の、骨董品級《アンティーク》のテーブルについて、慎重な手つきで紙を折りたたみ、折り紙細工のツルをこしらえている。父さんと父さんの三人の弟たちが折っている紙は、すごく小さな正方形で、黄色やピンクや白や青や緑色をしている。とても薄い紙で、光にかざすと向こうが透けて見えそうなほど存在感がない。ぼくは父さんや叔父さんたちの、ごつくて肉刺《まめ》だらけで砕石用のハンマーみたいに馬鹿でかい手が、ツルを破かないように、首を折ったり翼をもいじゃったりしないように、悪戦苦闘しているのを眺める。ミゼル叔父さんは、楕円形のレンズが嵌った眼鏡がずり落ちてくるたびに親指で押しあげながら、ぶつぶつ言っている。「これって母さんにさんざっぱらやらされたよな。近所の人が病気になると、お見舞いってことで、この鳥を折らされた。一日じゅう坐りっぱなしで、こんなもんをこしらえるんだぜ。しまいには、けつが痛くなっちまってまいったよ」父さんが折りかけのツルから顔をあげて、弟をにらみつける。「くだらないことばかり抜かしてないで、ちっとは真面目にやったらどうだ？　おまえがぐうたらしてたら、おれたち全員が迷惑する。こんなことにいつまでもかかずらってなくちゃならないなんて、おれはごめんだからな」父さんは、テーブルのいちばん奥の、弁護士の隣の席に坐っているぼくに眼を向け、首を横に振る。この場にいたくないんだ、父さんは。ぼくにはそれがよくわかる。叔父さんたちも誰ひとりとして嬉しそうな顔はしていない。こんなふうにうんと近い距離で顔を合わせていることが気詰まりで、不安で、警戒心を剝《む》き出しに互いに牽制しあっている。それなのに、こんなふうに一堂に会して顔を突き合わせている理由はただひとつ、それが遺言書に書かれていた条件だったからだ。

先立つこと十一日まえ、ぼくの祖母であるノブヨ・コリアーが息を引き取った。祖母《ばあ》ちゃんは亡くなるその日まで、テネシー州中部にあるこの〈楢の木屋敷〉で暮らした。建てたのはぼくの祖父《じい》ちゃんの祖父ちゃんのそのまた祖父ちゃんに当たるフェリックス・コリアーという、南北戦争のとき南部連合軍の将軍だった人だ。建てた当時は大農園の母屋だった建物も、壁は腐蝕が進んでふにゃふにゃで、指で押すとスポンジみたいになっているし、板張りの床にも微妙に隙間ができている。床板の端が反り返って、半笑いの口元みたいな恰好になってしまっているせいだ。屋敷と同じく、コリアーの家名のほうにもいにしえの栄光はない。フェリックス・コリアー将軍がミル・スプリングズの戦いで時機を逸した突撃をかけ、その途中で背後から撃たれて死亡すると、将軍の遺した五人の子どもたちはその後の四十年間を、誰がこの屋敷を相続するかをめぐる争いに費やした。長男は殺害され、長男を射殺したことで姉妹の片方が投獄され、もう片方の姉妹はある晩ふらふらと屋敷を抜け出し、荒野にさまよい出ていったきり戻ってこなかった。最終的に四番目の子どもであり、悪徳弁護士でもあり、当時はテネシー州メイスンで暮らしていたドワイト・コリアーが〈楢の木屋敷〉に住むことになり、その死後は、父親ほどではないにしろ、それでも充分に悪徳な部類に入る郡の役人であった長男に屋敷は受け継がれた。その後も何かと言えば口論や舌戦が勃発し、兄弟姉妹の誰が何を手に入れるべきかで揉めることが繰り返されて、一族の資産は徐々に目減りしていった。今では地元テネシーの人間のあいだでは「コリアー一族というのは、四百エーカーの土地にへばりついてる鼻つまみどものことである」と認識されている。だとしても、〈楢の木屋敷〉が一族に遺された唯一にしてすべての資産である以上、この日、こうして父さんと叔父さんたちがこの場に集まり、最終的にはそのなかの誰かひとりのものになるはずの屋敷のあちこちを各自が黙って目測し、どこにテレビを置き、どこにソファを並べればいいかを検討しているというのも、まあ、理解できないことではない。

父さんや叔父さんたちが集まったのは、ほかでもない、ノブヨ・コリアーの遺産相続の手続きをするためにはちがいないけど、遺産といっても件《くだん》の〈楢の木屋敷〉の所有権をのぞけば、あとはわずかばかりの株式と債券しかない。現金もないわけじゃないけれど、額はごくごく少なくて、弁護士の報酬やら税金の支払いやらでほぼ全額もっていかれておしまいだ。父さんたち兄弟は、あるゲームに参加するためにこの場にいる。弁護士は——ちなみに耳の尖った痩せた男で、鎖につけた懐中時計をその鎖の部分を持って手元でぶんぶん振りまわす癖がある人なんだけど、そのゲームの結果を見届けるためにこの場にいる。ぼくがいるのは、ぼくが十二歳で、孫のなかでは最年長だからであり、さらにはそのゲームの場にぼくが同席することが祖母ちゃんの遺言に記されていた条件でもあったからだ。同じく、折り紙のツルと大型扇風機も祖母ちゃんの発案だった。

父さんたち兄弟は、仲が良くない。年に一度、わがコリアー一族は〈楢の木屋敷〉に集まって、庭の芝生でダーツをしたり、塩漬けにした燻製ハムを食べたり、ウィスキーを呑んだりするんだけれど、そうこうするうちに必ず、兄弟のうちの誰かひとりが昔々の大昔のわだかまりを蒸し返すのだ。それはやがて取っ組み合いへと発展し、ほかの連中がぐるりと円陣を組んで見物するなか、兄弟はくんずほぐれつ芝生のうえを転げまわり、最後には警察が登場することになる。ノブヨ・コリアー亡きあと、父さんと叔父さんたちが親戚づきあいを続けていくとも思えない。ビット叔父さんのことばを借りるなら、兄弟が次に顔を揃えるのは「最後のひとりが地獄に落ちたとき」ってことになるだろう。祖母ちゃんはたぶん、息子たちの折り合いがとんでもなく悪く、その兄弟仲の悪さはコリアー家の血筋に代々受け継がれている遺伝子のようなものだと理解していたのだと思う。だからこそ、兄弟全員ではなくそのうちのひとりを——ひとりだけを、相続人とすることに決めたんじゃないだろうか。兄弟のあいだであるゲームを行い、その結果をぼくが判定したのち、勝者は〈楢の木屋敷〉を手に入れ、残りの兄弟たちはすごすごと自宅に引きあげ、勝者総取りをした兄なり弟なりへの共通の憎しみを分かちあいつつ、残りの人生を送ることになる、というふうに。

そんなわけで、関係者一同でダイニングルームにある楢材の大テーブルを囲んでいる。大農園の最盛期には、五十名以上の招待客があっても全員が着席できたとされている、文字どおりの大テーブルで、そこに父さんや叔父さんたちの折った紙のツルが積みあげられ、それが千羽になったところで——つまり、ひとりあたり二百五十羽ずつ折りあげたところで、部屋の四隅に配置された四つの巨大な扇風機のスウィッチが入れられる。扇風機の送り込む風に乗って折りヅルはあちこちに飛ばされ、やがてテーブルには最後の一羽が残る。そのツルを折った者が勝者となり、〈楢の木屋敷〉を相続するのである。であるのだが、そのまえにまずはともかくツルをこしらえなくてはならない。兄弟四人で千羽、その全部を一羽ずつ手で折りあげていかなくてはならない。祖母ちゃんの狙いはそこにある。かつて共に暮らした場所に兄弟で集まり、紙で鳥をこしらえているあいだに、あるいは互いのなかにまずまず悪くないと思えるところを見出し、兄弟が今後も兄弟としてやっていけるようになるかもしれない。それが祖母ちゃんの切なる願いであり、最後の希望だったのだ。なのに、これまでのところ、コリアー家の男たちはちっともうまくやれていない。

ぼくとしては、祖母ちゃんにはこうする以外にやりようがなかったんだと信じたい。この四兄弟を和解させるには、やたらと手間のかかる面倒くさいゲームを考案し、全員でひとつのテーブルを囲んで何時間も一緒に過ごさざるを得ない状況を創り出すしかない。今さら覆《くつがえ》しようのない最終決定とこの屋敷を失うかもしれないという可能性に直面したとき、さしもの兄弟も正気に返り、人間らしい気持ちを取り戻して、最後にもう一度だけ仲直りをしようとするのではないか。祖母ちゃんとしては、そこに一縷の望みをつないだんじゃないだろうか。少なくとも、ぼくはそう信じたい。だけど一方では、こんなふうに考えると哀しくなってくるけれど、もしかすると祖母ちゃんは幸せではなかった歳月に疲れ果てて、コリアー家の血筋に代々受け継がれている、遺伝子だかなんだかよくわからないけど、なんにしろともかく互いを傷つけあわずにはいられないろくでもないものに屈して、身を任せてしまったのかもしれないという気もする。

大テーブルの天板にもダイニングルームの床にも折りヅルが散乱している。その数、現時点で四百八十七羽。父さんも叔父さんたちも、だいたい二十羽ぐらい折りあげるたびに両手の指先を塩水にひたし、指のつけ根と首と背中とその他もろもろの、身体じゅうのぽきぽきいわせられるところを残らずぽきぽきいわせる。ぼくはダイニングルームを歩きまわり、枝編みの大きなバスケットに折りヅルを集める。バスケットに入れるまえに、一羽ずつ、左の翼のところに黒いペンで折った人のイニシャルが書いてあることを確かめる。

床のうえのやつを拾おうとして屈み込んだとき、ビット叔父さんの手が伸びてきて、親指と人差し指の先っちょで、ぼくの耳たぶをぴしっと弾く。ビット叔父さんの場合、それが甥っ子への愛情表現ということになる。年に一度の一族全員集合の日なんて、一日のうちに二十回……どころじゃなくて、三十回ぐらいはやられる。ときにはわざわざ木の陰に隠れていたり、ドアの向こう側に身を潜めていたりして、ぼくが通りかかるのを待ちかまえていることもある。で、ぴしっと音がするほど勢いよく、ぼくの耳たぶを弾くと、その場からすたこら逃げていく。ひとりで大笑いしながら。顔をあげると、ビット叔父さんは澄ました顔でツルを折っている。にんまりしないよう、口元をきゅっと引き締めて。父さんはビット叔父さんのことを、あいつは正真正銘の利己主義者以外の何ものでもない、と言う。どんなときでも機嫌が悪くて、神さまに絶えず背中を突《つ》かれてるみたいに見える、とも言う。四人兄弟のなかでは、ビット叔父さんがいちばんいい暮らしをしている。ロバートソン郡でタバコ農場を経営して順調に利益をあげているから、お金に困っているわけではないし、〈楢の木屋敷〉を相続したところでこの屋敷で暮らすつもりもない。だけど、ほかの三人には、なんとしても、何がなんでも、ともかく絶対に渡したくないと思っている。ぼくはビット叔父さんの手元を見つめる。紙を内側に折り込み、折り目がぴしっときれいにつくよう苦心している。そのうち、作りかけのツルをしたに置いて、両手をぶらぶら振る。ひりひりしてきた指先の痛みを和らげようとしているのだ。ビット叔父さんはこれまでずっと、来る年も来る年も炎天下で働いてきたから、陽灼《ひや》けが褪《さ》めるときがない。叔父さんの肌は、太陽そのものが染みこんだみたいな、真っ赤な色をしている。そんなふうに両手をぶらぶらさせていると、二羽の猩々紅冠鳥《カージナル》が羽ばたいているように見える。

ひととおりツルを集めてまわると、ぼくはバスケットをテーブルのいちばん奥の席にいる弁護士のところまで運んでいって、その足元にバスケットを降ろす。弁護士は、キャラハン氏といって北部から来た人で、とても脚が長い――はっきり言って、異様なほど長い。折りヅルを一羽ずつ確認して手元のノートに記録しながら、その脚を組み、しばらくすると反対の脚をうえにして組み替え、それを頻繁に繰り返している。落ち着かないのだ、この勝負の行方が気になって気になって。懐中時計で時刻を確認する仕種も、頻繁に行われる。懐中時計を引っ張り出し、文字盤に眼をやり、鎖を握って手元でぶんぶん振りまわし、それからまた、眼のまえに時計を持ってくることが繰り返される。ぼくはその隣の席に坐ってしばし休憩する。次にまた折りヅルを集めにまわるまでのあいだ、父さんと叔父さんたちの作業を眺める。

祖母ちゃんは東洋からこのテネシーにやって来た。つまりは生粋の南部人ではないということだ。コリアー一族に初めて、メイソン・ディクソン線（メリーランド州とペンシルヴェニア州との境界線。南北戦争まで北部と南部の境界線とされた）以南の出身でない者が加わったのだ。ぼくの祖父ちゃんであるトム・コリアーが祖母ちゃんに出会ったのは、祖父ちゃんが海軍の軍人で、朝鮮戦争が終わった直後、日本に駐留していたときのことだ。海軍では当時、兵舎の清掃作業に日本人のティーンエイジャーを雇っていて、祖父ちゃんは祖母ちゃんがシーツを取り替えたり、床を掃いたりする姿に眼を惹かれた。祖母ちゃんが床を掃いているときに、祖父ちゃんが作業の邪魔にならないよう、足を持ちあげると、祖母ちゃんは床を掃く手を止めずに顔だけあげてにっこりと笑った。そのうち祖父ちゃんは祖母ちゃんのために、枕のうえにちょっとした贈り物を置いておくようになった。チョコレートとかネックレスとか銀のライターとかを。そのお返しに祖母ちゃんは祖父ちゃんのベッドのシーツのうえに紙でできたものを置いていった。折り紙でこしらえた鳥とか熊とか船とかを。祖母ちゃんは祖父ちゃんのしゃべり方が好きだった。ひとつひとつのことばをゆっくりと穏やかに口にするところが。ことばの意味はほとんどわからなかったけれど、哀しくなるようなことを言われているわけではないのはわかった。祖母ちゃんにはそれで充分だった。

祖父ちゃんが海軍を満期で除隊になり、テネシーの〈楢の木屋敷〉に戻ることになったとき、祖母ちゃんもそれに同行した。そのころになると、コリアー一族の地元での評判はそれまでよりもっと下落し、家名再興など逆立ちしても考えられないところまできていた。そこで祖父ちゃんは酒屋を二軒ばかり買い取って商売を始め、祖母ちゃんのほうはだだっ広い屋敷の床を掃き、いくつもあるベッドのシーツを取り替えて暮らすようになった。それから男の子が四人生まれて、祖父ちゃんはおもてのポーチに出した椅子に坐ってウィスキーをちびちび呑むようになり、祖母ちゃんは少しずつ祖父ちゃんの言っていることがわかるようになり、祖父ちゃんのことばは海の向こうにいたときほど愉しくも優しくもなくなっていることを知った。そんなふうにして、祖母ちゃんは人生の大半を送った。〈楢の木屋敷〉を取り巻く状況は、愉しくも優しくもなくなるばかりだということを思い知らされながら。

割り当て分の二百五十羽の折りヅルを最初に折りあげたのは、テツヤ叔父さんだ。ちなみにテツヤ叔父さんは、祖母ちゃんのお父さんにちなんでテツヤと名付けられたんだけど、〝スー〟と呼ばれたときでなければ返事をしない。叔父さんは二百五十羽のツルを折ってしまうと、残りの時間をつぶすため、ダイニングルームをうろうろと歩きまわり、まだ作業を続けているほかの兄弟たちの手元を背中からのぞき込む。いらいらしているもんだから、嚙み煙草の〈ビーチナット〉をくちゃくちゃやってはプラスティックのカップにしきりに唾を吐いている。ぼくがツルの回収にまわると、しばらくはぼくにつきあってバスケットに折りヅルを入れるのを手伝ってくれるけど、それにもすぐに飽きて、今度はミゼル叔父さんのところに足を向ける。ミゼル叔父さんは兄弟のなかでいちばん身体がでかい。体重も三百ポンド近くあって、腕なんか、木でも電柱でもなんでも引っこ抜けそうに見える。身体があまりにもでかいもんだから、夜、寝ているあいだは機械に呼吸を助けてもらわなくちゃならない。叔父さんの三番目の奥さんは、ある晩遅くなってからその機械のプラグを引っこ抜いたことで五ヶ月の実刑を言い渡されて服役している。ミゼル叔父さんが首にタオルを巻いているのは、顔やら眼鏡のレンズやらをひっきりなしに、それも滝のように伝い落ちる汗を、拭わなくてはならないからだ。テツヤ叔父さんこと〝スー〟叔父さんはミゼル叔父さんに話しかけようとして途中で思いなおし、すばやく咳をしてごまかす。それを何度か繰り返しているうちに、ミゼル叔父さんが巨体をよじって、〝スー〟叔父さんをぎろりとにらみつける。「やっぱりな、聞いてたとおりだ。こういうことをやらせるとおかま野郎は仕事が早い」〝スー〟叔父さんはあとずさる。そのときもまた空咳をしてその場をごまかす。〝スー〟叔父さんは、倒産寸前の会社を経営している。古いコミックのキャラクターをかたどったチョコレートを製造する会社だ。たとえばホワイトチョコレートのカッツェンヤンマー・キッズとか、ライスクリスプ入りのリル・アブナーとか、ヌガーのたっぷり入ったバーニー・グーグルとか。叔父さんにはお金がない。世の中の人たちは、自分の好きなコミックのキャラクターを食べたいとは思わないか、そんな古くさいコミックのことなど覚えていないか、もしくは知らないもの。〝スー〟叔父さんが何度も何度もうしろを振り返ってみるのは、ドアの陰に債権者が隠れていたりしないことを確認しているのかもしれない。〝スー〟叔父さんはまた新しく嚙み煙草の塊を口に押し込み、ほかの兄弟たちから離れた場所に腰をおろす。それでようやく、ミゼル叔父さんも自分の作業に戻る。折りあげたばかりのツルを床に放って、低い声でぶつぶつ言う。「ああ、けつが痛《いて》え。なんだってこんなくそ面倒くさいこと、しなくちゃならないんだよ?」

祖母ちゃんは四人の息子を育てたわけだけど、息子たちが育つに従って、ますます途方に暮れる場面が増えた。自分の生んだ子どもたちが、エアガンや狩猟用ナイフをいついかなるときでも手放さず、夏になるとシャツも着ないで裸足のまま駆けずりまわるのを、ただ見ていることしかできなかった。母親の言うことなど聞くような子どもたちではなかったし、母親のほうもどうすれば言うことを聞かせられるようになるのか、わからなかったのだと思う。コリアー四兄弟は、そのうち地元の人たちから〝黄色い山猿ども〟と呼ばれるようになったけれど、その結果はただ、そう呼んだ人の家がより頻繁に四兄弟のBB弾攻撃にさらされるようになっただけだった。それでも祖父ちゃんは、ポーチの椅子に腰かけて酒をちびちびやりながら、「男の子ってのはそういうもんだよ」と言うだけだった。「ああいうものを振りまわして撃ちたがるんだよ、ハニー。それでこそ男の子ってもんだ」四兄弟は陽灼けして揃って浅黒い肌になり、細くてつやつやの黒髪をうしろの一部分だけわざと伸ばして、ネズミの尻尾みたいなヘアスタイルにするようになった。ちょっかいをしかけてくる子どもには必ずやり返し、這いつくばらせる相手がいなくなると、今度は兄弟同士で取っ組み合った。そのころの祖母ちゃんの姿が思い浮かぶ。八月の息が詰まりそうな蒸し暑さに汗まみれになりながら、半分は自分の血を受け継いでいる少年たちがみすぼらしいなりをして互いに蹴りあい、嚙みつきあい、残酷な暴力に身を任せることに歓びに近いものを感じている様子を、窓越しにじっと見つめている姿だ。それから、祖母ちゃんが息子たちの肩越しにはるか彼方に眼をやり、地平線の山並みよりももっと遠くに眼をやり、どこか別のところのことを、うんと遠く離れたところのことを考えはじめる……。そんな姿も思い浮かんでくる。

気がつくと、父さんが最後の一羽を折りあげようとしている。ぼくは父さんの席に近づく。手伝うわけにはいかないので——祖母ちゃんの指示で、ぼくは誰も手伝ってはいけないことになっていたから——隣の椅子に腰を降ろして、父さんの顔を見つめる。父さんはじっと手元の折り紙を見つめている。瞬きもしないで。ちょっと見たところでは、自分のしている作業に集中して、ツルを折ることだけを考えているようだけど、本当はそうではない。ぼくにはそれがよくわかる。父さんがそういう表情をしているところを、この一年のあいだに何度も見てきたから。父さんは何も見ていない。眼のまえにあるものにとりあえず眼を向けているだけで。そんな父さんを見ているうちに、去年、うちの牧場から牛がいなくなったときのことを思い出す。あのときは八月下旬とは思えないほどの冷え込みで、ともかく寒くて、北風が吹きまくった。その暴風で放牧地の電気柵が、一カ所だけだけど、なぎ倒された。父さんはそれに気づいていながら修理を怠った。牛たちはそこから柵を越えて隣の農場の牧草地に入り込み、紅花詰草《ベニバナツメクサ》をせっせと食《は》んだ。二日後、父さんとぼくが探しにいったときもまだ、口をもぐもぐ動かしていた。詰草の食べすぎで牛たちは鼓腸症を起こしていた。身体がぱんぱんに膨らんで、皮膚にはもうそれ以上伸びる余地がなくなっていて、あとはもう破裂するしかない状態になっていた。

で、破裂した。そう、文字どおり、破裂した。膨らましすぎた風船みたいに。そうして力尽きた牛は、横向きにどうと倒れ込み、動かなくなった。張り裂けた腹から内臓をはみ出させながら。父さんもぼくも必死になって牛どもを歩かせた。ともかく歩かせた。破裂を免れるには、胃袋に溜まったガスを抜くしかないからだ。空気の抜け道をこしらえるため、父さんはぼくの持っていた〈シャープフィンガー〉のナイフをつかむと、牛の前脚のつけ根の少しうえあたりを狙って深く刺した。ナイフの柄のところまで深々と押し込み、それから抜き取った。そこまでしても、結局は役に立たなかった。紅花詰草はとっくに牛たちの消化器官の奥深くに取り込まれてしまっていたからだ。父さんにもぼくにも、何もできることはなかった。隣の農場の牧草地に、ただ突っ立っているしかなかった。牛は一頭、また一頭と力尽き、破裂していった。さらに二日が過ぎたとき、父さんはついにあきらめた。いったん家に戻って、コルトの四五口径を持ってくると、その時点でまだ立っていた牛を一頭ずつ、眉間に銃弾を撃ち込むことで始末してまわった。すべてが終わったとき、父さんは赤く染まった土煙の舞うなか、ひとりで立ち尽くしていた。

それまでの父さんは立派な人だった。骨身を惜しまず働く正直者だった。だけど、その牛の件があってからは、眼に見えて酒の量が増えた。牧場の大半をほかの農場の人たちに貸し出してしまって、わずかに残した土地でかろうじて暮らしていける程度の仕事しかしなくなった。陽の高いうちからおもてのポーチに出した椅子にどっかりと坐り込んで、甘くしたお茶で割ったウィスキーを呑みながら、隣の農場のあの牧草地を眺め、死んだ牛を埋めたためにふさがってしまった用水路を眺めて過ごすようになった。家のなかでは、母さんやぼくのことを避けるようになった。父さんのいる部屋に入っていくと、すぐに出ていってしまうのだ。それでも、何かのひょうしでたまたま鉢合わせしたりすると、びっくりしたような顔をした。自分に妻や息子がいたことなど、すっかり忘れていたとでもいうように。

ある朝、眼が覚めてみると、母さんがいなくなっていて、父さんはおもてのポーチで酔っ払っていた。「母さんは？」と訊いてみたけど、父さんは何も言わなかった。同じことをもう一度訊いてみた。父さんは黙ったまま、人差し指を自分の唇に当ててみせた。訊いてくれるな、ということだった。ぼくも父さんと並んで腰を降ろし、隣の農場の牧草地の、うんと遠くのはずれのあたりを眺めた。一時間ほどして、父さんはようやくもぞもぞと尻の位置をずらし、ぼくのほうに身を乗り出してきて言った。「母さんのことだが、しばらくのあいだ離れて暮らしたいそうだ」だったら、なぜ、ぼくを連れていってくれなかったんだろう、と思ったとたん、そんなぼくの胸のうちを見透かしたみたいに父さんが言った。「おまえを連れていくことは許さないって言ってやったんだ。おまえを手放すつもりはないってな。ふたりして、ここでがんばるしかない。父さんもおまえも、こんなとこにはもういたくないと思ってるとしても」そして、ぼくの肩を抱き寄せようとして、腕をまわしかけたところで、ふっと手を止め、息子の肩を抱き寄せるやり方を思い出せなくなったみたいにためらい、ひと呼吸遅れてようやく、それでも何やらぎごちなく、抱き寄せるというよりもただ置くといった感じで、ぼくの肩に腕をまわした。

〈楢の木屋敷〉を自分のものにできたら、あちこち修繕して住み心地よくするつもりだ、と父さんは言っている。そうすれば母さんも戻ってきて、また家族揃って暮らせるようになるはずだ。つまりは人生をやりなおすチャンスが手に入るってことだ、と言っている。父さんの心積もりとしては、屋敷の周囲に馬鹿でかい壁をめぐらせるらしい。それで叔父さんたちを閉め出し、コリアーを名乗るほかの連中から家族を守ろうというのだ。ほかに考えているのは、家族揃って居間に集まり、壁一面をまるまる占領するほどの大画面テレビでフットボールの試合を観戦すること。勝利をもたらした折りヅルは、ブロンズメッキして暖炉のうえに飾っておく。でもって、フットボール中継のコマーシャルのあいだに、家族全員でそいつを眺めるらしい。ぼくとしては、もちろん、母さんには戻ってきてほしいと思ってるけれど、でも、もしかすると母さんは、祖母ちゃんにはできなかったことができたのかもしれない、とも思う。コリアーという名前から逃れることができたんじゃないかって。だから、父さんやぼくがどれだけ望もうと、母さんが戻ってくるとはどうしても思えない。

父さんも叔父さんたちも、祖母ちゃんからはあまり、というか、ほとんど影響を受けていない。確かに、かりかりに焼いた豚の皮を食べるときには、海苔で巻いて食べたりするけど、まあ、せいぜいその程度だ。日本についても無知だし、〈楢の木屋敷〉に来るまえの祖母ちゃんの人生だって、ほとんど何も知らないも同然だ。日本語だってひと言もしゃべれない。だけど、相手を罵ったり馬鹿にしたりすることばは、いくつか覚えている。学校で使ってみたくて、あの手この手で祖母ちゃんから聞き出したらしい。そういう人たちだから、もちろん、紙でツルを折ることの意味なんて、覚えているわけもない。千羽のツルは、それを折った人と贈られた相手の双方に、幸福と長寿をもたらすものなんだけど、そんなことは誰も覚えちゃいない。父さんや叔父さんたちが覚えているのは、近所のうちに今にも死にそうな病人が出ると、折りヅルを詰めた袋を引きずりながら未舗装の道を歩いてその家を訪ねていかなくてはならなくて、それがどれほど恥ずかしかったかということであり、色とりどりの紙で折りあげた千羽のツルを差し出して怪訝そうな顔で見られたときにどれほど決まりの悪い思いをさせられたかということだけだ。「悪いけど、持って帰っとくれ。あんたたちのつり眼の母ちゃんのやってるまじないだろ？　やだよ、そんなおっかないもん」もしくはそれに似たようなことを言われると、コリアー家の四兄弟は折りヅルを小川に持っていって叩き込み、千羽のツルがしばらくのあいだ流れに乗って運ばれ、そのうち呑み込まれて水底に沈み、一羽残らず押し流されていくのを眺めた。当人たちが好むと好まざるとにかかわらず、コリアー家の四兄弟は不仲がたたって今やかつかつの暮らししかできないところまで落ちぶれた一族の、日本人の血を半分引いて生まれてきた、はっきり言って恵まれない子どもたちであり、そんな彼らにとっては、たとえほんのわずかな時間であっても沈まずに水面にとどまっていられるものを眺めているのは、なんとはなしに気の晴れることだったのかもしれない。

ミゼル叔父さんが最後の一羽を折りあげたところで、ぼくはすべての折りヅルを集めてまわり、弁護士が最後にもう一度、念のためにノートの控えと照らしあわせながら、数えまちがいがないことを確認する。父さんと叔父さんたちは弁護士を取り囲み、押したり押されたりしながら互いの行動に眼を光らせ、自分の折ったツルを排除しようとする動きを見逃すまいとする。

「おい、スー、その手。ポケットに出したり入れたりするんじゃない。あといっぺんでもやってみろ、おまえのそのひょろっこい腕を根元から引っこ抜くぞ」ビット叔父さんは、ことばだけじゃなくて本気で行動を起こしそうに見える。ゲームなどもうどうでもよくて、ただそのぶっとい腕を思い切り振りまわして、兄弟の頭を殴りつけるきっかけをほしがっているだけなんじゃないかと思える。

「どこにやろうとおれの勝手だろうが。去年のこと、覚えてないのか？　おれが持ってた携帯電話を叩き落として、どんな目に遭ったか。忘れてるんなら、今すぐ思い出させてやってもいいんだぜ」

ぼくの記憶が正しければ、〝スー〟叔父さんの持っていた携帯電話を叩き落としたのは父さんだったはずだ。だけど、もちろん、ぼくは何も言わない。〝スー〟叔父さんにわざわざ思い出してもらうようなことじゃない。父さんのパンチが口に命中して前歯が折れたことも、折れた前歯が木の破片かなんかみたいに父さんの拳にぐさりと突き刺さったことも。でも、そこで誰かが何かを言いだして、別の誰かが何かを思い出したりするまえに、それまでノートをのぞき込んでいた弁護士が顔をあげる。

「みなさん、集計が終わりました。合計数にまちがいはありませんでしたので、いつでもゲームを始められます。そのまえに片づけておかねばならない火急の用件を抱えていらっしゃる方がおいでのようでしたら、もちろん、お待ちすることもできますが」

　コリアー家の四兄弟は揃って黙り込み、揃って一歩あとずさる。弁護士がいきなり銃でも抜いたみたいに。弁護士は組んでいた脚の交差を解き、椅子から立ちあがろうとする。足を床に降ろしたとき、くしゃっという音がする。紙でこしらえたものがつぶれて、床にこすりつけられる音だ。その音を、その場に居あわせた全員が耳にする。弁護士は床に降ろしたほうの足を持ちあげる。靴底の踵のところに一羽の折りヅルがぺちゃんこになってへばりついている。それを見るなり、弁護士は深くて長い溜め息をつく。つき終わったときには身体のなかが真空になってしまうんじゃないかと思うぐらい、深々としていて長々しい溜め息だ。それから靴の踵から折りヅルを引き剝がし、眼のまえに近づけ、翼にイニシャルが書き込まれていて、それがMCとなっていることを確認する。

「どうやら数えまちがいをしていたらしい。もしくは、ルール違反の折りヅルがまぎれ込んでいたのか。いずれにしても数えなおしを行い、みなさんの折りヅルがそれぞれきっちり二百五十羽ずつあることを確認しなくてはなりません。それには何分か、そうですね、おそらくは三十分ほどかかると思われます。そのあいだに用事を片づけるもよし、何か飲んだり食べたりするもよし、仮眠を取るもよし。どうぞお好きなようにお過ごしください」
と言われても、父さんも叔父さんたちも互いに牽制しあうばかりで、誰もその場から動こうとはしない。今ここでダイニングルームを出ていけば、自分の折りヅルがほかの連中の眼のまえに無防備なまま残されることになるからだ。それでも、父さんがようやく、ぼくの両肩をつかんで言う。「よし、スモーキー、ひと息入れよう。ひと足先に祝杯をあげるってのも悪くない」それをきっかけに、ゲームの準備が整うまでのあいだ、叔父さんたちは屋敷のあちこちに散っていく。もうすぐ自分のものになるかもしれない物件を、もう一度下見しておくために。

祖母ちゃんのことは、ぼく自身はあまりよく覚えていない。会ったことも数えるほどしかない。確かに父さんはフランクリン郡の住人のなかでも、ほかの男の人たちとは明らかに見た目がちがっていて、どことなく異邦人めいた顔立ちをしているけれど、それでもぼくの記憶にある限りでは、母親である祖母ちゃんにそっくりというわけでもない。祖母ちゃんの髪の毛は歳をとってからも黒々としていたし、肌は黄色と茶色が混じりあったような色をしていた。ぼくが退屈そうにしていると、うちのなかにあるものの、どれでもいいから好きなものを指差すように言い、ぼくが選ぶと、そのものの形を折り紙でこしらえ、できあがったものをぼくの掌に載せて、次は何をこしらえましょうか、と訊いてくれた。ツルの折り方を教えてくれたのも祖母ちゃんだったし、ふたりでせっせとツルを折り、ぼくが一羽折るあいだに祖母ちゃんは七羽折って、ふたりして床一面をツルだらけにしながら、折りヅルがたくさん集まったときにどんなパワーを発揮するかを教えてくれたのも祖母ちゃんだった。一度、アルバムを取り出してきて、日本にいたころに祖父ちゃんと一緒に撮った写真を見せてくれたことがある。ふたりともキモノを着て、敷物みたいなもののうえに坐っていた。写真の祖母ちゃんは、髪を頭のうえのほうでふっくらとまとめて、晴れやかで落ち着いた顔をしていて、とてもきれいだった。祖父ちゃんのほうは居心地が悪そうだった。キモノの肩のあたりが妙に膨らんでいて、当人はあさってのほうを向いていて、居たたまれないような雰囲気なのだ。たとえるなら……女物の服を着てパンティストッキングを穿こうとしているところを見つかってしまった、とでもいったような。そのとき、祖母ちゃんに、生まれ故郷を離れて幸せになれたと思うかと尋ねたら、祖母ちゃんはこんなふうに言った。「そりゃ、人間はどこで暮らそうと同じだもの。でもね……でも、ときどき思うの。もしかしたら、もうちょっと幸せになれるとこってのもあるんじゃないかって」

父さんはキッチンのストゥールに腰かけ、グラスに少しだけ残したウィスキーを揺すっている。空いているほうの手はぼくの肩にまわして、機嫌よさそうににこにこしてはいるけれど、やっぱり何も見ていない。眼のまえにあるものにとりあえず眼を向けているだけだということが、ぼくにはわかる。

「疲れてないか、スモーキー？　とんでもない量だもんな、あの折りヅル。集めるったって重労働だ。ご苦労さん。それにこの一年、確かにきついことばっかりだったしな。だがな、これからはよくなる。約束するよ、必ずよくなる。でな、スモーキー、ちょっと考えてみたんだ。父さんは勝てるかもしれないし、勝てないかもしれない。ゲームってものをしてる以上、それは当然だ。でも、父さんとしては、おまえにこいつを預かっててもらいたい。ただ持ってるだけでいいんだ、念のために」

父さんは足元に手を伸ばし、左の靴下のなかに手を突っ込んで、そこに隠しておいた二羽の折りヅルを取り出す。どちらも鮮やかな黄色で、左の翼にそれぞれ父さんのイニシャルが書き込まれている。黒々としたインクで、まるで焼き印でも押したみたいに。「どっから持ってきたの？」とぼくが訊くと、父さんはにっこりと笑う。「こしらえたんだよ。誰も見ていない隙を見はからって。こいつはおまえに渡しておく」父さんは折りヅルを渡そうとしてくるけれど、ぼくは首を横に振る。「駄目だよ、ルールは守らなくちゃ」と言いながら、父さんの顔を見る。父さんの眼がすうっと細くすがめられるのを見ると、悪いことをしているのはぼくのほうだという気がする。ぼくのほうが物事本来の道理というやつに逆らおうとしているんじゃないか、と思えてくる。「だったら、父さんが新しいルールを作ってやろうじゃないか」父さんはぴしゃりと言って、二羽の折りヅルを突きつけてくる。ぼくの胸に今にも触れそうなところまで。「おまえはこいつを持ってるんだ。でもって、ゲームの終わりごろになって、ツルの数がだいぶ減ってきたあたりで、あの馬鹿でかいテーブルのうんとそばまで近づいて、この二羽をこっそり置いてくる。それだけでいいんだ。厳密に言えば、ずるをすることにはならない。この二羽だって、そのあとずっとテーブルに残ってなけりゃ勝ちにはならないんだから。ちがうか？」だとしても、父さんの計画は敢えなく失敗するとしか思えないし、そうなればぼくは叔父さんたちにダイニングルームから庭に引きずり出され、それから非難の応酬になり、最後にはまた取っ組み合いの大喧嘩になることは眼に見えている。それでも、この人はぼくの父さんだし、ぼくにとっては家族だし、それもたったひとり残った家族なんだし、ぼく自身としてはそんなのは嫌だと思っていても、それが事実であることは動かしがたい。ぼくは父さんが突きつけてきた折りヅルを受け取り、二羽とも左右の翼がきちんと重なりあうよう、慎重に折りたたんで、ジーンズのポケットに忍ばせる。父さんの顔をのぞき込んでも、父さんはそれ以上はもう何も言わない。グラスに残っていたウィスキーを呑み干してしまうと、ストゥールに坐ったまま、あの遠い眼をしてキッチンの奥の壁をじっと見つめている。

弁護士から招集がかかり、全員がダイニングルームに戻る。折りヅルの数にまちがいがなかったことが確認されたので、ゲームの準備は整ったことになる。ぼくはバスケットをひとつずつ大テーブルのうえに持ちあげて中身を空け、たくさんの折りヅルが散り散りになって楢材のつや光りした天板のうえを滑っていくのを眺める。一羽も落とさないようにするのは、なかなか難しい。折りヅルが天板に均等に行き渡り、なおかつ落ちも動きもしなくなるまで、何度か載せなおさなくてはならない。そこまで終わると、弁護士は懐中時計を引っ張り出してちらりと眼をやってからうなずく。

大テーブルのまわりに、四台の扇風機が設置される。巨大な金属の羽根がついていて、父さんに言わせると「養鶏場で使ってるやつにそっくりな、大木もなぎ倒せるんじゃないかと思うほどくそ馬鹿でかいやつ」だ。その四台全部がひとつのコントロールボックスにつながれていて、スウィッチを入れるのはぼくの役目だ。最初は微風、しばらくして中ぐらいまで風力をあげ、最後は強風にすることになっている。コリアー四兄弟は、大テーブルの片側に一列に並んで立ち、折りヅルの山を見つめながら、どのツルが自分の折ったものなのかを見極めようとしているけれど、いかんせん数が多すぎて色もとりどりで、特定することなんてできるわけがない。父さんも叔父さんたちも顔がこわばっている。思い切り顔をしかめたら、そのまま眼元と口元の皮膚が縮んでしまったとでもいうように、表情が動かない。全員がゲームの開始を待ちかまえている。弁護士は四兄弟の顔を見まわし、最後にもう一度、ぼくに眼を向けてから、口を開く。「では、始めましょう」

ぼくはコントロールボックスのスウィッチを入れ、四台の扇風機がゆっくりとうなりをあげはじめるのに聴き入る。風といっても、初めのうちはごくごく穏やかで、そよ風程度にしか感じない。折りヅルが、アメフトのボードゲームのプラスティックでできた選手のように小さく震えながら、天板のうえを少しずつ、少しずつ滑りはじめる。その時点で早くも何羽かの折りヅルがテーブルから落下していく。天板から滑り落ちた折りヅルは、床板に激突してくちばしがひん曲がったり、翼が折れたりする。ビット叔父さんが床に膝をつき、落下してきたツルを拾っては翼のイニシャルを確認し、確認したイニシャルに応じて「よし、いいぞ、くそったれ！」もしくは「ちくしょう、くそったれ！」と大声を張りあげる。ぼくは扇風機の風力を中ぐらいの強さに切り替える。大テーブルの折りヅルは本格的に動きはじめる。

それまでよりも軽快に、すばやく、天板のうえを滑っていくようになる。床には失格となった折りヅルが累々と横たわる。コリアー四兄弟は今や全員が床に両手両膝をつき、大テーブルの足元を這いずりまわり、肘を駆使して互いを押しのけあい、髪をつかんで引っ張りあいながら、折りヅルの翼に書きつけられたイニシャルを確認することに熱中している。〝スー〟叔父さんがまうしろに蹴り出した足が、ビット叔父さんの眉間にものの見事に命中して、ローファーの靴型が真っ赤な縞模様となってビット叔父さんの顔面に刻まれる。

　大テーブルの端からこぼれ落ちるように、次から次へと折りヅルが飛び立ち、ほんの何秒か空中を漂ったのち、床にふわりと着地する。一羽の折りヅルをめぐって、父さんとミゼル叔父さんが取っ組み合いになる。揉みあっているうちに折りヅルは無惨に裂けて、いくつもの小さな紙の切れっ端になる。ビット叔父さんががばと跳ね起き、廊下に駆けだしていって椅子を持って戻ってくるなり、〝スー〟叔父さんの背中に叩きつける。ばらばらに砕けた椅子の破片が、折りヅルに交じって宙を舞う。ぼくは扇風機の風力目盛りをいちばん端まで――〝強風〟のところまで動かす。四台の扇風機は轟音をあげ、大テーブルの折りヅルは、竜巻に吸いあげられた家財道具みたいに、ぐるぐる激しく掻きまわされる。大テーブルのしたから罵声が聞こえる。そのうち、そこにパンチが命中する音が混じるようになる。握り拳が顔面に、二の腕に、みぞおちに叩き込まれる音。そこに苦痛を訴えるわめき声が重なる。見ると、父さんが、うしろ脚で棒立ちになった暴れ馬にまたがるカウボーイのように、ミゼル叔父さんの背中にまたがり、両足の踵を左右の脇腹にめり込ませて、母親に死に別れた仔牛を追い立てるときのかけ声をかけている——「ほれ、ほれ、ほれ、みなしごぼうず、とっとと歩け、置いてくぞ」〝スー〟叔父さんはズボンのベルトを引き抜き、それを牛追いの鞭みたいに振りまわして、ビット叔父さんの背中をぴしっと打ち据える。弁護士はドアを開けっぱなしにしてある戸口を背にして立ち、懐中時計を手元でぶんぶん振りまわしながら、眼を輝かせている。のぞき穴をのぞいている人みたいに。

ダイニングルームは、今やどこを向いても折りヅルだらけだ。避けようのない死に向かって天板の縁を飛び越えていくもの、ふわりと舞いあがってテーブルの上空二フィートあたりで滞空するもの、あるいは楢材の天板にしぶとくへばりつくもの。場合によっては、一度床に落ちたやつが、扇風機の風にあおられてもう一度宙に舞いあがったりもするものだから、もうどの折りヅルがどこを飛んでいるのやら、何がどうなっているのやら、わけがわからなくて、色とりどりの折りヅルの巨大な群れにしか見えない。四兄弟は、あいかわらず床のうえを転げまわって、身体のあちこちに紙切れですぱっとやられた細くて真っ赤な切り傷をこしらえている。ときどき殴りあいを中断して、大テーブルを見あげ、自分の折りヅルに声援を送る。ミゼル叔父さんは、見張り役のウッドチャックがうしろ脚で立ちあがるみたいに、頭をにょきっと大テーブルの端から突き出し、どら声を張りあげる。「ねばれ、くそったれ、ねばるんだ。おれのくそヅルども！」そして、ぼくはと言えば、大テーブルにうっかり手をついてしまいそうなぐらい、うんと身を乗り出して、眼のまえで渦を巻く色とりどりの雲の流れを眺める。繊細な折りヅルが何羽も何羽も、宙に浮きあがり、宙を舞い、飛ばされていくのを眺める。ときどき、ぼくの顔面めがけて突っ込んでくるやつがいるので、両手で顔を覆って身を守る。四台の扇風機が送り込む風量は猛烈にすさまじい。モンスーンにあおられているようで、そのうち屋敷が土台ごと地面から浮きあがって、どこか別の場所まで運ばれていくんじゃないか、ってほどの勢いだ。そのまっただ中で、コリアー家の四兄弟は、血を流し、痣《あざ》をこしらえ、異言を語る聖職者にも似た恍惚状態で、罰当たりなことばをわめき散らしている。

折りヅルは、飛んでいる。時間にすれば、ほんの一瞬のことだとしても。ぼくは、ダイニングルームに折りヅルの虹がかかるのを眺める。色とりどりの折りヅルが空中で失速し、それからふわりと宙返りをして、それからまた急降下するのを眺める。ジーンズのポケットに手を突っ込み、父さんから預かった二羽の折りヅルが指先に当たるのを感じる。でも、そいつらを放すことがぼくにはできない。見ると、父さんは床に這いつくばっている。シャツをびりびりに破かれ、背中を引っかかれ、真っ赤なみみず腫れを何本もこしらえている。父さんのすぐそばを折りヅルの群れがものすごい速さで通過していく。父さんが折りヅルの大群に襲われているようにも見える。父さんと叔父さんたちが喧嘩をするところは、これまでに何度も見たことがある。指の骨を折ったり、顔を腫らしたり、唇を切ったりしても平気で笑っている姿も、今では見慣れたものになりつつある。だけど、今日、こうして折りヅルの舞うなかで見る父さんの姿はことのほか見苦しくて、ぼくはこの瞬間を父さんと共有できないことが無性に哀しくなる。もし、父さんがこの〈楢の木屋敷〉を手に入れられなかったらどうなってしまうのか、そう考えると不安でたまらなくなるけれど、それでも、こんなにたくさんの部屋があって、こんなにたくさんの不幸せが詰まった屋敷に父さんとぼくがふたりきりで暮らしているところも、まったくもって想像できない。

折りヅルの群れはまだダイニングルームを周回している。ぼくとしてははずるはしたくないし、するつもりはこれっぽっちもないけれど、それでも今、ぼくの手のなかにいる二羽の折りヅルをこのままにしておくことはできないと思う。こいつらから、ほかの折りヅルと一緒に空を飛ぶ機会を奪うことはできないと思う。ぼくは握り締めていた手を開いて、二羽の折りヅルが風をつかまえられるようにする。そして、初めて空を飛ぶ雛鳥のようにぼくの手を離れていくのを眼で追いかけ、黄色いふたつの影が頭上の色とりどりの渦のなかに吸い込まれていくのを見守る。ぼくの見ているものは、とてもきれいだ。小さな鳥が空中をすばやく飛び交うところも、滑走路から飛び立つ飛行機のように次第に速度をあげて大テーブルから離陸していくところも。風をつかまえたやつは、窓から戸外《そと》に飛び出していく。あるいは廊下伝いに屋敷の奥のほうまで、このあと誰にも見つけられないようなところまで、飛び去っていく。

ふと気がつくと、その瞬間を迎えている――大テーブルのうえの折りヅルが、最後の一羽になっている。父さんも叔父さんたちも、繰り出そうとした拳を引っ込め、首を絞めあげていた腕をゆるめ、床に膝をついたまま、腫れあがった眼を見開いて大テーブルを見あげる。最後の一羽は鮮やかな赤い折りヅルで、四台の扇風機のちょうどまんなかにいる。どの扇風機からもほぼ等距離の地点だ。その赤い折りヅルが風を受けて、ふわりと浮きあがる。天板を離れて、もっと高くまでぐんぐん上昇していく。

父さんたち兄弟は、ぴくりとも動かない。誰もがあっけに取られていて、悪態をつくこともできずにいる。翼に誰のイニシャルが書き込まれているか、見わけることは不可能だ。赤い折りヅルは大テーブルから四フィートのあたりまで上昇すると、そこでぴたりと静止する。四台の扇風機から送られてくる風に均等に身を預け、そのまま空中でふわふわと浮かんでいる。これは驚くべきことなんじゃないか、とぼくは思う。この〈楢の木屋敷〉のなかを、こんなに美しいものが飛んでいて、それをこの眼で見ているのだ。それに、このたった一羽の紙のツルが宙に浮かんでいるさまは、見ている者の胸を一瞬、なんとも言いようのない不思議な思いでいっぱいにする。祈りのようであり、希望のようであり、ふと洩らした溜め息のようでもある。

それなのに、父さんたち兄弟のほうに眼を向けると、床に両膝と両手をついている姿は、まあ、祈りを捧げているように見えなくもないけれど、ぼくにはわかる。あの人たちの頭には、あの赤い折りヅルが着地した瞬間に誰かひとりのものとなる、この屋敷のことしかない。だから、ああして隣の人の脇腹を肘で小突いたり、両手をきつく握り締めて拳をこしらえたり、体重を思い切りかけることで相手を圧倒しようとしている。あの人たちが望んでいることはただひとつ、あの赤い折りヅルが、扇風機の送り込んでいる風のしたにもぐり込み、落ちてくることだ。大テーブルの天板に舞い戻ってくるのを、今か今かと待っている。その瞬間、すかさず折りヅルに飛びつき、引きちぎり、引き裂き、勝者の名前を知るために。ぼくのほうも、宙に浮かんだ赤い折りヅルを見つめながら、望むことはひとつしかない。そのまま いつまでも宙に浮かんでいてほしい。四兄弟が固唾を呑んで見守るなか、赤い折りヅルは安定を失い、小刻みに揺れながら、高度を落としはじめる。折りヅルが着地するまでのほんの一瞬、父さんや叔父さんたちが互いを押しのけ、手を伸ばすまでのほんの一瞬、ぼくは祖母ちゃんのノブヨ・コリアーのことを考え、祖母ちゃんがどこか遠いところに、折りヅルたちさえたどり着けないほど遠いところにいることを願う。そして、その場所で幸せになれたことを願う。

モータルコンバット

Mortal Kombat

学校の図書館の視聴覚機材室に、ふたりの若者が隠れている。窓のない、その小さな部屋にあるのは、映写機が三台、ビデオデッキのついたテレビが四台、オーバーヘッドプロジェクターが七台、ふたりの若者はそこにまぎれ込んでいる。床に坐り込み、まわりにランチを拡げたまま、ふたりは無作為に選び出した情報をできる限りのすばやさで互いに確認しあっている。ほかの誰もが知りもしない情報だ。

このふたりは校内の脳みそアスリートであり、ハイスクール対抗の〈クイズボウル〉に出場するチームメイトであり、そして当然のことながら、校内ではまるで人気がない生徒でもある。ふたりにとって、課外活動と呼べるものはたったひとつ、州内のあちこちに遠征しては、無作為に選び出した、およそ非実用的な質問に答え、ほかのハイスクールから同じように遠征してくる、同じように人気のない生徒たちと競いあうことだ。この現実を、ふたりは淡々と受け止めている。四年間続くハイスクールでの日々のうち、ほぼ三年間をこの状態で過ごしてきた今となっては、ある種のあきらめをもってこれが自分たちの運命なのだと思うことを覚えた。自分たちは用意されていた場所に、すんなりと居心地よくおさまることができないだけだということを。

ふたりとも、コミックブックはそれなりに持ってはいるけれど、一冊ずつ背板を当てて保管用の袋に入れ、本棚にアルファベット順に並べておくようなコレクターではない。マリファナも人並みに吸ったりしているけれど、そんなことをうっかり口走って捕まる危険はおかしたくない。このふたりが、たとえば《ダンジョンズ&ドラゴンズ》のようなテーブルトークRPGの愛好者なら、自分たちはレア・アイテムの〝クローク・オヴ・インヴィジビリティ〟を身にまとっているから周囲から注目されないのだというふりをするところだろうが、ふたりとも《ダンジョンズ&ドラゴンズ》は大したゲームではないと考えていて、そんなふりをすることは恥以外の何ものでもないと理解している。それでも周囲からは頭がいいと思われている、と言いたいところだが、そもそも周囲がこのふたりのことをそこまで気にかけることはないし、ふたりの知識量は確かにそれ相当のものではあるけれど、いわゆるマニア向けの知識であり、万人が感心する類《たぐい》のものでも学校の成績に直結する類のものでもなく、従って成績に関して言えば、そこそこの及第点は取れても周囲をあっと言わせるほどの優等生にはなりきれない。これまでに、ほんの数回ほどではあったが、同志を増やそうという試みが為されなかったわけではないが、新たな友人の獲得に乗り出すたびに、得も言われぬ気まずい雰囲気に迎えられて瞬時にして後悔するという結果に終わっている。斯くして、ふたりは互いしかいない境遇だ。この広い世の中においても、自分たちが通うハイスクールにおいても、この狭苦しい部屋においても。それでも一緒にいることで救われている。相手がいることで、自分の居場所がかろうじて確保できている。

このふたりは、ほかの生徒たちと一緒にランチを食べずに図書館の視聴覚機材室にこもって〝勉強〟しているわけだが、どちらにとっても今ではそれが当たりまえのことになっている。〈クイズボウル〉のチームメイトはあとふたりいて、ひとりは卒業生総代候補者で、もうひとりはそいつのガールフレンドなのだが、実はそのふたりからも変わり者扱いされている。それでも、このふたりの若者はそれについてもなんとも思っていない。もちろん、今のままで百パーセント満足しているわけではないし、何がどう変われればもっと満足のいく日々を送れるようになるかと問われれば、個別具体的に例を挙げて思うところをよどみなく述べることはできなくはないけれど、まずそうはならないことを知っている。そう、このふたりは多くのことを知っている。まだ知らないことについては、これから学ぶことになる。

このふたりは、一見したところ、実によく似ている。着ているものはコミックブックのキャラクターの絵か、もしくは知る人ぞ知るバンドのロゴが入っただぼだぼの服、神経質に身体を揺する癖、にきびの畑と化したなまっちろい顔。それでも、よくよく見てみれば、ふたりのあいだにはそれと見わけられるちがいがちゃんとある。

この夏、成長期に入ったウィンは急激に身長が伸び、変化していく自分の身体をいまだに持て余し気味だ。去年まではハイスクールのサッカーチームの二軍でプレイしていたが、それがだんだん退屈になってきて今年になって辞めた。今ではもう、以前の仲間たちのサッカーにかける意気込みが理解できない。それでもサッカーで鍛えた筋肉はまだ落ちていない。

これはウィンにとってはサッカーのもたらした嬉しい副産物でもある。髪は、当人にしてみれば敢えて梳かす気にもなれない代物で、頭のあちこちからばねのような巻き毛がつんつん飛び出している。

スコッティのほうはそばかすだらけで、背が低く、まだ幼さの残るぽちゃぽちゃとした身体つきをしている。当人としては第二次性徴が本格的に始まるのを心待ちにしているが、最近になってそんなものは自分にはついぞ訪れないのではないかと疑いはじめている、というか、だったらどうしよう、と不安を抱きはじめている。長く伸ばした前髪が額を隠し、そのしたの両眼まで隠しているので、眼のまえの人を見あげても相手の姿がまともに見えない状態だが、スコッティ自身はそれが気に入っている。

ふたりが繰り返す質問と答えの応酬はあまりにも早くて、まるで異国のことばを言いあっているように聞こえる。ウィンは一九八九年度アカデミー賞に関する質問を繰り出し、スコッティのほうは政界スキャンダルについての質問でそれに応じる。ふたりはあぐらをかいて床に坐り込み、背中をぴったりと、互いの背骨がきれいな平行線を描くようにくっつけあい、それぞれ正面の壁に視線を固定する。そして、始める。

「衣装デザイン賞は？」

「『ヘンリー五世』。ウォーターゲイト事件は？」

「ニクソン。助演女優賞は？」

「『マイ・レフトフット』のブレンダ・フリッカー。弾劾裁判にかけられた唯一の大統領といえば？」

「アンドリュー・ジョンソン。映画界における功績を称える名誉賞を贈られたのは？」

「ああ、あの日本人だろ？　ええと……ミフネ？」

「ちがう、クロサワ」

「ちぇっ。チャパキディック事件は？」

「テッド・ケネディ」

「ちがう、エドワード・ケネディ」

「同一人物だよ」

「嘘だろ？」

「いや、ほんとだって。テッドってのはエドワードのことなんだから」

そこで、それぞれが紙パックのジュースを飲み、クラッカーを食べるあいだ、しばしの間ができる。その後、質問はアフリカ諸国とその首都、惑星とその発見者、大統領が死亡した順番に移る。うなじをくっつけあっているので、襟足の短く刈り込んだ髪の毛が互いの肌を刺してちくちくする。視聴覚機材室はエアコンが入っていないし、酸っぱいような臭いがする。埃と古くなったオレンジが混じりあったような臭いだ。しばらくしたところで、ふたりは互いへの質問をやめ、数分間だけ頭を休ませる。

この日は金曜日だから、放課後には映画を観て、ビデオゲームをやって、ハイになって過ごすつもりだ。ふたりとも、これまでパーティーの類には呼ばれたことがない。誘われたところで、そんな場違いなところにのこのこ出かけていく気にはなれないだろうと思っている。ふたりにはふたりなりの金曜日の夜の過ごし方があって、そこから逸脱することは自らトラブルを招くようなものだと心得ている。ふたりはどの映画を借りるかで言い争い、マリファナを仕入れるのとウィンの叔母さんの洗面所の戸棚から精神安定剤《バリアム》を失敬するのとどちらが確実な手段かを検討し、それからこれまで数えきれないほど口にしてきたことではあるが、学校はくそだし、だいたいにおいて世の中そのものがくそだと言いあい、そこで話題が尽きる。そろそろ昼休みも終わる。午後の授業のために教室に戻る時間だ。

　ふたりは背中をそれまで以上に密着させると、互いの背中に寄りかかるようにして、床に手をつかずに立ちあがろうとする。あとちょっとで立てそうというところで、スコッティが足を滑らせ、ウィンを道連れにしてひっくり返る。床に倒れ込んだひょうしに、ウィンは片肘を強打する。腕から首のつけ根まで、鋭い痛みが突っ走る。思わず、スコッティにつかみかかり、「この野郎」と叫び、そのままふたりして組みあったまま床に寝転がる。

　ふたりとも締まりのない笑みを浮かべている。それから、互いの身体を小突きあいながら、もう一度立ちあがろうとする。そして、気がついたときにはキスをしている。その場の勢いと決断のすばやさに押されて、互いの歯がぶつかるほどの勢いで。歯がぶつかりあったときの妙に金属めいた音に、ふたりは一瞬、身を離す。ふたりとも表情ひとつ変えない。というよりも、どちらの顔にもなんの表情も浮かんでいない。

　ふたりのことの進めようは、単純でありながら、同時にぎごちなくもある。やみくもで忙しない動きに身体がただ本能的に反応しているにすぎない。なんだか取っ組み合いの喧嘩みたいだ——どちらの胸にもそんな思いがよぎる。時間にすれば、ほんの二分ほど、いや、もっと短かったかもしれない。再び身を離したときには、ふたりとも汗だくで、いつの間にかシャツを脱ぎ捨て、剝《む》き出しになった上半身に互いの手の痕が赤々と残っている。ふたりは小刻みな足取りで慎重にあとずさる。

放課後、学校の駐車場でふたりは互いを避けて距離を置く。

ウィンは家に帰り着くなり母親に、気分が悪いと告げる。確かに蒼白い顔をしていて、触れてみると熱い。それでも明日は土曜日で学校もないからということで、母親もそれ以上はうるさく追及してこない。ウィンはベッドにもぐり込み、眠りが訪れるのを待つ。なんの夢も見ず、完璧な空白に呑み込まれることを願う。

スコッティは、父親のクロゼットからポルノ雑誌を失敬してくる。その手の雑誌に載っている、そういうことが許される年齢には見えないけれど、それでもスコッティよりは歳上の女の子たちを盗み出してくる。だが、すぐにはページを開かない。とりあえずベッドのマットレスのしたに突っ込む。それだけで、気持ちがだいぶ落ち着く。そして、夜になってこわばりを感じて自分自身を握ったときに、マットレスのしたから雑誌を引っ張り出してページをめくる。その気安さが、慣れ親しんだ行為が、ウィンとのあいだに起こったことを忘れさせる。イッたときも、いつもと同じで特に何も思わない。すぐに忘れてしまえる一過性の快感というだけだ。ベッドに雑誌を拡げたまま、スコッティは眠りに落ちる。

どちらの若者も、翌日の土曜日は遅くまで寝ている。窓から射し込む陽の光に気づいても、起きる気になれない。ふたりとも、眼を覚ましたときに勃起しているけれど、気がつかなかったことにしようとする。

しばらくして、スコッティは意を決し、ベッドから這い出し、前日に失敬してきた雑誌を父親のクロゼットに戻してそとに出る。週末の仕事として割り当てられている、落ち葉掃きをしなくてはならないからだ。庭のあちこちに落ち葉の小山をこしらえながら、ウィンのことを考え、視聴覚機材室のことを考える。これまでに、あんなふうになるかもしれないという予感をちょっとでも抱いたことがあったかどうかを考え、ウィンのほうはどうだったのだろうかと考える。友人といえば、ウィンしかいない。今後、ガールフレンドができる見込みも限りなく乏しい。つまり、スコッティにはウィンしかいないということだ。年がら年じゅうふたりでつるみ、勉強するのも一緒なら、泊まりにいくのも互いの家だけ。もちろん、それがスコッティの理想とするハイスクール生活には遠く及ばないことは承知している。どうせならカリー・マイケルソンと一緒に過ごすほうがわくわくするだろうし、そばにいてくれるなら、あのプロポーション抜群でセクシーな身体のほうが嬉しいに決まってる。でも、これはこれでありかもしれない、とも思う。昨日のことを思い出すのが少しずつ怖くなってきている。あのときのウィンと自分のことを、あのときの衝動の激しさを思い返すたびに、怖いと思う気持ちが薄らいできている。そりゃ、ぼくはゲイじゃないけど、とスコッティは思う。少なくとも自分ではそのつもりはないけど……とりあえず、しばらくのあいだ、なってみるってのもありかもしれない。庭の落ち葉掃きを終えて、スコッティはウィンの家に向かう。ウィンの家に着いたときに何を言えばいいのか、どう振る舞えばいいのか、わかっているわけでもないのに。

ウィンのほうはベッドに寝転がったまま、起きるのを拒否している。一夜明けると、本格的に気分が悪くなっていて、昨日の嘘が嘘ではなかったように思える。玄関の呼び鈴が鳴ったとき、無性に恥ずかしくなってとっさに上掛け用のシーツを顎まで引っ張りあげてくるまるけれど、すぐに馬鹿みたいなことをしていると思う。訪ねてきたのがスコッティだということはわかっている。母親が、息子は具合が悪くてまだ寝ている、と言っている声が聞こえてくる。スコッティが帰ると、母親が部屋にやってきて友だちが訪ねてきたと言う。それから妹をダンス教室に送っていくため、出かけていく。ひとりきりになると、にわかに空腹を感じる。腹が減っていると感じるのは、久しぶりのことだ。サイドテーブルの抽斗に手を伸ばし、〈ペッツ〉のキャンディを取り出してひと握り分を口に放り込む。階下に降りていってサンドウィッチでもこしらえようかと考えていると、カツン、カツン、カツンという音がする。部屋の窓に何かが当たって跳ね返る音だ。

窓のところまで歩き、そとをのぞく。スコッティがこちらに向かって小石を投げている。ウィンは慌てて身を屈め、窓のしたにしゃがみ込んでズボンを穿き、シャツを着てから引きあげ式の窓を開ける。スコッティが声を張りあげ、呼びかけてくる。「ちょっと降りてこないか？　なんならおれがそっちに行ってもいいけど」そのなんともお気楽な口調に、ウィンは怒りと気恥ずかしさを覚える。頬がかあっと熱くなる。窓をもう少し引きあげ、「断る」と言う。「まじで調子悪いんだ」スコッティがまたひとつ小石を投げてきたので、ウィンは窓のところから身を引く。「いいから降りてこいって」とスコッティが言う。「どうせ仮病だろ？　わかってるって」ウィンは足元に転がっていたテニスボールをつかんで、窓から投げつける。スコッティはそれをあっさりと避けてみせる。「まじで調子悪いんだって」とウィンはもう一度言う。「じゃあな、また月曜に」スコッティが肩をすくめ、歩きだすのが見える。「なんだか妙な感じなんだろ」とスコッティが尋ねてくるが、それは質問というよりも事実を事実として口にしているように聞こえる。「ああ、そうだよ」と答えてウィンは窓を閉める。

日曜日の夜は、ふたりとも眠れない。明日は何かが起こるのか、あるいは何も起こらないままなのか、それが気になって神経が昂ぶっている。朝になってみると、どちらの顔にもにきびの描く新たな模様ができあがっている。ウィンもスコッティも、うすうすわかってはいる。今日という日に何が起ころうと、それがどんな終わり方をしようと、自分たちはこれまで以上に変わり者扱いされ、周囲から浮きまくり、ふたりのことをからかいの対象と考えている連中にとっては、これまで以上に恰好の標的となるだけだ。だから、まだ十八歳でないことが、ハイスクールにまだ通わなくてはならない身の上だということが、残念でならない。なんの根拠もないのに、ハイスクールを卒業したら、こんな悲惨な毎日とはおさらばできると信じ込んでいる。

大統領暗殺未遂事件、ノーベル賞受賞者、プロバスケットボールリーグ《NBA》の記録保持者。それらのテーマに、ウィンは全力で取り組み、とことん集中する。同じ部屋にいるスコッティの存在をほとんど忘れてしまうほどの勢いで。そう、あくまでも〝ほとんど〟どまりではあるけれど。ふたりは、今日は向かいあって坐り、互いの身体にうっかり触れてしまうことがないよう、気をつけている。それぞれのまえに百科事典やら世界年鑑やら『ギネスブック』やらを拡げて、それをふたりのあいだを隔てる境界線にしている。今日のテーマに関した質問を繰り出すことは、それに答えることと同じぐらい簡単だが、話すべき事柄はほかにもあってスコッティがその話題を持ち出したがっていることがウィンにはわかっている。本で築いた境界線の向こうをうかがうと、鼻先にかかるほど伸ばした前髪の隙間からかろうじてのぞくスコッティの眼が、膝のうえに拡げた百科事典とウィンのあいだを、すばやく行ったり来たりしている。何かを待ち受けているかのように。であるなら、ウィンとしては雑学にまつわる知識を猛然とつぶやき続けるしかない。

　そのうち、質問のネタが尽き、質問する時間も尽きる。ウィンは首筋の筋肉がにわかにこわばるのを感じる。心なしかスコッティがこちらに向かって身を乗り出しているような気がする。ふたりのあいだに拡げてある、何冊もの本などものともせずに。ウィンは身を引き、さらに距離を取る。「ああ、ええと……でさ、《モータルコンバット》はもちろん買うんだろ？」とスコッティに尋ねる。スコッティは浮かせかけていた腰をすとんと落として笑みを浮かべる。そんなふうに新たな話題が出てきたことを、スコッティのほうもありがたいと思っているのかもしれない。「そりゃ、もちろん」とスコッティは答える。「それに裏技もわかった。これで〝究極神拳《フェイタリティ》〟が出せる。とどめを刺してやれるぜ」そのあと、ふたりは昼休みの残り時間をこんな調子で過ごす。パンチとキックと身体の切断について、声が嗄れるぐらいしゃべりつづける。

《モータルコンバット》を買うため、ふたりは過去何ヶ月にもわたってせっせと小遣いを貯めてきた。これまでにも地元のゲームセンターで、バケツで量るほど大量の二十五セント硬貨を費やしてさんざっぱらプレイしてきた格闘ゲームで、飛び散る血飛沫《ちしぶき》と臨場感たっぷりの暴力と頭をつかんで背骨を引っこ抜くといったような荒技をたっぷり愉しめることが売り物だ。《モータルコンバット》の登場で、ほかのゲームはどれもこれも、ちゃっちくて、あほらしくて、こんなのはお子さま向けじゃないかとしか思えなくなった。来週、その《モータルコンバット》の家庭用ゲーム機版が発売になった暁には、ふたりとももちろん買うつもりでいる。それを思えば、あのゲームを自分のうちでプレイできるようになることを思えば、ウィンもスコッティも幸せな気持ちになれる。幸せになれない要因がいくつもあるようなときでも。おまけに、何よりありがたいのは、これが簡単に盛りあがれる恰好の話題になることだ。おかげで、この狭苦しい視聴覚機材室で、こんなふうにぎごちない笑みを浮かべながらであっても、ふたりは個々のキャラクターとその技について、口から火焔を吐いて対戦相手をちりちりの黒焦げにすることについて、いくらでもしゃべることができる。

スコッティはノートのページを一枚破って丸めると、それを両手首のつけ根のところに挟み、掌を大きく開けた口のようにして、紙飛礫《かみつぶて》をウィンめがけて投げつける。〝絶対零度《サブ・ゼロ》〟が冷気を噴射するところを真似しているつもりなのだ。紙飛礫はウィンの顔面に命中する。ウィンはくぐもった笑い声をあげながら、ぴたりと身動きを止め、全身が氷に覆われたふりをする。スコッティはふたりのあいだに拡げてあった本を蹴散らし、ウィンに近づく。ウィンはその場に凍りついたままでいるけれど、その顔から笑みは消えている。スコッティは両手と両膝を床についた恰好で、数インチと離れていない距離からまっすぐにウィンを見つめる。そのままの体勢で待ち、ウィンに身を引くチャンスを、〝解凍〟のチャンスを与える。そして、ウィンがそれでも凍りついたままでいることがわかると、キスをする。前回よりも柔らかく、焦らないように唇を重ねる。そのあと、ふたりともまだ口をきくこともできないでいるうちに、スコッティはあたふたと視聴覚機材室から飛び出していく。うしろを振り向きもしないで。ドアが閉まったあとも、ウィンはその場から動けずにいる。今も凍りついたままの身体は、同時に火照ってもいる。自分の肌に軽く触れただけで〝解凍〟できることが、なんだかとても不思議なことのように感じられる。

その晩、スコッティはアルバイト先の店内を歩きまわり、ゴミ箱を空け、床にモップをかけ、トイレの掃除をする。月曜日から木曜日まで毎晩、叔父の不動産会社で清掃員のアルバイトをしているのだ。仕事は楽だし、独りでいられるし、館内放送システムを使って音楽を聴くこともできる。今夜は〈ジョイ・ディヴィジョン〉のアルバムを大音量で流している。ちょうど全面ガラスのドアを磨きはじめたところだ。いつもいちばんあとまわしにする作業なのだ。〈ジョイ・ディヴィジョン〉の曲は、歌詞自体は気が滅入るような内容だけど、勢いよく弾むようなベースラインにことばが掻き消されて、滅亡とダンスの奇妙な融合体と化している。スピーカーから弾き出されるビートに合わせて、首を縦に振りながら、スコッティはガラスを磨く。首を振るたびに前髪が揺れて、額を叩く。途中で、ヘッドライトをつけた車が駐車場に入ってくるのに気づく。ほかの人間が出現したことで、スコッティはすぐさま首を振るのをやめる。傍から見ればほとんどわからないほどの動きだが、スコッティにとってそれは踊っていることを意味するからだ。そんな姿を人に見られるのは、あまりにも恥ずかしい。駐車場に入ってきたのは、ウィンの車だ。ウィンは車から降りて、ドアのところまで歩いてくる。ドアのまえでウィンが足を止めると、ふたりを隔てているのは一枚のガラスだけとなる。ウィンは新刊のコミックブックを何冊か掲げてみせる。それから、指のあいだに挟んだマリファナ煙草を小さく動かし、その煙草でドアの把手を指す仕種をする。スコッティはドアを開けてウィンを店内に入れる。

ふたりは従業員用の休憩室でマリファナ煙草を吸い、コミックブックを読む。一本の煙草をやったりとったりしながら交互に吸っているときも、ほとんどことばを交わさない。マリファナ煙草がなくなるころには、二冊のコミックブックは読み尽くされ、〈ジョイ・ディヴィジョン〉のCDも終わっていて、嫌でも沈黙が意識されるようになっているのに、どちらも言うべきことを思いつけずにいる。読み終えたばかりのコミックブックのことを話題にしてもよさそうなものなのに、それも思いつかない。その日の昼休みのことを話題にすることもできるはずなのに、それも思いつかない。あるいは、ウィンがスコッティのアルバイト先に訪ねてくるなどこれまではまずなかったことだから、今夜に限って訪ねてきた理由を話題にすることもできるはずなのに、それも思いつかない。代わりに、ふたりして休憩室の小型冷蔵庫をのぞき、庫内にはダイエット・ソーダとカテッジ・チーズしか入っていなかったけれど、それを取り出してむさぼるように飲み、かつ食べる。気がつくと、門限が迫っているので、どちらも慌てて帰り支度に取りかかる。

スコッティはテーブルに散った灰を集めて掌に受け、ソーダの缶を捨てる。あとは明かりを消して、いつもの締めくくりのひと仕事、モップをゆすいだバケツの汚れた水を捨てるだけになる。スコッティはバケツを置いてきた清掃用具室に戻る。ウィンがあとからついてくる。清掃用具室の明かりをつけるため、スコッティが細い鎖を引っ張る。清掃用具室は小さなクロゼット程度のスペースしかないので、ふたりの距離はうんと近い。身体と身体が今にも触れそうになる。ウィンはその場に突っ立ったまま、ただスコッティを見つめている。じっと見つめたまま、いつまでたっても眼をそらそうとしない。そんなふうに見つめられても、どうしていいのか、スコッティにはわからない。こんなのはあまりにも気詰まりだし、あまりにも恥ずかしいではないか。

だから、膝をついてバケツに両手を突っ込み、黒ずんだ水をひとすくいしてウィンに向かって撥ねかける。すぐそばに突っ立っていては、避けきれるものではない。ウィンは大声をあげ、バケツを蹴り倒す。その結果、ふたりは共に水溜まりのなかに突っ立ち、バケツから流れ出した水が戸口を越えて廊下にまで拡がっていくのを、ただ呆然と眺めることになる。バケツの水はどういうわけかゴムの臭いがする。ふたりが恐る恐る廊下に足を踏み出すと、スニーカーの底がキュッキュッという音をたてる。「ったく……」スコッティはそう言って廊下をもう一度拭くためにモップに手を伸ばす。ウィンはスコッティの手の届かないところにモップを遠ざけ、スコッティを壁に押しつけ、それでもスコッティが何かをつかもうとするように手を伸ばすたびに、その手を払いのける。そして、それがまた始まる。スコッティはウィンのジーンズの股のところに片手をこすりつける。布地にこすれた掌が熱をもち、真っ赤になっても手を止めない。小学生のときに女の子を相手に同じようなことをした経験があるけれど、そのときと大差はないような気がする。手を伸ばして、触って、その手を動かし続けるうちに、なんとなく気持ちがよくなってくるところは、女の子を相手にしているときとほとんど同じだ。舌先をウィンの唇のあいだにそっと滑り込ませようとする。ウィンは吐き出そうとするけれど、もう一度舌先を滑り込ませてマリファナ煙草の名残のえぐみを味わう。ふたりして床に倒れ込んだときには、どちらのズボンも引きずり降ろされ、シャツも存在しなくなっていて、ふたりが身体を動かすたびに、まわりに拡がった水溜まりが腕やら脚やらに触れて湿った水音をたてる。途中でウィンの肘がスコッティの顔面に命中するが、どちらもそのことに気づかない。ふたりとも今にも達しそうになっている。そのとき、いくつかの事柄がすさまじい速さで、それぞれの胸のうちをかすめる。男同士でキスをするのは、まだいい。そいつのナニに触るのも、まあ、許せる範囲だろう。だけど、そいつにイかされて噴射までしちまうってのは……いくらなんでも、それはヤバいんじゃないか？

ウィンにとって、それは最後の一線を越えることだ。と言っても、そもそも知識が圧倒的に不足していて、最後の一線とやらを自分が越えることができるのかどうか、それすらよくわからない。これまでにそういうつきあいをしたことがないからだ。ガールフレンドがいたこともないし、納屋の裏手に隠れてお医者さんごっこをしたこともない。要するにウィンにとっては今回のこれが初めての体験だし、今にも噴射しそうになっているし、気持ちよくなっていないふりなどできるわけもなく……それでも、ウィンは急に動きを止める。これ以上続けるわけにはいかなくなる。「待ってくれ」とウィンは言う。「待ってくれって」スコッティの手首をつかみ、それ以上手を動かせないようにする。それから、すばやく立ちあがり、湿った服を身に着け、店を飛び出して自分の車に駆け込む。そして、後部座席に寝そべり、スコッティが探しにこないことを祈る。自分のモノがまだ固くなったままだと気づいて、ゆっくりと手を動かしはじめる。スコッティと女の子と一緒にいるところを想像し、その女の子の顔やなんかは具体的に思い浮かべることはできないものの、ともかく女の子であることだけはまちがいなく、イッてしまう直前にそれが確認できたことで、なんだか救われた気持ちになる。運転席の背もたれ越しに前方を透かして見ながら、スコッティが探しにくるだろうかと考え、このままもう少し待っているべきだろうかと考える。

店内に残されたスコッティは洗面所に入り、そこで自分がまだスニーカーを履いていて、それ以外は何も身に着けていないことに気づく。その恰好のまま便器のまえに立ち、自分の手で始末をつける。洗面台のうえの鏡に映る自分の顔を見る。右眼のまわりが赤く腫れている。ウィンの肘撃ちを喰らったところが。触るとずきずきするけれど、その部分を何度も何度も指先で軽くなぞる。それから、最後に服を着て、廊下に拡がった水をモップで拭き取り、戸外《そと》に出て自分の車に向かう。ウィンはいなくなっている。

その夜、スコッティもウィンも、その日の出来事を頭のなかで繰り返し再生する。めくるめくようで、とろけるようで、でも同時に警戒する気持ちも抱いてしまう。これほどの勢いで事態が進展していくことに。あの先に進んでみようと思うけれど、ともかく進めるところまで進んでみようと思うけれど、ふたりの想像力ではおぼつかない。ふたりには実際に起こったことの記憶しかない。互いの身体に灼《や》きつけられた感触しかない。で、どちらの若者もとりあえず明日を待つことにする。恐れも期待も抱かずに、この関係がこの先どんなふうに続いていくのかという好奇心だけを胸に。

翌日、ウィンはお気に入りのTシャツを着る。コントローラーの入力順——上、上、下、下、左、右、左、右、B、A——をずらっと一列にプリントしてあるやつだ。ちなみに、これはテレビゲームのよく知られたコマンドだ。そのTシャツを着るたびに、それってどういう意味？　と誰かが訊いてくれないものか、とささやかに願う。そのぐらいの興味を向けてはもらえないものか、と。だけど、その願いがかなったことはない。周囲の連中は、その意味ぐらいもう知っているか、こちらのほうが可能性が高そうだが、そんなことは知ったこっちゃないのだ。図書館にはスコッティよりも先に到着する。ふたりが人目を避けて〝勉強する〟ことを奨励はしないまでも黙認している司書から、視聴覚機材室の鍵を受け取ると、〈クイズボウル〉対策用の書籍を選び出しにかかる。今日は百科事典を数冊、それとスポーツ年鑑にする。ウィンは期待に似た気持ちを持ちはじめている。ここまで進んできた以上、今後の展開は加速するにちがいないという、初心者にありがちな思い込みを抱きはじめている。こんなふうにせっせと本を集めてみたところで、これらの本が使われることは今日はないんじゃないかと思いながらも、その思いがあるがゆえに、いつも以上にいっそう真剣に吟味して本を選ぶ。

ふたりは簡単な質問から始める。どちらもが得意としている分野から。大学フットボールの年間最優秀選手に贈られるハイズマン・トロフィーの歴代受賞者。有名な探検家とそれぞれのなした発見。有名な詩の一節とそれを書いた詩人。それぞれの質問に、ふたりは考え込むこともなく答えていく。質問が終わらないうちに回答を口にする。もっと訊きにくい質問もないわけではない。したいんじゃないのか？　いいのか？　わからないだろ、やってみなくちゃ？　だよな。だろう？　よし。そのあとはずっと楽になる。

ウィンは言いつづける――「静かにしろって。静かにしないとやばいって」ふたりとも服は着たままでいるけれど、どちらのズボンもだぼっとしているので、なかに手を滑り込ませるのは簡単だ。スコッティは忙しなく手を上下に動かしながら、ウィンの肩に顔を伏せる。最後の瞬間、ウィンは押しころしたすすり泣きのような、くぐもった声を洩らす。ことばにできないことを伝えようとするように。スコッティが床に仰向けになり、ウィンがそこに身体を重ね、シャツを引っ張りあげて脱がそうとしたとき、視聴覚機材室のドアが軋み、ノブをまわそうとしている音がする。

ドアには、もちろん、鍵をかけてあるけれど、それでも一瞬、恐怖に駆られる。最悪の事態になりかねないという恐怖だ。ウィンは弾かれたように身を起こし、怒りで顔が熱くなる。とっさにスコッティの脇腹を殴りつける。それがあまりにもすばやくて、ふたりとも何が起こったのか、よくわからない。スコッティは悲鳴はあげない。それでも、息を吸い込むたびに鋭い痛みが走る。シャツを引きおろそうとしたとき、ドアの向こうから司書の声が聞こえてくる。歴史の授業で使うので、ビデオデッキとテレビを一台、出さなくてはならないのだと言っている。ウィンはいちはやく本を拡げて、クラッカーを口に押し込み、シャツの裾をめいっぱいしたまで引きおろしている。もっともらしい場面を作り出すことで、ふたりのアリバイを準備しているのだ。スコッティは床に転がったまま、ウィンを見あげている。ウィンは語気の鋭い囁き声で、ほとんど唇の動きだけで同じことばを繰り返している。「起きろ、起きろってば、この馬鹿野郎。ほら、急げって」スコッティが立ちあがり、まだ足元がふらふらしているうちに、ウィンがドアを開ける。

司書は何も尋ねてこないし、なんの疑いも抱いていない。もしくは、仮に疑っているにしても、それをおもてに出すようなことはない。ビデオデッキのついたテレビを載せたカートを押して戸口を抜け、ドアを閉める。ウィンとスコッティはまた、視聴覚機材室の狭い空間でふたりきりになるけれど、どちらも恐怖に震えあがっていて何をどうすればいいのか、まるでわからない。スコッティはうずくまり、そっと息をしながら苦しげに顔をゆがませる。ウィンは鼓動があまりにも激しくて、考えをまとめることができない。スコッティを殴ったことすら、ほとんど覚えていないほどだ。口を開いてはみるものの、ことばが出てこない。床に膝をついて、スコッティの顔に手を伸ばす。指先で友人の眼のまわりの骨をなぞる。それでも、スコッティは顔をあげられない。ウィンの顔を見ることができない。弱々しいうめき声をあげている自分が恥ずかしくて、脇腹を押さえたまま、そばにあった本のうえに覆いかぶさるような恰好で背中を丸める。しばらくすると、ウィンはスコッティの顔から手を引っ込め、本を一冊拾いあげて部屋の隅に向かう。ふたりは無言のまま、動くことを恐れながら昼休みが終わるのをただ待つ。スコッティはもうウィンになんの質問もしない。たった今、起こったことにただもう圧倒され、その思ってもいなかった展開に驚くことしかできない。

放課後、ウィンは一時間ほど、当てもなく車を走らせる。ラジオもかけずに、ただ無目的に通りを流す。こんなことを続けるわけにはいかない。現実にはそうではないかもしれないと思いながらも、自分はこの程度のことで妥協していい人間ではないはずだと考える。よりよい境遇に値する人間であるはずだと信じようとする。自分さえ望めば、これからだって現実を変えることができるような気がする。もう一度、サッカーチームに入りなおしたっていいし、ランチは学校のカフェテリアで食べて、新しい友人を作ったっていい。そのうちのどれひとつとして実現しないにしても、スコッティとあんなことをするのだけはやめられる。そう、あんなことはやめないとならない。このまま続けていたら、いずれとんでもなく恐ろしいことになるに決まっている。スコッティに握られ、あいつの手のなかで噴射したことを思い出す。それからスコッティを殴ったことを思い出す。そして深く恥じ入る。どちらのことについても。できるものなら、以前の状態に戻りたいと思う。ふたりとも幸せではなく、人気者でもなく、そこから脱却することも変わることもできずにいたあの状態に、戻れるものなら戻りたいと思う。スコッティが歩道の縁石に坐っている。両膝を胸に引きつけて抱え、ウィンいる。見ると、スコッティが歩道の縁石に坐っている。両膝を胸に引きつけて抱え、ウィンが帰ってくるのを待っている。

言うべきことばはほとんどない。そのほとんどないことばをウィンから引き出すことさえ、スコッティには難しい。学校が終わってからずっと、スコッティはそこにそうして坐り込み、コミックブックを読みながら通り過ぎる車を眺めていた。ウィンの母親に飲みものを勧められ、屋内《なか》に入ったらどうかとも言われたけれど、スコッティとしてはそこでそうして待っていたかったのだ。帰宅したウィンが最初に眼にするものでありたかったから。ところが、実際にそうなってみると、ふたりは人の眼のある戸外にいるわけで、何もかもが気詰まりで、厄介で、ぎごちない。スコッティは自分の家に来て話をしないかと誘うけれど、ウィンは断る。もうおしまいにしたいと言う。こんなことは、もうこれ以上続けたくないと言う。「本当は続けたいくせに」とスコッティは未練がましく言う。

視聴覚機材室で勉強するのはもうやめる、とウィンは言う。何週間かひとりで過ごしてみたいと言う。スコッティはウィンの肩に手を置くが、ウィンはその手を振り払い、すばやく距離を置く。「やめてくれよ、こんなとこで」と言い、それから自分で自分のことばを訂正する――「いや、どんなとこでも、そういうことはやめてほしい」スコッティは自分が今にも泣きそうな状態にあることに気づくが、ウィンに泣き顔を見られるのはあまりにもみっともないと思い、バックパックを拾って立ちあがる。そのひょうしに脇腹に鈍い痛みを覚えて、顔をしかめる。シャツをまくりあげて、ウィンに痣《あざ》を見せる。「これ、おまえに殴られたからだぞ」とスコッティは言う。ウィンはスコッティのほうを見ようともしない。自分の両手に視線を落としたまま、それでも「悪かったよ」と言う。

それからの数日間、ふたりは別々に過ごす。スコッティは視聴覚機材室にこもるけれど、本を読むわけではない。ただ坐って、ウィンがやって来るのを待つ。たとえウィンが来ることはなくても。ウィンは学校のカフェテリアでランチを食べる。カフェテリアは広すぎるし、うるさすぎる。サッカーをやっていたときのチームメイトの何人かと同じテーブルに着いている。同席してかまわないかと声をかけたとき、その場にいた誰もが一瞬、あれ、こいつ、誰だっけ？　という顔をする。それから、ようやくひとりが空いている椅子に向かって顎をしゃくる。それでますます自分のしていることが馬鹿馬鹿しく思えてくるけれど、それでもスコッティを探しに視聴覚機材室に足を向けようとは思わない。そこに行けば友人が待っているのを知っているのに。同じテーブルの連中がウィンの聞いたこともない野球選手の話をするあいだ、ウィンは頭のなかで南北戦争の激戦地をひととおり確認しながら教室に戻る時間になるのを待つ。ふたりが一緒になる授業はふたつあって、そのあいだスコッティはうしろからウィンの首筋を見つめ、ウィンが先生に当てられて質問に答えなくてはならなくなることを願う。そうなればウィンの声を聞くことができるからだ。ある晩、ウィンが自分の部屋にいるとき、窓に何かが当たる音が聞こえたような気がする。そとをのぞいてみたけれど、何も見えない。窓を引きあげて「スコッティ?」と呼びかける。ほとんど囁くような声で。答える声はない。もう一度呼びかけてみても、やはり返事はない。

そんなふうにして続く同じような毎日を、あるものが打ち破る。《モータルコンバット》だ。家庭用ゲーム機版がついに店頭に並び、販売が開始されたのだ。この念願のゲームソフトを買うために、ふたりとも二時間以上も行列する。ウィンは、うっかりスコッティに出会ってしまわないよう、隣の隣のさらにその隣の町まで車で出かけていく。帰り道は片手をステアリングに置き、反対の手でゲームソフトをしっかりと握り締めている。どちらの若者も自分たちの部屋にこもり、床にぺたりと坐り込み、明かりを消し、コントローラーをつかみ、ゲームに没頭する。ふたりが所有しているゲーム機は、異なるメーカーの製品だ。ウィンの機種は、保護者と政府の懸念に配慮したもので、健全な〝検閲済み〟バージョンでのプレイしかできない。せっかくの《モータルコンバット》なのに血飛沫なし、電撃によって頭が破裂するのもなし。いつもの愉しさからはほど遠い。スコッティのところのゲーム機なら〝血飛沫〟バージョンがプレイできて、見せ場を残らず堪能できる。それはわかっているけれど、ウィンは電話をかけようとはしない。パンチを繰り出し、キックを見舞い、敵キャラの身体から血飛沫の代わりに汗が飛び散るのを眺めながら、これだってそこそこ愉しめるじゃないか、と自分に言い聞かせる。これはこれで満足できるじゃないか、と。

《モータルコンバット》をプレイするとき、スコッティはときどき、対戦相手のキャラクターをウィンに見立てる。敵キャラの頭にパンチを見舞い、胴体から吹っ飛ぶのを眺めてにんまりするけれど、そのあとすぐに嫌な気持ちになる。ある晩、アイリーン・ブレナーに電話をかける。ジュニア・ハイスクールのときに、ちょっとだけ親しくしていた女の子だ。春のダンスパーティー《スプリング・フリング・ダンス》で一曲だけだけど、踊ったこともある。アイリーンは、でも、スコッティのことを覚えていないようだった。それでも、めげずに、そのうち一緒に映画でも観にいかないか、と言ってみる。アイリーンは、実は今、気になっている人がいて、その人となんとなくつきあいかけているような状態だから、スコッティとは映画であれなんであれ出かけたりする気にはなれないと言う。スコッティは少しだけほっとする。最後にはありがとうとまで言って電話を終える。アイリーンに電話をかけてふられたことが学校で広まり、これでまたひとつ、スコッティがいかに〝いけてないか〟伝説が増えることになるにちがいない。それでも、ウィンには電話をしない。固く心に決めている。だけど、気がつくと、ウィンから電話がかかってくることを期待している。ウィンを待つことに時間の大半を使っている。ウィンのところのゲーム機では、〝検閲済み〟バージョンしかプレイできないことは知っている。血飛沫や胴体から頭部が吹っ飛ぶところや鋭く尖った杭に串刺しにされるキャラクターたち見たさに、ウィンのほうから近づいてきてくれないものかと思う。

　さらに何日かが過ぎると、ウィンは落ち着かない気分になる。いつの間にか、《モータルコンバット》もプレイしなくなっている。血飛沫抜きのバージョンは、土曜日の朝のアニメ番組並みにくだらないように思えてきたせいもある。今では図書館の視聴覚機材室からはすっかり足が遠のいている。スコッティと顔を合わせること自体、ほとんどなくなっている。自分の部屋に閉じこもり、コミックブックを読み、母親と妹が出かけている隙にマリファナ煙草を吸い、極力何もしないで過ごしている。ときたま、スコッティのことが頭に浮かぶことはあるけれど、それも百科事典で得た脈絡のない知識がふと浮かんでくるようなものだ。そんなふうに自分の頭が情報を蓄えておけることを、いつまでも忘れずに覚えていられることを、われながら面倒くさいと思う反面、なんとなく安心する。夜になってマスターベーションをするときには、頭のなかを空っぽにして何も考えない。ただ単に、必要に応じてしなくてはならないことをするだけで、ともかくことを終える。やがて、ある日、思いつく理由はひとつもなかったけれど、ともかくそんな日々にひと区切りつけるため、電話の受話器に手を伸ばし、スコッティに電話をかける。スコッティは最初の呼び出し音で電話に出ると、ウィンがもごもごと口にした挨拶のことばを途中で遮り、「来いよ」と言う。

スコッティは家のまえの通りに出ている。そのうち、歩道を歩いてくるウィンの姿が眼に入る。ウィンがそばまでやって来るのを待って、散歩でもしないかと誘う。と言っても、話がしたいだけなんだけど、と言う。ウィンは首を横に振る。「ゲームをやらせてほしくて来ただだけだから」と言う。「それだけのために来たんだ」スコッティとしては、それでもかまわない。今のような状態でウィンのそばにいると、おずおずしてしまうし、緊張もする。テレビゲームという馴染みのある時間の過ごし方なら、むしろ歓迎したいぐらいだ。ふたりは家に入り、スコッティの両親のまえを通る。スコッティの両親は何もことばをかけてこない。ただ黙って挨拶代わりに短くうなずいてみせるだけだ。このところウィンが訪ねてこなかったことには、まるで気づいていないのだ。スコッティの部屋に入ると、スコッティはドアを閉め、ウィンのすぐそばに腰を降ろし、コントローラーを手渡す。それから、ふたりはひと言も交わさず、ゲームを始める。

　さすがは血飛沫バージョン、大量の血が、まるで鳥の群れがいっせいに飛び立つようにキャラクターの身体から周囲に撒き散らされる。パンチ、キック、ハイキック、ローキック、アッパーカット、ジャンプパンチ、アイスブラスト、レーザーブラスト、鎖のついた銛《ハープーン》の攻撃。部屋に響くのは、ゲームの不気味な音楽と画面には登場しないアナウンサーが対戦のたびに低く押しころした声で告げる「戦え《ファイト》！」のひと言だけ。ウィンもスコッティも口をきかない。ふたりのあいだで交わされるのは、それぞれの指先がコントローラーを操作する、カチカチカチという忙しない音しかない。ふたりは互角に渡りあう。攻防は一進一退を繰り返す。じきに、とどめの技を決めたウィンのキャラクターが、スコッティの選んだキャラクターを橋から突き落とし、スコッティのキャラクターが尖った杭だらけの穴の底に転落すると、ふたりとも声をあげて笑う。そうしているのは気楽だし、そのあとのことをあれこれ想像して無駄に気を揉む必要もない。以前の、互いが互いの友人だったときに戻れる道筋でもある。

　しばらくすると、ウィンはある戦法を編み出す。まえに、うしろに、すばやく小刻みにジャンプを繰り返しながら、キックとパンチを何発も命中させて最終的に相手のダウンを奪うのだ。おかげで立て続けにスコッティを打ち負かす。四連勝、五連勝、六連勝。スコッティの選んだキャラクターが徹底的に痛めつけられ、最後に足元もおぼつかない状態になると、姿の見えないアナウンサーが「とどめを刺せ《フィニッシュ・ヒム》！」とひと声叫び、ウィンは落ち着き払ってコントローラーのボタンを押し、ふたりはウィンの選んだキャラクターがスコッティのキャラクターを灰の山に変えるのを眺めることになる。スコッティは苛立ちはじめる。「意気地なしの腰抜けの勝ち方しやがって」と小声でつぶやいてみても、ウィンはただ笑っているだけ。ふたりはゲームを続ける。スコッティはキャラクターの選択をまちがったのではないかと思う。そもそも〝カノウ〟みたいにリーチも短く、足払いを放ったところでどこにも届かないような、へなちょこサイボーグ野郎を選んだのがまちがいだったのではないか？　だけど、一度でいいからこいつで勝ちたい。それまではほかのキャラクターを選びなおしたりするもんか、とスコッティは心に決めている。その実現性が乏しいから、負けるたびに苛立ちが募るのだ。

　ウィンはスコッティが苛立ってきているのを承知しているけれど、やめられない。勝ちつづけたいと思う。勝つたびに、小さく笑い声をあげて嬉しさを噛みしめる。スコッティを叩きのめせば言うことをきかせられる、降伏に追い込めば以前の関係に戻ることができる、そんな思いがあるからだ。だから、パンチを放ち、キックを見舞い、まえにうしろにめまぐるしく飛びまわる。「降参か？」と尋ねるが、スコッティは黙ったままコントローラーのボタンを叩きつづける。

十一連敗を喫した時点で、スコッティはついに我慢ができなくなる。飛びまわるばかりでその場にとどまってちゃんと戦おうとしない、ウィンの戦い方が許せない。いつもなら、ウィンも延々とそんな戦い方ばかりしていないで、途中から正統派の対戦スタイルに戻るはずなのに、今夜はいつまでたってもやめようとしない。スコッティとしては、なんだかからかわれているような気がしてくる。こんなふうにいきなり訪ねてきて、肝心なことを話しあうのは拒否したまま、対戦相手を徹底的に叩きのめし、ずたぼろにするだけなんて。自分の選んだキャラクターが灰になって崩れ落ちるのを眼にするのは、これで連続、十一回目だ。ウィンの様子をうかがうと、うっすら笑みを浮かべている。「こういうのって、おかま野郎の戦い方だよな」とスコッティは言う。ウィンの首筋の筋肉がぴくっと緊張するのがわかる。「なんだって?」とウィンは訊き返す。「ああいう戦い方をするのは、おかま野郎だよ」もう一度、同じことを言って、スコッティは笑みを浮かべる。ほんのかすかに、わかるかわからない程度に。十二回目の戦いが始まり、スコッティは手応えを感じる。今度こそほしいものが手に入りそうだと考える。

第一ラウンドはスコッティが制する。ウィンはミスを繰り返し、スコッティのキャラクターのリーチ内に迷い込み、パンチやキックをまともに喰らう。第二ラウンドに入ると、ウィンはなんとか体勢を立てなおし、一方的な負けを回避しにかかる。土壇場で〝ハープーン〟を飛ばし、アッパーカットを決めて引き分けに持ち込む。最終ラウンド、ふたりとも無言のまま、一瞬たりとも画面から眼を離さない。パンチの応酬になり、一進一退の攻防が繰り返される。どちらも絶対に引き下がらない。相手の繰り出す技を、持ちこたえられることを願いながら、ただ受け止める。残り時間が少なくなったとき、すばやいブロックが効力を発揮し、そこで流れが変わる。スコッティの放った足払いがウィンのキャラクターを転ばせ、勝敗が決する。アナウンサーの声が「とどめを刺せ《フィニッシュ・ヒム》！」と告げる。スコッティはウィンのほうに眼をやるが、ウィンは眼を合わせようとしない。ウィンが顔を向けてくるのを待つ。だけど、ぐずぐずしていたら時間が尽きてゲームが自動的に終了してしまう。そのことを意識しないわけにはいかない。とうとう、スコッティはコマンドを入力する。そして、画面のなかでスコッティの選んだキャラクターがウィンのキャラクターに近づき、胸に手を伸ばして心臓をつかみ出すのを、ふたりして眺める。「よし、どうだ?」スコッティは最後にそう言う。それから、ウィンにキスをする。相手の唇に嚙みつかんばかりの勢いで。

ウィンは自分の唇がスコッティの唇でふさがれるのを感じる。唇が重なるときの激しさを感じ取る。キスを返した次の瞬間、ひと言の予告もなくスコッティの顎先に拳を叩き込み、友人を床に這いつくばらせる。スコッティはじりじりとあとずさり、口に手を持っていく。唇から血が出ている。「なんだよ、くそったれ」と言うと、ウィンめがけて血の混じった唾を吐く。ウィンは謝ろうとする。友人が倒れて唇から血を流している姿に衝撃を受け、謝ろうと思う。それなのに「おまえのほうこそ、くそったれだ」と言ってしまう。そして、スコッティの部屋を出て、階段を駆け降り、そとに飛び出し、スコッティの家が見えなくなるまでひたすら走りつづける。そして、独りぼっちになる。そこでようやく足を止め、スコッティの家があるほうを振り返り、自分が今にも泣き出しそうになっていることに気づく。スコッティはウィンのたったひとりの友人だ。なのに、今、自分には友人がいない。ただのひとりも。キスを返したあとに殴ったことを考えるうちに、いつの間にか指先が丸まり、また拳をこしらえていることに気づいて、大声で叫びたくなる。行き場が見つからなくて、その場で小さな楕円を描いてうろうろと行ったり来たりを繰り返す。スコッティの家のあるほうをもう一度振り返り、それから歩きだし、すぐにまた凍りついたように足を止める。片方の肘のしたに血がついている。スコッティの血だ。ウィンは血をこする。すっかり見えなくなるまで皮膚にすり込む。これからどうすればいいのか、わからない。そもそも自分にどうにかできることなのかどうかも、わからない。ウィンはその場に立ち尽くす。通りのまんなかに突っ立ったまま、わかるようになるきっかけが訪れるのを、ただひたすら待ち続ける。

スコッティは床に放り出してあったソックスをつかみ、口を押さえる。唇の出血はほとんど止まっている。ゲーム機の画面では、誰もプレイしない状態が続いたために、コンピューターがあとを引き継ぎ、それぞれのキャラクターを動かして対戦を続行させている。やったりやられたりが続くその対戦の様子をしばらく眺め、それから電源を切る。部屋が真っ暗になる。スコッティは窓のところまで這っていって通りに眼を走らせる。ウィンの姿は見当たらない。今ごろはきっと遠くに行ってしまっているだろう。窓のしたに崩れるように坐り込み、背中をぎゅっと壁に押しつける。スコッティは泣いている。泣いていることに自分では気づかないまま。ほかにすることを思いつかないので、〈クイズボウル〉のために覚えたことを確認する。独りきりで。まずはアメリカ合衆国の大統領から。ジョージ・ワシントンから始めて現在の大統領まで、ひとりずつ名前を挙げてみる。それをアルファベット順に並べ替え、それから在任期間の長い順に並べ替え、さらに所属する政党ごとに分ける。並べ替える項目はほかにもあったはずだけど、そんなものはもうどうでもいい、とスコッティは思う。今この時点で知りたいことはたったひとつしかない。このあと、ウィンが戻ってくるかどうか、ということだ。それはじきにわかる。スコッティはそう信じている。それで探していた答えが得られるはずだ、と信じて、ひたすら待ち続ける。

地球の中心までトンネルを掘る

Tunneling to the Center of the Earth

初めに断っておくと、ぼくたちは決して地球の中心までトンネルを掘ろうとしていたわけじゃない。そう、ぼくたちだって、そこまでとんまじゃない。手持ちの道具ではそんなところまで掘れっこないことぐらい、当人たちにもわかっていた。ジュール・ヴェルヌの『地底旅行』の影響説を持ち出してきたのは、母さんと父さんがぼくの診察を頼んだ精神科医だ。医師《せんせい》にとっては、ぼくたちがしようとしていたことは実のところ、何も大騒ぎするほどのことではないらしい。はっきり言って、ぼくを診察した精神科医に、ぼくたちの行動が百パーセント理解できたとは思えない。かといって、ぼくたち自身が百パーセント理解していたとも思っていない。ぼくたちは、ともかく穴を掘った――ただ、それだけのことだ。

始まりは去年の夏のことだった。ハンターとエイミーとぼくの三人はちょうど大学を卒業したところで、それぞれカナダ史で、ジェンダー学で、あるいはモールス信号の研究で、ただ取得するためだけの学位を取得していた。つまり、三人とも、今こうしてぼくたちが生きている世の中では、およそなんの役にも立ちそうにない事柄を熱心に研究することに、大学生活を費やしてしまったのである。在学中、カナダの成り立ちやら性役割分担やらサミュエル・モールスやらに関する本を読みあさっていたときには、考えもしなかったことだった。そう、三人とも気づいていなかったのだ。大学生活というのは、その先の人生に乗り出していくための準備期間だということに。卒業した暁には、実社会できちんと定職に就き、自分の身は自分で養い、一般家庭向きの実用的な車を買ったり雑誌の定期購読を申し込んだりというようなその他もろもろの事柄を、なんなくこなせるようになっているべきなのだ、ということに。そんなふうに世間から期待されている行動との距離感のようなものが、ぼくたち三人にシャベルを持ち出させたんじゃないだろうか。ぼくには、それ以外に、理由らしきものは思いつかない。

卒業式の日からずっと、ぼくたち三人は何をするわけでもなく、ぼくの家のぼくの部屋にたむろしていた。卒業式でかぶった角帽を頭に載せたまま、角帽の房飾りを髪の毛みたいに指に絡めたりしながら、テレビを見たり、トランプをしたり、エイミーの弟から買った安物のマリファナをふかしたりしていた。母さんは、ぼくの部屋のドアのまえに、新聞の求人欄を置いていったりもしたけれど、ぼくとしては、置いていかれたものは置いていかれた場所に放置することにした。ある朝、朝食を食べていたときに、母さんがこんなことを言いだしたこともある――「小学校で子どもたちにモールス信号を教えるなんてどうかしら」確かに、子どもたちにモールス信号を教えるのは、やってみれば愉しい仕事だと思う。子どもたちの小さな掌を指先でトントンと叩き、その信号の意味を教えるというのは、ぼく好みの仕事と言えなくもない。だけど、今や学校では、スペイン語やフランス語といった実生活で通用する言語を教える余裕もないじゃないか。

それに、みんなが知りたがる信号はふたつだけ――「アイ・ラヴ・ユー」と「S・O・S」だ。愛のことばをモールス信号ではどう表すかを覚えておいて、恋人の素肌に触れる機会があったときに指先でその信号を叩いて伝えれば、それほど淋しい夜を過ごさなくてもいいだろう、というわけだ。だから、パーティーに出たりすると、いつだって酔っ払い相手に同じ信号を何度も打ってみせ、伝えたいことを伝えるための、正確なテンポと間の取り方を教えるはめになる。でも、それだって、大して意味はない。正確であろうとなかろうと、人は自分が打ちたいと思ったように打ち、恋人はそれで幸せな気分になるのだから。それに、実際に助けが必要になったとき、伝達方法がほんとにモールス信号を打つしかなかったら？まあ、助けは来ないと思ったほうがいい。そんなことになったら、死ぬしかないということだ。


ある日の朝、そんなことをしようと思いついたのは、ぼくたち三人のうちの誰だったのか、それはたぶん、誰でもなかったんだと思う。いわば、三人がまったく同時に思いついたようなものだろう。同じ相手とある一定期間を共に過ごすと、思考も同期しはじめるもので、あの朝、あの瞬間、ぼくたち三人は同時にまったく同じことを思いついた――そうだ、穴を掘ろう、穴を掘って地下にもぐろう。で、ぼくたちはそれを実行に移した。

まずはガレージに行って、いろいろな種類のシャベルやその他もろもろの穴を掘る道具類を見つけられる限り見つけた。ハンターが選んだのは、地面に最初に穴を穿《あ》けるための杭穴用の穴掘り機と、その穴を拡げていくためのシャベルをひとつ。ぼくは新品のシャベルを選んだ。理想的な形をした銀色の刃には汚れひとつなく、柄の部分にはラッカー塗装が施されているやつだ。それから、刃の先が細く尖っているタイプのシャベルも持っていくことにした。掘っていれば、岩や木の根にぶち当たることもあるだろうから、その場合はそいつが威力を発揮するはずだ。エイミーは、細かい作業や穴の表面を均《なら》すときに重宝しそうな園芸用のスコップをふたつ、早撃ちガンマンみたいに腰のあたりにぶらさげた。ついでに、これは念のためってことだけれど、キッチンからスプーンを何本か持ち出してきて、ポケットひとつに詰め込んだ。

ぼくたちは意気に燃え、掘る気満々でガレージを出ると、道具の重みでいくらか前屈みになりながら、裏庭に向かった。キッチンで皿を洗っていた母さんが、窓の引き戸を開けて訊いてきた。「ちょっと、あなたたち、何をするつもりなの？」穴を掘るんだ、とぼくは答えた。だったら、チューリップの花壇のそばはやめてもらえないか、ということだったので、ぼくたちは母さんのその頼みを聞き入れ、裏庭の片隅のとある場所を選んで、穴を掘りはじめた。

最初の週は、昼も夜も掘りつづけた。地上からたっぷり十二フィートの深さまで掘り、それから三人が一緒に入り込めるよう、その穴を拡げた。昼食《ひる》時になると地上に戻り、母さんが運んできてくれたサンドウィッチとポテトチップスとレモネードの昼食をとってひと息入れた。食べながら地面に腹這いになって、自分たちが掘ったばかりの穴をのぞき込むのは、なかなかいい気分だった。こうして掘りに掘りつづけるうちにぼくたちは、たぶん何百年ものあいだ陽の光にさらされることなんかなかった土に触れることになった。あるとき、エイミーは両手にたっぷりと土をすくいあげると、鼻を近づけ、何度か深々と息を吸い込んだ。「博物館みたいな匂いがする」とエイミーは言った。「太古の昔からやってきたものの匂いよ」

ある日の午後、父さんがやって来て、ぼくたちが掘り出した土の山にうっかり膝をついてしまわないよう、慎重に場所を選びながら穴の縁にしゃがみ込むと、こんなふうに言った。

「おおい、ぼうず、母さんからの伝言だ。このまま、この……この穴を掘りつづけるつもりなら、掘り出した土をなんとかせにゃならんだろうってな」

だったら、裏庭に均等に拡げてはどうか、とぼくは提案してみた。庭全体がたぶん、何インチか高くなるだろうけれど。父さんの答えはノーだった。

「だって、ぼうず、そうだろう? 見てわかるとおり、庭には芝生やら花やらが植わってるんだから。そこを土で覆ったりしてみろ、何もかも枯れちまうよ。ともかく、この土をなんとかする方法を考えるんだ」

ぼくたちは、掘り出した土をエイミーのトラックで庭から運び出すことにした。夜、ぼくたちの暮らす界隈の家の明かりがすべて消えるのを待って、その作業に取りかかった。トラックの荷台にビニール・シートを敷き、そこに土を積みあげて、湖まで運んだ。エイミーが水際ぎりぎりまでトラックをバックさせて停め、それから三人で荷台のシートを引っ張った。積んできた土は荷台を滑り落ち、湖面を割り、ぶくぶくと泡を立てながら沈んでいって、やがて湖の底の泥やら小石やらと混じりあった。その作業を始めて五週目に入ったころ、地元の新聞にこんな記事が載った。十二日間、雨が降っていないにもかかわらず、湖の水位が上昇してきている、というものだった。ぼくたちはそれほど大量の土を地中から掘り出したということだった。

ある晩、寝袋で寝ていたハンターがいきなり身をよじったかと思うと、地面のうえを右にごろごろ、左にごろごろごろ、今にも穴に落ちそうなところまで転がりだした。エイミーとぼくとで慌てて取り押さえ、半分寝ぼけた状態だったハンターを完全に目覚めさせたところ、夢を見ていたんだ、とハンターは言った。夢のなかでも穴を掘っていて、うんと深くまで掘りすすんでいったら、シャベルを突き立てたとたん、何かを突き破ったような手応えがあっていきなり炎が噴きだしてきたかと思うと、足元一面にばあああっと拡がった、というのだ。

「このまま下に掘りつづけるのはまずいと思う」とハンターは言った。「本物のモグラ人間とかどろどろの溶岩とか地底の海とかなんかが出てきちまうかもしれない」

「でなきゃ、中国よ」とエイミーが言った。「中国に出ちゃうかもしれない。そうなったら、ものすごくカッコ悪いことになると思うわ、きっと」

そのとおりだという顔で、ハンターがうなずいた。「下に掘っていったって、いいことはないよ」とハンターは言った。

というわけで、ぼくたちは横に掘ることにした。

掘る範囲を横方向に拡げ、ぼくたちの街のしたにトンネルを張りめぐらせることにしたわけだ。掘りすすめる方向は行き当たりばったりで、トンネルはところどころで環を描いたりしながら、街のこちらの端と向こうの端をつなぐような恰好で延びていった。トンネルは、最初のうちは人ひとりが立って歩けるほどの高さがあるけれど、すぐに細くなって、まえに掘りすすむためには狭い空間に無理やり身体をねじ込まなくてはならず、動くたびにまわりから土がぱらぱらと崩れ落ちてきた。それなのに、落盤事故を心配したこともなければ、方向がわからなくなる不安に駆られたこともなかった。なんせ、若くて、怖いもの知らずだったから。二十二歳の人間は、酔って車を運転したり、バンジー・ジャンプをしたり、もしくは家の裏庭に無計画にトンネルを掘ったりしているときに、自分が死ぬことを考えたりはしない。地中の空気は、ひんやりとしていて、わずかに湿っていて、もやのなかで動いているような感じだった。夢のなかで動いているようでもあったから、苦痛とか災難とかを予期するという発想が湧かなかったのかもしれない。それでも、小さなものではあったけれど、落盤事故もどきに遭遇することが何度か続くと、苦痛や死に遭遇する可能性というものを、多少は意識するようになった。それで、ぼくたちはトンネルの壁を補強することを覚えた。壁を補強しておいて、あとはひたすら掘りすすむのだ。前に、後に、右だろうと、左だろうと。

しばらくして、ぼくたちは〝部屋〟をいくつかこしらえることにした。各部屋はトンネルの中心であり、四方八方に延びる通路の起点であり終点でもあった。高さと奥行きはたっぷり取ったので、いつしかぼくたちは、夜、疲れ果ててこれ以上はもう掘りすすめられなくなると、〝部屋〟に戻って寝るようになった。食べるものは、母さんが週に一度、届けてくれた。食料品の入った袋を、裏庭の穴から落としてくれるので、ぼくたちの誰かがそこまで拾いにいくのだ。「はい、差し入れよ」食料品の入った袋を穴に落とすとき、母さんはぼくにそんなふうに声をかけた。ぼくはそのとき、サングラスをかけていた。地上から降ってくる陽射しから眼を守るためだった。全身泥まみれで、爪の隙間にも耳のうしろにも土がこびりついていた。母さんは嬉しそうには見えなかった。「ねえ、もしかして、そんなことをしてるのはマリファナの影響ってことはない？」ぼくは母さんが落としてくれた食料品の袋のふたつ目に手を伸ばしながら、肩をすくめて、こんなふうに答えた――「さあ、どうかな。たぶん、ちがうと思うけど」母さんにどう説明すればいいのか、わからなかった。大学を卒業してから初めて、今、心から幸せだと感じていることを。ぼくには目標ができたのだということを。ぼくはトンネルを掘らなくてはならないのだということを。そうしたことを、たとえあの場で母さんに伝えていたとしても、母さんがそれを理解してくれたとは思えない。

トンネルを掘っている途中で、ぼくたちは何度か、タイムカプセルを見つけた。埋められたきり忘れられてしまって、掘り出されないままになっていたものだ。カプセルのなかに入っていた思い出の品のひとつひとつに、エイミーが物語をこしらえ、新たな過去を与えてから、ぼくたちはまたカプセルを密封した。そして、見つかった場所よりも浅いところに、カプセルの先端が少しだけ地面から出るようにしてまた埋めておいた。そうしておけば、銀色のカプセルに日光が反射して、その光に誰かが気づくかもしれないから。

現金の詰まったガラス瓶も、驚くほどたくさん埋まっていた。若いころに埋めたのはいいけれど、歳をとってから肝心の埋めた場所がわからなくなってしまった、というパターンじゃないかと思う。黴《かび》の生えた十ドル紙幣やら二十ドル紙幣が、小さく折りたたんで輪ゴムをかけた状態で、ぎっしり詰め込んであって、蓋の口金のところが蠟でぱっちり密封してある、というのが定番だ。そのほかに出てきたのは、たとえばマクドナルドのスタイロフォームの容器とか、地面に突き立てたまま放置されている金属のポールとか。動物の骨や人間の骨が出てきたこともある。何ヶ月かまえから行方のわからなくなっていたジャスパー・クーリーという呑んだくれの、微生物による分解が着々と進みつつある死体が出てきたことも。ぼくたちが見た限りでは、彼が死に至った原因を示す手がかりはなく、身につけているものも、さすがに泥や蛆《うじ》だらけではあったけれど、それなりのものだった。クーリーを見つけたのは、エイミーだ。シャベルを土に入れたときに、刃の先が何かに当たった感触があって、しばらく土を掻き出したところで、それがゴムの靴底だったことに気づいたのだ。その先はハンターとぼくとで死体のまわりの土を、慎重に、注意深く取りのけていった。クーリーは今まさに分解の途上にあるわけだから、そりゃ、もう神経を遣ったのなんの。最後に死体をビニールシートにくるんで、トンネルのなかほどにある〝部屋〟まで運んだ。土の壁にもたせかけるような恰好で安置して、そこでようやく、これをどうしたものか、ということに考えが及んだ。ハンターは、地上に運び出すべきだと主張した。きちんと埋葬してもらえるよう、人に気づいてもらえるような場所に置いてくるべきだというのだ。「あら、でも、ハンター、今だってきちんと埋葬されてることになるんじゃない?」とエイミーは言った。「これって実質的には埋葬されてるようなものでしょ」だが、ハンターは、その見解が気に喰わず、結局はエイミーとぼくとで〝部屋〟の床に墓穴を掘ることになった。そう、地面に掘った穴のなかにさらに穴を掘ったのだ。それから三人で葬儀の真似事を執り行い、祈りのことばを唱えた。それでいくらか気持ちが軽くなった。

ときどき、サンドウィッチを食べているときに、ぼくたちは地上からかすかに聞こえてくる、人や車や機械の音に耳を澄ましてみることがあった。地上への〝出口穴〟は、町のいたるところにこしらえておいた。ちょっと見ただけではわからないようなところに、ごくごく小さな穴を開けておき、地上に出たくなったらいつでもそこから、ひょいと飛び出せるようにしておいた。それでも、そもそも、そんな気になることがなかった。ぼくたちは持てる時間のすべてを地中で過ごし、トンネルを掘りすすみ、トンネルの本数を着々と増やした。地上に出るのは真夜中になって、湖に土を捨てにいくときだけで充分だった。ぼくたちは、地下に新世界を築こうとしていた。そのために地中を掘りすすみ、そこから出た土で地上の世界を埋めようとしていた。

ぼくたちがトンネル掘りに使っていたシャベルは、地中深く掘りすすむうちに原形がわからなくなるほど傷み、最後には木でできた柄のあたりまで刃が磨り減ってきた。新しいものを買うため、ぼくたちは地中から掘り出した瓶のなかの現金を使った。新しいシャベルは、高純度のチタン製だった。父さんが工具店で見つくろってきたものだった。夜になって裏庭の穴越しにシャベルを渡しに来たとき、父さんはぼくに言った。「店にあったなかでいちばん上等のやつを買ってきたぞ。造りもしっかりしてるし、品質もばっちりだ」ぼくは父さんが渡してよこすシャベルを一本ずつ受け取り、柄の部分を束ねるようにしてできるだけ持ちやすいように持った。父さんはほかにも、箱入りの電池と予備の懐中電灯と蠟燭とランタンを渡してよこした。「おまえたちが地面のしたにもぐって何をしたいのか、母さんにもわたしにも、さっぱりわからん」穴のうえに屈み込んで、父さんは声をひそめるようにして言った。「親としちゃ、育て方をまちがったんでなけりゃいいが、と願うばかりだが、母さんもわたしも、おまえにはともかく幸せでいてほしいと思ってる。だから、おまえが幸せでいるためにに地面のしたにもぐっていなくちゃならないんなら、それでいい。それでかまわないと思ってるよ、母さんもわたしも」父さんは穴のうえから手を伸ばし、ぼくはその手を握った。しばらくして、父さんとぼくは穴から離れて、同じ方向に歩きだした。父さんは地面のうえを、ぼくはしたを。歩きながら、ぼくの頭のすぐうえを、父さんの足が踏み締めていくところを思い浮かべた。

一日の作業が終わって夜になると、ぼくたちはトンネルの中心部にこしらえた大きめの〝部屋〟に集まって夕食を食べた。そして、その日の出来事について、語りあった。どんな場所を掘ったか、どんな土に出合ったかについて。そのころになると、ぼくたちは土を話題にしていれば、いくらでも会話が弾むようになっていた。未知の土にシャベルを突き入れ、掘りすすんでいくときの、あの驚きとも歓びともつかない感覚を共有するようになっていたからだ。強いて説明するなら、ある種の変化というか変態というか、そんなものに似た感覚だ。掘りすすむにつれて土が変化していくのを目の当たりにするうちに、掘りすすむ自分たち自身も変わっていくような。地球の内側に抱え込まれていたさまざまな秘密が、少しずつ、ほんの少しずつ、ぼくたちの眼のまえに姿を現してくるような。下手なドラッグをやるよりも、はるかに刺激的な体験だった。といっても、ぼくたちはあいかわらずマリファナは吸っていた。地面のしたでは、夜になると、ほかにやることもなかったし。

マリファナは、地上に通じている穴のひとつを利用して、エイミーの弟が〝投下〟してよこすものを吸っていた。エイミーの弟には、トンネルのことは話さなかった。ぼくたちの仲間に入れるつもりはなかったし、あいつにしゃべったことであいつのハイスクールの仲間どもがトンネルにたむろしたり、女の子といちゃいちゃする場所に使ったり、あげくのはては空になったビールの缶やら使用済みのコンドームやらを散らかしていく、なんてことには、断じてなってほしくなかったからだ。穴を使うことについては、それが新しい受け渡し場所だとしか説明しなかったけれど、まあ、エイミーの弟は何ごとに対しても無気力で無関心というやつだから、それ以上の説明を聞く気はないようだった。夜になると、ぼくたち三人は仕入れたマリファナで煙草を巻き、懐中電灯の光を〝部屋〟の壁に当てて、影絵遊びをした。ハンターは何も持っていない手を光にかざし、左右の手の指を曲げたり、伸ばしたり、くねらせたりするだけで『地獄の黙示録』の完全版を再現できた。そうしてこしらえる影が〝部屋〟の壁で躍るのを、エイミーとぼくは眺めた。ハンターがよくやってみせたのは、両手をドームのような恰好にしてマーロン・ブランドの禿頭をこしらえ、押しころした声で「地獄だ……地獄の恐怖だ」とつぶやく、というやつだ。そんなふうに自分たちで自分たちを愉しませる方法をあれこれ考えだして過ごすのは、なんだか洞窟で暮らす原始人にでもなったような気分だった。そうしてひとしきり愉しんだあと、眠りにつくと、三人が三人ともトンネルの夢を見た。どこまでも果てしなく延び、ぼくたちを見知らぬ場所へと導く、完璧な構造物。それをたどっていきさえすれば、必ずや天国に行き着くことができるもの。ジェンダー学を専攻したエイミー曰く、その手の夢はフロイト理論で解釈することが可能だそうだが、はっきり言って、トンネルはしょせんトンネルでしかないんじゃないか、とぼくは思う。

ある日の午後、ハンターがエイミーとふたりで組んでトンネルを掘っていたときのことだ。エイミーはハンターのすぐうしろで、園芸用のスコップを使って掘ったところの表面を均していた。ハンターは突き刺したシャベルの先に鈍い手応えを感じて、これは岩にぶち当たったらしい、と考えた。そこで、もうひとつの、先端の尖ったほうのシャベルに取り替え、そいつを使って岩の周囲を掘り抜くことにした。一時間ほど作業を進めたところで、ハンターは眼のまえの岩が左右に少なくとも十フィートずつの幅があるようだと気づいた。「こりゃ、相当でかいな」とエイミーに言いながら、それでもハンターはこつこつと掘りつづけた。そのころのぼくたちは、そうした難題を克服しつつトンネルを掘りつづけることが愉しくなっていたのだ。

ようやく岩がゆるんだような手応えがあった、と思った瞬間、前方から光がなだれ込んできて、トンネルの通路をすみずみまで照らしだした。眼のまえにぽっかり空いた穴に、ハンターは首を突っ込み、向こう側を見まわした。地下室だった。ハンターはコーニング家の地下室の、シンダーブロックの壁をぶち抜いてしまったのだ。地下室は子どもたちのレクリエーション・ルームに改装されていて、テーブルサッカーに興じていたコーニング家の子どもたちがゲームを中断し、眼を丸くしてハンターを見つめ返してきた。「おっと、失礼」とハンターは言った。「訪問する家をまちがえました。お愉しみのところ、とんだお邪魔を」ハンターとエイミーは来た道を引き返し、そのトンネルを埋め戻した。とんでもないことをしてしまったという罪悪感に駆られながら。その夜、トンネルの中央にこしらえた大きめの〝部屋〟に集まったとき、三人してコーニング家の子どもたちのことを考えた。地下室の壁を壊したことで、あの子たちは両親から、いったいどんなお仕置きを受けることになるのだろう、といったことを。実際のところ、ぼくたちは罪悪感にどっぷりひたっていたわけではないと思う。もしかすると、三人してかなり長いこと、腹を抱えて笑いあったかもしれない。いや、正直に言うと、実はそうだった。ぼくたち三人は、腹を抱えて長いこと笑いあった。

そうこうするうちに十一月になり、めっきり冷え込むようになった。ぼくたちはめいめいの寝袋のファスナーをつなぎあわせて、三人で一緒に入れる特大の寝袋にした。泥にまみれ、寒さに歯をがちがち鳴らしながら、その寝袋に入ると、互いにぴったりと身を寄せて、朝が来るのを——というか、朝だと思われるときになるのを待った。ほんとのことを言えば、何をもってして朝が来たと見なすのか、たいていの場合、その根拠はなかった。ぼくたちはともかくトンネルを掘りつづけ、疲れ果ててそれ以上もう掘れなくなると、眠りについた。ハンターとエイミーとくっつきあって寝袋にくるまっていると、ふたりの息遣いが感じられた。ふたりの鼓動も。ぼくたちは寒さに震え、泥まみれで、不潔で、身を横たえている地面とほとんど見わけがつかない状態だった。それでも、あのときよりも幸せな気分になれる状況というものがあるのだとしたら、それはどういう状況をいうのか、ぼくとしてはぜひ教えてもらいたいもんだと思う。

だが、寒さは日を追うごとに厳しくなった。土は締まって固くなり、シャベルの侵入を拒むようになった。当然のことながら、シャベルの刃の傷みも早まった。そんなときに軍資金が尽きた。ぼくたちは手持ちの道具でやりくりするしかなくなった。ぼくの両親からの差し入れも、そのころになると、必要最低限のものになった。父さんと母さんが言うには、子どもも三人を養うというのは口で言うほど簡単なことではなく、とりわけその三人のうち実の子どもはひとりきりという場合は、なおさら簡単なことではないらしい。両親の気持ちも、わからないではなかったから、そのことで父さんや母さんを恨むつもりはもちろんなかった。ぼくたち三人は、自分たちにできることの限界を悟りはじめていたのだと思う。悟りはじめてはいたけれど、でも、だからどうすればいいのか、わからなかったのだ。それで、ぼくたちはそのまま掘りつづけた。

それからも新しいトンネルを何本か掘ったことは掘ったけれど、一日が終わるころには、いつの間にか初めに掘った裏庭の穴の近くに来ている、ということが続くようになった。穴のしたで、ぼくたちはクラッカーとペットボトル入りの水だけのディナーを摂りながら、穴越しに見える夜空の星を眺めた。何度か、地上まで這い登って、窓に明かりの灯った温かそうなわが家を見つめ、それからまたゆっくりと穴を降りてトンネルに戻ったこともあった。食料はほとんど尽きかけていた。道具はぼろぼろで使いものにならなかった。ぼくたちの身体にも疲労が溜まりに溜まっていた。三人とも、地上に戻る頃合いだとわかっていたが、それを口に出しかねていた。作業途中のトンネルに這い込み、シャベル代わりの小枝で土を削りながら、ぼくたちは考えつづけた——続行か、撤退か。去りたければ、去るのは自由だった。理由を問われることもなかった。ある朝、眼を覚ましてみると、ハンターの姿が見当たらず、寝袋がひとり分小さくなっていた。新しいトンネルが掘られないまま三日が過ぎ、エイミーがぼくの頬にキスをして寝袋からもぞもぞと出ていってしまうと、地面のしたに残されたのは、ぼくと地中の土だけになった。そうなってみると、少しだけ淋しさを感じた。

ぼくはトンネルを埋め戻そうとしてみたが、それはトンネルを掘るよりもはるかに難しい作業だった。手元にはシャベルが一本しか残っていなくて、それも刃が欠けてでこぼこになってしまっていて、まるで役に立たなかった。最後にはあきらめて、トンネルの中央にこしらえた大きめの〝部屋〟に這い戻り、そこで何かが起こるのを待った。残り少なくなった蠟燭の一本に火を灯し、ぼくはトンネルの壁を叩いた。トントントントン、ツーツーツー、トントトントン——S・O・S。
それから何日か過ぎたある晩のこと、寝ているると肩に手が置かれるのを感じた。トンネルのなかに自分以外の誰かがいる。そう思うと怖くなって、ぼくは寝袋の奥にもぐり込んだ。次の瞬間、父さんの声が聞こえた——「ぼうず、わたしだよ」と父さんは言っていた。「母さんも一緒だ」寝袋にもぐり込んだまま、眼だけそとに向けると、ヘッドランプのまぶしい光とそのしたの父さんの顔が見えた。そのすぐうしろに蠟燭を持った母さんがいた。「おまえの友だちから電話があったんだ」と父さんは続けた。「ふたりとも、おまえがもう穴から出てきたかって訊くんだよ。戻りたがってるのかもしれないな。おまえをがっかりさせたんじゃないかって思ってるのかもしれない」ぼくは首を横に振り、地上に出ていく心の準備ができてるのかどうか、自分でもわからない、と答えた。地上での生活が想像できない、というか、ここでこうしているよりも厳しそうに思えるんだ、と。「でも、もう冬だぞ」と父さんは言った。「これから寒さだってますます厳しくなるし、陽の照ってる時間だって短くなる一方だ」それから母さんが言った。「もう戻ってきてもいいんじゃない?」落ち着き先が見つかるまでは、このまま家で暮らせばいいじゃないか、と両親は言った。造園会社を経営している父さんの友人とも話がついていて、そこの作業員の仕事を世話してもらえることにもなっていた。両親は精神科医にも相談に行っていて、ぼくさえよければ、その医師《せんせい》に話を聞いてもらうこともできる、と言われた。両親のしてくれたことは、ぼくとしてもきわめて納得のいく対応のように思われた。ぼくはシャベルをつかみ、それからそばにあったレジ袋を手に取り、そこに土を詰めた。それからひとりずつ順番に穴から這いあがり、地上に出て、裏庭を歩いて家に戻った。

あれ以来、ハンターともエイミーとも話をする機会はないけれど、ふたりの近況は聞いている。ハンターはカナダのアルバータにいて、北アメリカ大陸学会の補助金だか研究資金だかを得て、キャッスルガードの洞窟を探検しているらしい。エイミーは地質学の博士課程に進み、ジェンダー学の見地から考察した鉱業についての論文を発表する予定だという。ぼくは今も造園会社の作業員をやっていて、掘ったり植えたり運んだりの日々を送っている。精神科医のところには、結局、一年ばかり通った。医師《せんせい》の話では、ぼくは自分の人生を始めるのを先延ばしにしていた、ということになるらしい。トンネルのなかに隠れることで、実社会で発生するさまざまな責任を回避しようとしていた、と言うのだ。そう、確かにそのとおりだと思う。それはトンネルを掘りはじめたときから、わかっていたことだ。けれども、それだけじゃない。トンネルを掘ることには、それ以上の何かがあった。それが何かは、今もよくわからない。だけど、それ以上の何かがあったということだけはわかる。

ときどき、仕事が終わって、道具や資材を片づけるとき、ぼくは地面に掌を当てて、どくっ、どくっ、どくっ、というモールス信号にも似た規則正しいリズムが身体じゅうをめぐるのを感じる。地面のたてるその音に長いこと聞き入り、やがてその音が自分の心臓の鼓動にすぎなくて、信号は判読できないことに気づく。だけど、耕したばかりの地面に指を差し入れ、掌いっぱいに土をすくいあげると、ぼくはまた幸せな気持ちになる。この地上の世界で、地球の中心から遠く離れた場所で、何をしているときにもまして幸せを感じる。

弾丸マクシミリアン

The Shooting Man

そいつが自分の頭に銃弾を撃ち込むとこを見物しにいこうってスービーを誘い、うんと言わせるまでに、くそとんでもなく手間がかかっちまった。「だって、ガスター、どうしてわざわざそんなものを見にいかなくちゃならないわけ？」と言うんだよ、スービーは。おれに言わせりゃ、間の抜けた質問だ。どうしてわざわざそんなものを見物しにいくのか？　そりゃ、決まってるじゃないか、おもしろそうだからだよ。

ポスターを見かけたのはボウリング場だった。かれこれ二週間ばかりまえ、音入れ工場で一日働いたあと、仕事が引けてからハイラムと何ゲームか球でも転がそうってことになって立ち寄ったときのことだ。7－10のスプリットをなんとか攻略しようとしていたところ、ハイラムの投げた十セント硬貨がおれの頭のすぐ横をかすめた。おれはハイラムのほうにくるりと向きなおった。音入れ工場で働いていると、職場に拘束されてる九時間のあいだ、耳が馬鹿になっちまう。休憩時間は防音されたブースで過ごすけど、そのあいだも音やら人の声やらはろくに聞こえない。で、ハイラムはおれに用があるときには、たとえば穿孔盤を調節してほしいなんてときには、声をかける代わりにおれに向かって硬貨を投げつける。工場以外のところでも同じことをしてくるのは、どういうわけなのか、そいつはおれにはわからないけれど。

「ガスター、見てみろ、あそこのバーのとこに貼ってあるあのポスター。あの男だよ。ほら、エリスが言ってた弾丸なんとかって男」

おれたちはバーのカウンターに近づいた。確かに、雑誌みたいなつやつやした紙にカラー印刷した大判のポスターが画鋲で留めてあった。〈サウスイースタン・びっくり人間博覧会〉とかいう巡回興行の見世物ショウのポスターだった。出演する芸人の何人かが写真入りで紹介されていた。黄色い星形に顔写真を嵌め込んであるんだ。外側の星形――ポスターの縁に近いあたりに配置されてるやつに三人――〝煙草王マジャール〟〝タコ娘ジェニー〟〝トランプ鮫ラニー〟。どれも、まあ、悪くはなかった。なんにもすることのない平日の夜には、おあつらえ向きの演《だ》し物だった。だけど、おれたちが興味を惹かれたのは、おんなかの、とびきりでかい星形に嵌め込まれた写真の男だった。角張った顎にブルーの眼をしたなかなかの男前で、満面の笑みを浮かべ、山羊鬚《やぎひげ》ってやつを生やしてるんだ。そう、顎だけに生やす、先っぽがすっと細くなっててアルファベットのVの字みたいな恰好をしてる鬚だ。写真の男は銃把に真珠貝で細工のしてある拳銃を握ってて、その銃口から煙がひと筋立ちのぼってる。でもって、その写真が嵌め込まれた星形のうえに、見世物ショウのロゴと同じぐらいのでかい文字でこんなふうに書いてあった――〝弾丸マクシミリアン〟。

その男のことは、工場のおれたちのフロアの主任をしてるエリスから、さんざっぱら聞かされてた。何週間かまえ、エリスがモビールの従弟のとこを訪ねたときに見てきたってことで。週が明けて仕事に出てくると、おれたちをつかまえて「めちゃくちゃぶったまげたぞ、おい」と言った。「ぶったまげたなんてもんじゃない。あんなもん、見たことない」

　エリスの話を聞いたとこだと、モビールで見てきた演し物はこんなふうな内容だった――その弾丸なんとかって男がさっそうと舞台に登場し、舞台に出ていた小さなカードテーブルから拳銃を取りあげ、そいつの銃口を自分の額《でこ》に押し当て、引き金を引く。「そのとき、この眼で見たんだからな。そいつの頭のうしろっ側から、それがなんだか想像するだけでおえっとなりそうなもんが、どばっと飛び散るとこを」おれたちにそう言ったときも、エリスはまだ心ここにあらずのとろんとした眼をしてた。

　それだけのことをしたってのに、その弾丸なんとかって男は翌日の晩にはぴんぴんしてるんだ、とエリスは言った。どうしてわかったか。それはエリスの従弟がどうしてももう一度見たいってことで、翌日、隣の町で行われた公演にも足を運んだら、その晩の公演でも弾丸野郎はちゃんと舞台に出てきてまえの晩と同じ演し物をきっちりやってみせたからだってことなんだけど……それについては、ハイラムもおれも、同じことを考えた。銃は空っぽで、それらしく見せるために後頭部に映画の特殊効果用の血糊かなんかを貼っつけてあるんじゃないか。で、そう言ってみたけど、エリスは納得しなかった。「おれが見たのは、そんなんじゃなかった」ってことで。「あのいかれぽんちは、てめえでてめえの脳みそを吹っ飛ばしたんだよ。神に誓ってまちがいないね。ありゃ、絶対にやってる」あとはもう、おれたちがなんと言おうと、そうじゃないことをいくら説明しようと、ひと言も聞きゃしない。そりゃ、まあ、確かに自分の眼で見てきたやつの言うことではある。ハイラムと話しあった結果、これはおれたちも見にいかないわけにはいかないってことになった。自分たちの眼で見て自分たちなりの結論を出さなくちゃいかんだろってことに。

そんなわけで、家に帰ってからさっそくスービーに見世物ショウのことを話した。〝弾丸マクシミリアン〟のことを。で、そういうことだから金曜日の夜にはなんの予定も入れないように言って、ついでに、せっかくなんだから着るものなんかもばっちり決めてもらいたいと注文をつけた。ところが、不満そうな顔をするんだな、これが。そういうことは、おれたちふたりのあいだでは、あんまりないことだ……とは実は言えない。一緒に暮らすようになってからのこの七ヶ月のあいだに、珍しくもないことになりつつある。これはお互いにだんだんわかってきたことだけど、スービーもおれも思い込んだら梃子でも動かないってとこがあって、せっかくこうして一緒に暮らすような仲になったんだから、そういうことにはなるべくこだわらないようにしようとお互い努力はしてるものの、ときどき互いのすることが気に喰わなくてぶつかっちまうことがある。で、おれたちは愛しあってるんだし、愛には犠牲がつきもんだってことを、何度も何度も自分に言い聞かせてやらなくちゃならなくなる。そう、愛には犠牲がつきもんだ。たとえ相手が救いようのない脳足りんなことをやってるとわかってる場合でも。

ところが、スービーはそんな見世物ショウなんか見たくないと言う。人が自分を傷つけるところをわざわざ見にいくのなんて、悪趣味以外の何ものでもないとおっしゃる。実際に傷つけるわけじゃないんだ、とおれは何度も説明した。それがどのぐらい真に迫っていて、どのぐらい本物らしく見えるものなのか、そいつを確認したいだけなんだって。これは、そう言ったおれにも、なかなかいい答えのように思えた。なのに、スービーはいささか乱暴に皿を洗いながら、いつものあのしかめっ面をしてる。いつものあの、こんなやつと同じベッドに寝てるなんて自分で自分が信じられない、とでも思ってるような顔を。スービーは、おれの心を容赦なく踏みつぶす。スービーみたいにとびきり美人で気立てもよくてしっかりした子は、おれみたいなやつにはしょせん高嶺の花だってことを、これでもかってほど思い知らせてくれる。自分ひとりで考えてるときには悪いともなんとも思わないことが、スービーをまえにすると、なんだか悪いことのように思えてくる。たとえば、人が自分の頭に銃弾を撃ち込むとこを見物しにいくというようなことが。

　スービーには、ダイナマイト漁反対のデモで出会った。ある週末、あいつがデモ隊を率いて湖に来てたときに。その界隈では何年かまえから、湖で魚を捕るのにダイナマイトを使う連中が幅をきかせるようになってて、それに抗議するためのデモだった。ダイナマイトを使う発破漁は、その水域の生態系に壊滅的なダメージを与えるとされてる。少なくとも、おれはそう習った。あとからだけど。その日の午後、おれはたまたま湖のそばを車で通りかかったので、釣り餌屋兼簡易食堂に寄ってかき氷《スノーコーン》を買うことにした。店の横に置いてあるベンチに坐ってスノーコーンを喰ってたときに、スービーを見かけた。思い込んだらあとに引かない、あの気合いの入った態度でプラカードを掲げてるとこを。プラカードの文句は——**魚を火薬で吹き飛ばすのは犯罪行為！**　スービーはデモ隊のまんなかあたりに立ってて、まわりの注目を一身に集めてるようだった。リーダーが行動を起こすのを、誰もが息を詰めて待ちかまえてるといった感じだった。おれは食べかけのスノーコーンを紙コップごと屑籠に放り込み、さりげなくデモ隊のほうに足を向けた。

ちょうどスービーのいるあたりまで接近したとこで、レスター・ミルズが自家用ボートから降りてくるのが見えた。実はレスターとおれも夜な夜な、ダイナマイトを使ってしこたま魚を捕ってる。やつはデモ隊の掲げたプラカードに眼をとめ、それからデモ隊のまっただ中におれが突っ立ってることに気づいた。その場でげらげら笑いだすんじゃないかと思った。やつはおれに向かって手を振り、おれの名前を呼んだけど、おれは眼をそらし、誰だ、あいつは？　見ず知らずのやつじゃないか、というふりをした。そして、スービーとの間合いをじりじりと詰めて、さらなる接近を図った。おれに気づくと、スービーはにっこり笑って、デモに参加したくて来たのかと訊いてきた。おれはうなずいた。まわりからプラカードを渡された。**魚は友だち！**　と書かれたやつだった。その日の残りはずっと、スービーにべったりへばりついて過ごした。知りあいがボートに飛び乗ってダイナマイト漁に乗り出してくのを見かけるたびに、こっそりと眼をそらした。

デモが解散になると、スービーを〈デイリー・クイーン〉に連れていって、ふたりでアイスクリームを喰いながら、デモのことを話題にした。「ものすごく腹の立つことがあって、あまりにも腹が立つもんだから抗議のためのスローガンが思い浮かんでくるとするじゃない？」とスービーは言った。「そういうことに対しては、静観してちゃいけないと思う。積極的に行動を起こして、自ら関わっていくべきなのよ」おれは同意した。その時点ではもう、スービーの言うことならなんでも同意してたと思う。スービーは北部《きた》の大学の出身《で》で、信じられないぐらい賢い子だった。しかも、その賢さってのが、たまにこっちが理解できないようなことを言ったときでも、理解できない自分を申し訳なく思わずにすむような賢さだった。〈デイリー・クイーン〉を出たあと、スービーが両親と住んでる家まで送り届け、次の週末にまた会おうってことになった。そのあと、夕暮れどきになってから、おれは自分のボートで湖に出て、ダイナマイトの衝撃で死んだり気絶したりして水面に浮かんできてる魚を一匹ずつ手早く網ですくってまわった。さすがにそのときは、なんとなく申し訳ないような気持ちになったけど。

翌日、音入れ工場で仕事をしてると、ハイラムの投げた一セント硬貨がおれの片耳をかすめた。振り返ってみると、ハイラムが両手を挙げてた。見世物ショウのことでスービーをうんと言わせせられたのか、という意味だった。おれは首を横に振って、仕事に戻った。工場で仕事をしていると、ときどき集中が途切れそうになることがある。ありとあらゆる音が邪魔をしてくるからだ。おれたちの仕事は、いろんなものに音を入れることだ。たとえばおれのいるラインでは、赤ん坊人形に発声器を仕込む作業を受け持ってる。つまり、おれは一日じゅう、〈おしゃべりキャシーちゃん〉のふがふが言う声を聞かされてるってことだ。午前七時から午後四時まで、〝うええん、うえええん〟と〝ミルク、ちょうだい〟ばかり。ハイラムはもっと悲惨な目に遭ってると思う。あいつがいるラインは、ひっくり返すと〝モーッ〟って音をたてる牛模様の箱に、その〝モーッ〟を仕込む作業を受け持ってるから。ラインごとに扱ってるものがちがうから、それぞれのラインからそれぞれの音が聞こえてくるはずだけど、音はすぐにほかの音と混じりあう。しばらくすると、ありとあらゆる音が溶け込んで〝ぶうううん〟とも〝うわあああん〟ともいいようのない鈍い反響のような音になる。そうなると、聞こえてはいても気にはならなくなる。ってことになってる。

街じゅうどこに行っても、自分で自分の頭に銃弾を撃ち込む、その弾丸野郎のことで持ちきりだった。いろんなやつがいろんなことを言ってた。たとえば、弾丸野郎は頭に特殊なチューブを埋め込んであって、銃弾はそこを通過するようになってるんだ、とか。あるいは、あの男はペルーの山奥で修行した内臓軟体アクロバット師で、意志の力で内臓の位置を自由自在に変えられるから、脳を移動させて銃弾を避けてるんだ、とか。はたまた、政府はとある実験施設で目下、不死の人間を開発しようとしてて、あいつはそこから脱走してきたらしい、とか。どの説も、聞いたときには、なるほどそういうこともあるかもしれないと思えた。いずれにしても、弾丸野郎が毎晩、自分で自分の頭に銃弾を撃ち込んでるのにいまだにぴんぴんしてられるわけを、ああでもない、こうでもないと考えたり、しゃべったりするのは愉しいじゃないか。おれも行く先々で弾丸野郎のことを話題にした。ボウリング場でも、仕事帰りにカントリーハム（骨付きの生ハム。塩気が強く、アメリカ南部の伝統食とされる）目当てに立ち寄るバーでも。ただし、家に帰ってからはスービーが許してくれなかった。弾丸野郎のこととなると、おれの言うことにはただのひと言たりとも耳を貸そうとしなかった。

　見世物ショウまでの一週間、おれの毎日はこんなパターンで進行した——起床、出勤、ハイラムに向かって首を横に振る、帰宅、スービーにお願いする、就寝。スービーにはただのお願いどころか、懇願も哀願もした。実際にスービーのまえにひざまずいて、ガキがするみたいにスカートの裾をつかみ、引っ張ったりもしてみた。スービーの答えは決まってた——「でも、ガスター、どう考えたってそんなものを見にいくのは正しいことじゃないもの」そう言わなくちゃならないことを恥じてるような口調で、そう言うんだよ。見世物ショウまで残すところあと二日となったとき、おれがこうしてお願いできる機会もあと何度もないことに気づいた。その晩、〝弾丸マクシミリアン〟の夢を見た。ポスターの写真で見た男が拳銃を片方の耳に当てると、反対側の耳から銃弾が飛び出してくるという夢だった。

　スービーが何にそんなにこだわってるのか、ハイラムにはどうしても理解できないようだった。

「今日び、自分で自分の頭に銃弾を撃ち込むやつなんてごまんといるじゃないか」とハイラムは言った。「それが厳然たる事実ってやつだろうが?」

「そりゃ、確かにそうなんだけど、何もそれをわざわざ見にいくことなんかないだろうって言うんだよ」

「ふん、どの口が言うんだかね。〈ディスカバリー・チャンネル〉の自然番組は見てるくせに。とてつもなくどでかい大トラが、まだ細っこい子どものシマウマに飛びかかってずたずたにしちまったって、瞬きひとつしないくせに。そういうやつのことをなんて言うかわかるか?」

それはわからなかったけど、それとこれとは問題がちがうことだけはわかった。要するにおれはスービーに、スービー自身はどう考えても正しくないと思ってることを一緒にやってくれと頼んでるってことだ。けども、そういうことは、ほんとなら愛の名のもとに我慢しなくちゃならないことだ。それがたとえ、なんとなくいけない雰囲気があって、それだけでわくわくするようなことであっても。おれにも、そのあたりのことがようやくわかりかけてきた。おれはスービーのことを考えた。スービーの優しさと、世の中をいくつかの基本的な真理に当てはめて理解しようとする、あの純粋で一途な思考回路のことを考えた。それから弾丸野郎のことを考え、見にいったときにもしかしたら眼にすることになるかもしれない、口にするのもはばかられるような出来事のことを考えた。あとで悔やむことになるのは眼にみえてる。それは自分でもよくわかってるけど、あきらめるべきときはびしっとあきらめないといけない。ハイラムには言いたい放題に言わせとけばいい――まあ、たぶん声ぐらいはひそめてくれるだろうし。〝この軟弱者〟とでも〝女のけつに敷かれやがって〟とでも〝惚れた弱みだな〟とでも。

そんなわけで、その日は家に帰ってから弾丸野郎のことはいっさい口にしなかった。お願いもしないいし、拗ねたりふてくされたりもしなかった。仕事が引けてから、その日もボウリング場に寄ったりなんだりして遅くなって家に帰り着いてみると、スーピーはベッドで本を読んでた。髪を結わかないで本のうえに屈み込んでるもんだから、細くてしなやかなブロンドの髪が、シダレヤナギの枝みたいに顔のまわりに垂れてた。おれは作業着を脱いでクロゼットに吊るし、ベッドのスーピーの隣にもぐり込んだ。スーピーは眼がきれいだ。読書用の眼鏡をかけてるときでも、そのきれいさは少しも減らない。大きくて、澄んでいて、吸い込まれそうなブルーの眼だ。おれはスーピーを見つめた。声は出さずに唇の動きだけで活字を読みあげていくのを眺めた。そのうちに、おれに話しかけてきてるのかもしれないと考えてみた。おれがちゃんと聞き取れてないだけで何ごとかを囁きかけてくれてるのかもしれないって。そんなスーピーはきれいだった。おれは手を伸ばして、スーピーの顔のまえに垂れてきてるブロンドの髪をそっとかきわけ、キスをした。それから寝返りを打ってスーピーに背中を向け、眠る体勢を整えた。たいていの日は夜になってもなかなかリラックスすることができない。音入れ工場で何時間も過ごしてるせいで、家に帰ってきてからも、あの〝ぶううん〟とも〝うわああん〟ともいいようのない鈍い反響のような音が聞こえる。その音が眠たさに掻き消されて聞こえなくなるまでに、けっこう長い時間がかかる。おれは眼をぎゅっとつむって、そうしているうちに明日の朝が来て起きる時間になるだろうと思ってると、スービーが何か言ってるのが聞こえた。

「例のくだらない見世物だけど、どうしても見たいんでしょう？」

おれはごろりと身体を反転させてスービーの膝に頭を乗せた。で、見たいと言った。この世の中で、〝弾丸マクシミリアン〟以上に見たいものなんておよそ考えられないぐらい見たいと言った。

「だったら、やっぱりつきあう。それほど見たいと思ってるものを見逃したりしたら、この先ずっと、あなたとつきあってる限りずっと、貴重な機会をことば巧みに奪われたって恨まれそうだもの。そんなのはごめんだから。でも、あたしのせいにはしないでよ、どんなものを見ることになっても」

おれは猛然とキスをした。スービーの唇を速攻で奪い、スービーの身体に両腕をまわして抱き寄せ、スービーの読んでた本を向こうに押しやってベッドから床に滑り落とした。二匹のヘビが絡みあって互いに互いの身体を締めあげるように、おれたちはぎゅっと抱きあい、もっとぎゅっと抱きあい、もっともっとぎゅっと抱きあった。最後にはふたりがひとりになってベッドに寝転がっているような気がした。うとうとと眠りに落ちかけたとき、スービーがこんなふうに訊いてきた――「でも、本物じゃないんだよね。でしょ？　ただのショウなんだよね？」耳の奥にこびりついてた工場の音がようやく消えかけてた。もうそれ以上は眼を覚ましていられそうになかった。無意識の世界に転がり落ちる寸前に、おれは眠りにくぐもった声で答えた。「ああ、たぶん」

翌日の朝、つまり見世物ショウの当日、音入れ工場に出勤したおれは、五セント硬貨でも一セント硬貨でも、ともかく小銭が耳元をかすめるのを待った。待ちに待って、ようやく〝呼ばれた〟ので、うしろを振り返ってハイラムを見つけた。そして、片手を拳銃の恰好にして銃身に見立てた人差し指を頭に当てがい、笑いながら引き金を引く仕種をしてみせた。ハイラムは、スービーのお許しが出たことが意外だったようだけど、やっぱり笑いながら片手を拳銃の恰好にして同じように自分の頭を撃つ仕種をしてみせた。その日は仕事をしてるあいだに何度も、ハイラムとこっそり眼を見交わし、片手を拳銃の恰好にしては銃身に見立てた人差し指を口に突っ込んだり、こめかみに突きつけたりしながら、しょうもないガキんちょみたいにくすくす笑いあった。

スービーとおれは、見世物ショウの会場になってる市民センターのまえでハイラムとやつのガールフレンドと待ち合わせた。ハイラムのガールフレンドはミギーといって、おれたちと同じ音入れ工場で雨音製造機のラインに配置されてる子だ。間もなく開演時刻だった。ミギーだけはどことなく白けた、つまらなそうな顔をしてたけど、彼女をのぞいた三人は揃って気持ちを昂ぶらせ、そわそわしてた。スービーまで、たぶん当人としちゃ不本意なんだろうけれど、いくらか興奮してるようだった。四人分のチケットを買って会場である体育館に入り、段々になった観覧席のちょうどまんなかあたりの、まずまず悪くない席を確保した。

スービーはおれの手を握ったまま放さなかった。周囲から聞こえてくる観客のざわめきが大きくなると、そのたびにぎゅうっと握り締めてきた。

最初に〝煙草王マジャール〟が登場した。八十七本の煙草を一度に吸うってやつもあった。めいっぱい詰め込まれた煙草で、口元なんかそこまで伸びるかってほど伸びきってるし、何しろもうもうと煙があがるもんだから、顔なんてろくに見えやしない。ミギーは観覧席の背もたれに踏ん反り返って曰く——「あのぐらいなら、あたしにもできそう」〝煙草王マジャール〟が退場すると、今度は〝タコ娘ジェニー〟が出てきて、赤いゴムボールを使ったジャグリングを披露した。四本の腕は、ちょっと見ただけなら本物に見えなくもなかった。続いて、離して置かれた二台のピアノで同時にベートーベンの交響曲第五番の出だしのとこを演奏するってのをやってみせたけど、おれたちも含めてその夜の観客は、はっきり言ってマクシミリアン目当てで来てるわけで、そのあたりになるともう、そわそわいらいらしはじめてた。〝トランプ鮫ラニー〟が出てきたときには、観覧席が騒然となった。あっちからもこっちからも、とっとと主役を出せって声が飛んだ。ラニーは大慌てでいくつかの手品を披露した。あまりにも慌てすぎて、最後には竜巻に巻き込まれた人みたいに、まわりにぶわーっとカードを撒き散らしながら舞台裏に駆け込んでった。

入れちがいに裏方だか道具係だかがフロアに走り出てきて、天板が正方形をした小さなテーブルを設置して、そこに銃把に真珠貝で細工のしてあるリヴォルヴァーを置き、そのまえに小さな白い掲示板を立てかけた――マクシミリアン登場まであと五分！　最後のびっくりマークは、点のところが金色の銃弾になってた。

場内の明かりが、カードテーブルに向けたスポットライトだけを残してすべて消えた。スポットライトの光の輪は、リヴォルヴァーをとらえてた。おれたちは待った。息を詰め、身を固くしてじっと待った。そのうちにそれ以上はもう一秒たりとも待てなくなった。今すぐに主役が出てきてくれないと、四人揃って失神してしまいそうだった。

そのとき、拡声器を通したみたいな声でアナウンスが入った。「ご来場のみなさん、あらかじめお断りしておきますが、これからお目にかけるショウはみなさんに衝撃と驚きをもたらすものとなるはずです。演じまするは、ニューヨーク・シティからやって来た驚異の業師、銃器アクロバットの第一人者、知る人ぞ知る超絶技巧の鬼才。ご紹介しましょう、〝弾丸マクシミリアン〟です」観覧席から湧き起こった拍手喝采と歓声と口笛で、場内がどよめいた。なんと、スービーまで、明らかにつきあいって感じではあったけど、二度か三度ぐらい手を叩いた。気がついたときには、フロアのまんなかあたりにそいつが姿を現してた。体育館の硬くてつや光りしてる床を、ひょこひょこしたぎごちない足運びで進んでくるとこだった。黒いシルクハットに蝶ネクタイを締め、足が隠れるほど長い真紅のマントをはおってるので、観覧席から眺めてると、なんだか水のうえを滑ってくるようだった。顔が見えるようになると、頬がげっそりこけてるのがわかった。餓えと重労働でへろへろになってる農夫って感じだった。ポスターの写真よりもかなり老け込んでて、アルファベットのVの字形の顎鬚の代わりに、頬髯とつながったもじゃもじゃの鬚を生やしてた。どう見ても、ただの無精髭だった。おれとは反対側のミギーの隣に坐ってたハイラムも、席から身を乗り出し、小声でこう言ってきた。「似てねえな、おい。全然似てねえよ。ポスターのマクシミリアンってあんなじゃなかっただろうが」

マクシミリアンはひと言もしゃべらなかった。右手でカードテーブルからリヴォルヴァーを取りあげると、その手をだらんと身体の横に垂らしたまま、観覧席のほうに近づいた。その動きを追いかけるスポットライトの光の輪が、客席の一列目にかかりそうになった。見ると、眼をきょろきょろさせてるのがわかった。視線をすばやく行ったり来たりさせて、観客がぎっしり詰まった観覧席を見まわしてるんだってことが。それでも、口をつぐんだまま、ひと言もしゃべろうとしない。スービーはおれの腕にしがみつき、半分顔を伏せるような恰好でおれの肩口に頭をぐいぐい押しつけてきた。おれはマクシミリアンから眼が離せなかった。観覧席からの視線を一身に浴びながら、フロアのほうからもこっちを見つめ返してるって構図だった。首を伸ばして観覧席のうえのほうに眼を向けてきたときには、おれがじいっと見つめてたもんだから、それに気づいて見つめ返してきたんじゃないかって気がした。何か言わなくちゃいけないような気がして口を開けかけたとき、マクシミリアンが銃を持ちあげ、銃口を眉間に当てがった。咽喉の奥から思わず、小さな悲鳴っぽいものが飛び出しそうになった。おれは唇をぎゅっと結んでこらえた。眼をそらしたりもしなかった。そして、そいつが自分の頭に銃弾を撃ち込むとこを見届けた。

ショウが終わって駐車場に出て、自分たちの車に向かってるときに、ハイラムは頭のうしろから銃弾が飛び出したとこを見たと言った。おれが見たのは、〝弾丸マクシミリアン〟の顔面がぱかっと割れ、皮膚やら骨やらが引き剝がされたようにめくれあがるとこだ。一瞬、何もかもが停止したように思えた。時間が凍りつくってやつだ。あまりの衝撃に、時間《とき》も思わず呆然として、そのあいだうっかり経過するのを忘れちまったのかもしれない。スービーはすがりついてきた。おれの首っ玉に両腕でかじりつき、胸に顔を埋《うず》めて、咽喉に絡むような声で何度も「これは正しいことじゃないわ、ガスター。どう考えても正しいことじゃない」とつぶやいてた。ハイラムが「嘘だろ、おい」と言うのも聞こえた。そう言ったきり黙り込んじまったのもわかった。おれにはまだ、銃弾が銃口から飛び出したときの、あの冬場に生木が裂けるときのような鋭い炸裂音が聞こえてた。

マクシミリアンの身体は一瞬、宙に浮きあがった。おれたちから引き離して、もっといいとこに連れていこうとする眼に見えない力が、その一瞬だけ働いたのかもしれない。次の瞬間、背中から仰向けに倒れた。両腕を大きく拡げ、左右の脚をどちらもありえないような角度に折り曲げて。おれたちの坐ってるとこからは、額《でこ》から血が滴り落ちて、星形の先っぽを引き伸ばしたような恰好になってるとこしか見えなかった。そこでなんの前触れもなく、さっきの裏方だか道具係だかが今度は一輪車を押して現れた。せかせかとフロアを突っ切り、マクシミリアンを抱えあげて一輪車に乗せると、それを押してまたせかせかと退場してった。マクシミリアンが体育館から運び出されて、その姿がもう見えなくなっても、おれたちは席を立たなかった。瞬きもしないで宙を見据え、たった今自分たちが見たものはいったいなんだったんだろうと思いながら、気が抜けちまったように坐り込んでた。しばらくして、またあの拡声器を通したみたいな馬鹿でかい声でアナウンスが入った。「ご来場のみなさん、ご鑑賞いただきましてありがとうございます。〝弾丸マクシミリアン〟ならではの華麗なる妙技に、どうか今一度、大きな拍手を。マクシミリアンは三日後のミラーズヴィルの公演にも出演いたします。眼のまえに立ちはだかった死神の顔を、ひるむことなく見返すあの妙技を、もう一度ご覧いただけるということでございます。またのお運び、心よりお待ち申しあげています」

言われたとおりに拍手をしたやつは数えるほどしかいなかった。ほとんどの連中は、ただ席を立ち、まえの人のあとにくっつき、ぞろぞろと体育館から出てった。どいつもこいつもショックのあまり頭がまともに働かなくなってたんだと思う。マクシミリアンの拳銃は、フロアに放り出されたままだった。スービーを連れて観覧席の段々を降りてくあいだ、おれは拳銃から眼が離せなかった。駐車場に出たあとも、しゃべる気分じゃなかった。ハイラムは押しころしたような声でしきりに「嘘だろ、おい」と言い続けてた。車に乗るときになってようやく、ミギーとふたりでカントリーハムの店に寄ってへべれけになるまで呑みまくることにした、と言った。でないと嫌な夢を見そうだから、というのが理由だった。おれはスービーを車に乗せて駐車場をあとにした。道路を走りだしてからも、まだあのときの銃声は消えなかった。耳の奥にいつまでもこびりついてた。

「このままうちの両親のとこに送ってほしいんだけど」とスービーが言ったとき、おれは市民センターの駐車場から出てきたその他大勢の車の流れになんとなく合流して、ちょうどハイウェイに乗ったとこだった。いきなり言われたもんだから、くそ焦ったなんてもんじゃない。車線をはみ出して、あやうく対向車のまんまえに飛び出しちまうとこだった。

「どうして、そういうことを言うかな、おれが運転をミスるようなことを？」

「ものすごく哀しい気分で、そうなった原因はあなたにあるから。あんなものを見せるような人と一緒に暮らしていく自信がなくなっちゃったから」

スービーのほっぺたがまだらに赤くなってた。じいっと見てたら、絵が浮かんでくるんじゃないかと思った。精神分析医に見せられる、あのインクのしみ検査みたいに。それよりも何よりも、スービーの眼は涙でいっぱいだった。瞬きしたらこぼれてきそうだった。腕を伸ばしてスービーの肩にまわし、運転席のほうに抱き寄せようとしたけど、敢えなくかわされちまった。スービーはフロントガラス越しにまっすぐまえを、まえだけを見てた。

「ちょっとばかり気色悪いもんを見たってだけじゃないか」とおれは言った。「それで何が変わるってわけでもないだろ？」

「いいから、ガスター、このままうちの両親のとこまで送って」

口のなかで罰当たりなことばをつぶやきながら、おれはめいっぱいアクセルを踏み込んだ。スービーの両親の家は高級分譲地区にある。二階建ての洒落た造りの住宅だ。おれはそのまえで車を停めた。ドライヴウェイまで乗り入れるつもりはなかった。そのぐらい歩けよ、と思ってたのかもしれない。スービーが車から降りたとこで、戻ってくるのはいつごろになりそうか、訊いてみた。スービーは身を屈めて車内をのぞき込み、わからないと言った。だったら、わからないものはわからないままにしておこうってことになった。

車のドアを閉められちまうまえに、こっちに背中を向けかけたところをもう一度呼びとめた。「スービー、あれはショウだ。ただのやらせだ。真剣に受け止めなくちゃならないなんて、思うほどのもんじゃないぞ」だけど、スービーには聞こえなかったか、聞こえても無視することにしたのか、どっちかだった。ドライヴウェイを駆け抜けてあっという間に家のなかに姿を消しちまったから。エンジンをアイドリングさせたまま、おれはもうしばらくその場に居坐った。おれと暮らすようになるまでスービーが使ってた部屋の窓を見つけて、眼を凝らした。カーテン越しに人影が動くのが見えた。しょんぼりと肩を落として、やけにのろのろ動いてた。おれは車を出した。タイヤを軋らせ、溺れかけたブタの悲鳴のような音を撒き散らし、路面に焦げたゴムの跡を黒々と刻んで、スービーがおれのとこに帰ってくる道順を覚えてられるよう地図を残しながら、高級分譲地区をあとにした。

市民センターのまえを通る通りに車を入れた時点では、何をするつもりなのか自分でもはっきりとわかってたわけじゃない。何かしようという気持ちがあったかどうかも怪しい。とりあえず市民センターの駐車場に車を入れた。ほかに車はもう何台も残ってなくて、駐車場はがらんとしてた。うろうろしてる人間も見かけなかった。市民センターのドアは、押してみるとなんなく開いた。おれはなかに滑り込んで廊下を進んだ。ドアのまえを通り過ぎるたびに、開くかどうか試してみた。最後に体育館に忍び込み、足音を忍ばせてフロアを進み、マクシミリアンが自分の頭に銃弾を撃ち込んだときに立ってた場所に近づいた。フロアに拡がってるしみは、どう見ても血だった。屈み込んで、指先を近づけた。触ると温《あ》ったかいような気がした。なんだかねばねばしてるのは、固まりかけてるからだろう。拳銃はまだ回収されてなかった。おれは拳銃を蹴飛ばし、そいつが体育館の硬材張りのフロアをくるくるまわりながら滑ってって、観覧席のしたにもぐり込むのを眼で追った。観覧席のしたにもぐり込んでからも、回転の速度は落ちたけど、まだまわってるのが音でわかった。その音を聞きながら、おれはロッカールームに向かった。ドアに耳をくっつけて室内《なか》の気配をうかがい、それからゆっくりとドアを開けた。男が四人、テーブルを囲んで煙草を吸いながらカードをやってた。おれは咳払いをひとつして、男たちが顔をあげ、こっちを見るのを待った。

「こういうとこは関係者以外立入禁止だぜ、兄ちゃん。なんか用か?」

おれはあちこちのポケットを引っかきまわして、今夜のショウの半券を見つけた。

「こいつに〝弾丸マクシミリアン〟のサインをもらえないかと思って。彼女に見せてやりたいんだ。サインを見りゃ弾丸さんが無事だってわかるだろ? で、ちょっとは機嫌をなおしてもらえるんじゃないかって思ってね」

「あいにくだったな。マックスならひと足先に出発しちまったよ。そんなに気を揉んでるんなら、ミラーズヴィルの興行を見にくりゃいい。心配することなんか、これっぽっちもないってわかるから。昨日今日のキャリアじゃないんだよ、マックスは。兄ちゃんの彼女にはそう言ってくれ」

部屋の片隅の、ちょうど壁の角のとこに、ビニールにくるんだものが立てかけてあった。そいつがずるずると滑り出したんで、そっちに眼がいき、そこにそんなものがあったことに気づいたんだと思う。ビニールにくるまれた物体は壁を滑り落ちて、床に横倒しになった。

「さあ、今夜はもうこのへんで帰ってくれないか。ミラーズヴィルの公演に来てくれ。そのときに必ずマックスに会えるようにしてやるからさ」

あとずさりで戸口のほうに向かいながら、おれは床に横倒しになった物体を指差して言った。

「あんまり似てなかったよ、ポスターの写真の男には」

テーブルを囲んでた男のひとりが立ちあがって、おれを部屋のなかに引き戻した。

「そりゃ、まあ、そういうもんじゃないのかい？　何ごとにおいても予想ってのは裏切られるもんなんだから」

男たちは実にわかりやすく説明してくれた。ああいう内容の話をするのに、あれ以上わかりやすい説明の仕方はないと思う。おれには選択肢がふたつある、と言われた。男たちには今すぐこの場でおれを殺して、死体を穴に放り込み、うえからコンクリートを流し込むことができる。そうされたくないなら、このまま一座に加わっておれなりの責任を取るか。決めるのは簡単だった。

というわけで、今では一座のバスに揺られてる時間がいちばん長い。同じバスには、ほかの〝弾丸マクシミリアン〟たちも詰め込まれてるから、けっこうぎゅう詰め状態だ。今だと二十六人の〝弾丸マクシミリアン〟が乗ってることになる。二十六人のマクシミリアンたちは揃って無口で、警戒心が強く、無精髭を生やしてて、暗くて底の知れない眼をしてる。そういう眼はあまり長いことのぞき込まないほうがいい。でないと、知りたくもない答えを知ることになっちまう。ほんの数週間の静けさを手に入れるために、あっさり下取りに出せるほどだから、そりゃ、まあ、悲惨な人生を送ってきたんだってことはわかる。ちょっとびっくりしてるのは、そういうやつがこんなに何人もいるってことだ。人の人生には、自分で自分の頭に銃弾を撃ち込むほうがまだましだと思うような状況が、そんなにもたくさんあるってことだろ？　それを思うと空恐ろしくなる。

待遇は悪くない。出番がまわってくるまで、かなり大事にしてもらえる。食事はすべて向こう持ちだし、着るものも支給してもらえるし、自由時間もたっぷりある。公演のたびに無料招待券ももらえる。ほかのマクシミリアンたちは使おうとしないけど、おれはせっかくだからちゃんと使うことにしてる。一座に加わって以降、何人ものマクシミリアンが自分の頭に銃弾を撃ち込むとこを見てきた。今じゃもう、慣れたもんだ。いちいちおたおたしたりしないし、銃声が耳の奥にこびりついて離れない、なんてこともない。無料《ただ》のポップコーンとソーダをもらい、観客に交じって観覧席に坐り、ショウが始まったら腰を据えてじっくりと見る。ものすごくじっくりと。何ひとつ見逃さないように。それぞれのマクシミリアンが拳銃を頭に突きつけるとき、それを見ながら、あの頭んなかには今、どんなことが浮かんでるんだろうかと考える。あとに遺してくものことを考えたりしてるんだろうかと思う。そのあとも、もちろん、ものすごくじっくりと見る。

おかげで、ひとつのイメージができあがった。たぶん、うまくいくと思う。銃弾を撃ち込んでも、たぶん大丈夫だと思う。もうすぐおれの出番がまわってくる。順番から言えば、おれのまえにはあと三人、いや、あとふたりしかいない。最近ではショウを見ること以外はほとんど何もしてない。バスに揺られてるあいだは、窓のそとをぼんやりと眺めながら、スービーのことを考えてる。あの大きくて、澄んでいて、吸い込まれそうなブルーの眼のことを考え、嬉しいときにはどんな眼をして、哀しいときにはどんな眼をしてたかを思い出してみる。そして、スービーのとこに帰りたくなる。

でも、たぶん、帰れるんじゃないかと思ってる。本番当日、おれは舞台に出てく。拳銃を取りあげ、額《でこ》にぴたりと当てがって引き金を引く。ぎくしゃくしたぎごちない動きで倒れ込んだあたりで、後頭部の皮膚がぴりっと裂けるのを感じるはずだ。フロアに倒れ込んだまま、しばらくのあいだ動かずにいる。そうだな、だいたい二分か三分ぐらい。それから、むくりと身を起こし、立ちあがって両腕を高々と挙げ、観客に向かって手を振る。もちろん、観覧席から歓声があがる。歴代のどの〝弾丸マクシミリアン〟も浴びたことのない大歓声だ。観客が一セント硬貨やら五セント硬貨やらをフロアに投げ込みはじめたら、おれは小銭のシャワーを浴びながら悠然と体育館をあとにする。見世物ショウのオーナー連中のまえも素通りする。そして、そのまま歩き続けて帰り道を見つける。スービーの居所を探しあて、訪ねていってドアを叩き、スービーが出てきたら、銃弾がこしらえた穴を見せてやろう。それから、あいつを抱き寄せる。それで、おれがぴんぴんしてるってことがわかってもらえるはずだ。おれだってやるときはやるんだってことも。ついでに、〝弾丸マクシミリアン〟のショウはそんなに悪いもんじゃないってことも、わかってもらえるんじゃないかと思ってる。

女子合唱部の指揮者を愛人にした男の物語（もしくは歯の生えた赤ん坊の）

The Choir Director Affair
(The Baby's Teeth)

確かに赤ん坊は登場するし、それから、そう、歯のことにも触れる。だけど、そのふたつはあくまでも添え物だ。そっちにばかり気を取られないでほしい。特別なことでもなんでもない。その赤ん坊には歯が生えているというだけのことだ。普通はそれが出っ歯であれ、反っ歯であれ、まっすぐに生えた完璧な歯であれ、赤ん坊のちっちゃな口のなかに生えている歯は一本だけのはずだ。ところがその赤ん坊の歯は、ずらりと生え揃ってる。それでも、まあ、そういったことは起こらないわけじゃない。過去にも起こったことがあっただろうし、現在も起こっていることだし、この先も起こるにちがいないんだから、頼むよ、さらっと流してもらえないかな。大騒ぎするようなことじゃないはずだ。たかが歯なんだから。なんなら、聞かなかったことにしてくれてもいい。赤ん坊、ずらりと生え揃った歯、原形をとどめないほど嚙みつぶされたおしゃぶり。ほら、どうでもいいようなことだろう？

いずれにしても、この話はその赤ん坊のことではなく、その赤ん坊の父親のことだ。赤ん坊の父親は、とある私立学校で生物の教師をしていて、その学校の女子合唱部の指揮者と情事を重ねている。というわけで、罪悪感あり、不埒な欲望あり、裏切りと欺瞞あり、この手の話にはつきもののあれやこれやがあって、要するにわれわれの日常生活が赤裸々に語られることになるわけなんだが、そうか、それでもやっぱり、赤ん坊のことが気になるわけだな。

そいつが生まれて何週間かして、両親の招きで家を訪ねていったと考えてみてくれ。内装を変えたばかりの、何もかもが黄色っぽくて、あっちにもこっちにもモビールが吊るしてある部屋に迎え入れられたら、たぶんきみでも、そこの新規入居者にして両親の遺伝子の見事な合作に対して、おお、よちよち、と愚かしい声をかけ、赤ちゃんことばで話しかけるはずだ。そこで、その赤ん坊が、にまあっと笑い、口元からずらりと並んだ歯がのぞいたら、そりゃ、きみだって……まあ、誰だって、悲鳴のひとつもあげるわな。

父親は——つまりは、このところ、小鳥のような声で歌うゴージャスな赤毛の美人と寝ているやつ、ということになるわけだが——友人の悲鳴ぐらいでは慌てず騒がず、赤ん坊の歯のことを冷静に説明する。つまりは医者に言われたことの受け売りであり、つまりは病院が必要に迫られて取り寄せた研究論文に記載されていたことの受け売りだ。母親のほうは——ちなみに、夫に女ができたことには気づいていないが、夫にはいくつか隠し事があることには気づいている——きみの悲鳴に取り乱し、その取り乱し方がだんだん激しくなっていって、最終的にはごめんなさいと断って席をはずす。きみとしては、あそこで悲鳴をあげたのは許しがたい馬鹿野郎のすることだった、という気持ちになるだろう。反面、どうして誰も事前にひと言言ってくれなかったのか、という思いもなくはない。小さな警告表示でもいい——**この赤ん坊はにっこりします。驚かないでください**とか。

それはともかく、両親は揃ってうわの空だ。父親は、自分より十歳ばかり若くて、練習室のデスクに押し倒すと背中に爪を立ててくる女のことで。母親は、赤ん坊を母乳で育てているので乳首が傷だらけで、そういう小さな嚙み跡は、以前は夫がつけていたものなのに、最近ではちっともつけてくれないことで。いずれも世界を揺るがすような一大事ではないが、得てして当人の眼を曇らせ、人生におけるそれ以外のことに関心を持ちがたくしてしまう効力はある。

その夜、もう少し遅い時刻になって、母親がデンタルフロスで赤ん坊の歯と歯のあいだをきれいにしてやって寝かしつける支度をしているあいだ、きみはキッチンでビールを吞みながら父親から女子合唱部の指揮者の話を聞かされることになる。クライマックスに達したときには、普通の人にはとても出せないような超高音域の声をあげる、とか。だけど、罪悪感に押し潰されそうで苦しくてたまらない、特に今は赤ん坊が生まれたばかりだから、と父親は口では言っているものの、今の自分の境遇に満足しきっていることは一目瞭然だ。相手の女にそんな声で歌わせることができるんだ、後悔していると言っていくら手を揉み絞ってみたところで、そんなのはただのポーズに決まってる。父親曰く、相手の女は口蓋垂裂というやつで、いわゆるのどちんこがふたつある。彼女が股間に顔を近づけてくるとき、そのことを考えただけで、気が狂うんじゃないかってほど興奮する、と父親は言う。きみはいささかうんざりする。相手の先天的身体特性を利用して性的興奮を得るなんて、安直だし、お気楽に過ぎるし、動物的だし、聞かされるほうとしてはあまり気分のいいもんじゃない。しかも、そんな話をしているやつには、赤ん坊がいる。上階《うえ》の子ども部屋のベッドに寝かされている、歯がずらりと生え揃った赤ん坊が。

それでも、ともかく、きみは気を取りなおして話の続きに耳を傾けようとする。赤ん坊の父親が語る、いつ、どこで、どんなふうに、に集中しようとする。途中で、なんだか本気で惚れちまいそうなんだ、という台詞が聞こえたような気がするが、どうしても集中することができない。集中したいのだ、きみとしても。これは心して聞かねばならない話なんだから。いろんな人の今後の暮らしにきわめて多方面にわたって、きわめて重大な影響を与えかねない事態なんだから。なのに、どうしても話に集中することができない。

そこで、ビールを呑みすぎたという口実でバスルームの所在を尋ね、ちょっと失礼すると断ってキッチンを離脱する。そして、階段をのぼり、二階の廊下を歩いて、さっきの部屋に入る。加湿器のたてるシューーッというひそやかな音をのぞけば、室内は物音ひとつしない。赤ん坊はまだ寝ついていない。眼をぱっちりと見開いている。きみはいくばくかの気後れを感じながらも、とりあえず警戒されないよう、ぎごちなく笑みを浮かべる。すると、あろうことかあるまいことか、赤ん坊も笑みを返してくる。にまあっと、盛大に口元をほころばせて。

この赤ん坊にもごく普通に、満一歳の誕生日を迎えるまでに何本かの歯が生えてくるだろう、と考えられる状況にあれば、そのことに対しておそらくはきみも、特別に何か思ったり、感じたりすることはないはずだ。まあ、正直に言えば、ちょいといらいらぐらいはするかもしれない。歯が生えてくるときは、赤ん坊はよく泣くから。そのたびに冷凍庫で冷やしてある青いプラスティックの歯がためを取り出してきて、赤ん坊の口に突っ込んでやらなくちゃならない、というのは確かにいちいち面倒ではある。しかしながら、今こうして、子ども部屋の薄明かりのなかで見る限り、この赤ん坊の生え揃った歯はうっとりするほど美しい。表面のエナメル質はつやつやしていて、見るからに丈夫そうで、まだ虫歯の気配さえない。まさに真珠の輝きだ。これは歯磨き剤のコマーシャルで、歯磨き剤のチューブと歯ブラシと前歯がきらりと光る演出に重ねて、それこそ耳にタコができるほど聞かされている決まり文句だが、実際にそういうものが存在することを、きみは目の当たりにする。そして、この赤ん坊の歯なら、こんな美しくて完璧なものなら、一粒一粒を糸でつなげてネックレスにできるんじゃないかと思う。

で、気がついたときには、赤ん坊のほうにそろそろと手を伸ばしている。地図上のある地点を指すときのように、人差し指を突き出して。その指先で、前歯の一本に触れて表面のつるつるの滑らかさを感じる。歯茎との境目の丸くなっているところをなぞる。赤ん坊は眼をぱっちりと見開いたまま、おとなしくしているが、きみは眼なんか見ちゃいない。ずらりと生え揃った歯に眼を奪われている。そのとき、その歯がきみの人差し指に急接近してくる。きみの人差し指はまだ引っ込められていないのに、まだ口のなかに突っ込まれたままなのに。あっと思ったときには、皮膚が裂けて傷口になっている。悲鳴は押しころされてくぐもったうめき声になり、こういった場合にはなんらかのワクチンを接種すべきなんだろうか、という不安な思いが生じている。

　だが、これは本来、起こってはならない事態である。本来ならきみは、階下のキッチンで赤ん坊の父親と一緒にいて、彼が微に入り細を穿ってとめどなくしゃべり続ける愛人譚に耳を傾けているはずなんだから。きみはかじられた指にティッシュペーパーを巻きつけると、どたどたと慌ただしく階段を降りて、おや、いつの間にこんな時刻になっちゃったんだろうね、と時間《とき》の経つ速さにびっくりしてみせて、握手をすれば指を怪我していることに気づかれてしまうから、代わりにハグを交わしてあたふたと辞去し、自分の車に駆けつけ、運転席に乗り込んで、そこでようやくしばしの静寂にひたる。実を言えば、きみは赤ん坊の父親の話をろくに聞いちゃいない。彼の胸にこのところ新たに芽生えた、実は妻子を捨てて女子合唱部の指揮者とヨーロッパに出奔し、あちこちの古い歌劇場《オペラハウス》を見て歩きたいのだ、という願望など、そう、誰も聞いちゃいない。そもそも、きみに言わせれば、そんな判断力の決定的な欠如と公序良俗に対する徹底的な逸脱を打ち明けられる筋合いでもないし、それを是とするか非とするか、意見するためにあの家に出向いていったわけでもない。

　しかしながら、今この瞬間に限って言うなら、きみは車の運転席に坐り、きみの人差し指に刻みつけられた赤ん坊の歯形を見つめながら、あいつの父親の戯れの恋が可及的速やかに終局を迎え、その後遺症ができるだけ軽傷ですんで、誰もあまり不幸にならずにすむことを願ってみるが、もちろん、この手のことがそんなふうに運ぶわけがない。そういう展開になるなら、こんな話を聞かせる意味がどこにある？　しかし、親父の恋の行方など、きみにとってはどうでもいいことでしかない。車のスピードをあげ、ラジオのスウィッチを入れ、窓を全開にして、夜の闇を貫いて走りながら、きみは人差し指をくわえ、きみの歯よりもずっとずっと小さい歯がそこに残した歯形を舌先でまさぐる。

その夜からいくらもしないうちに、赤ん坊の母親と父親と女子合唱部の指揮者にとって事態がどれほど深刻かということが、きみにもきわめてはっきりと理解できるようになる。きみは赤ん坊の父親の友人であるわけだが、ここにきてそれ以上の存在となるからだ。アリバイ提供者というやつだ。斯くして、きみは赤ん坊の父親とこれまで以上に行動を共にすることになるが、実際はうちに引きこもり、下着姿というきわめてくつろいだ恰好で矯正歯科の学会誌を読むようになる。それでも、建前上は、少なくとも赤ん坊の母親にとっては、赤ん坊の父親と一緒に打ちっぱなしに行ってゴルフボールをひっぱたくなり、マイナーリーグのダブルAに所属する地元野球チームの試合を観戦するなり、自然史博物館で開講されているアマガエルの食習慣に関する講座に出席するなりしているわけだ。そんなふうに、あまりにも頻繁に行動を共にしているものだから、実際には別々に過ごしているにもかかわらず、赤ん坊の母親は——事ここにいたってようやく、どうも怪しいと疑いの眼を向けだしていたタイミングだったこともあって——夫が浮気をしているのなら、その相手はたぶんきみだと思いはじめる。

という話を、きみはある晩、赤ん坊の父親と何週間ぶりかで本来の意味で顔を合わせて一緒にコーヒーを飲んだときに、当の父親の口から聞かされることになる。夜の夜中に、まるで当てつけのように赤ん坊を抱っこした母親から語気鋭く糾弾された、と赤ん坊の父親はその顚末をきみに詳しく語り聞かせ——ちなみに、赤ん坊のほうは消火栓の恰好をした、くわえると妙な音をたてる犬の玩具をせっせとかみかみしていた、との報告がつけ加えられるだろう。赤ん坊の父親は、母親の糾弾を言いがかりとして豪快に笑い飛ばし——きみに話すときには、そこでその場面を再現するように、大きな声で笑ってみせるにちがいない——しかるのちに母親をなだめ、赤ん坊を抱き取り、腕のなかで軽く揺すってあやしてやっているうちに、赤ん坊の母親がわっと泣きだし、ごめんなさいと言い、それからふたりは赤ん坊が生まれてから初めてベッドで愛を交わす、という展開になる。初めのうちは穏やかに用心深く。最後には、ふたりが内に抱え込んだ恐れや疑問が炸裂し、ベッドの枠が壁にぶつかり、スプリングが軋みをあげるようになり、その軋みのリズムはいつしか、ベビーモニターから聞こえてくる、赤ん坊が犬の玩具をかみかみするリズムに同調している。そして、ことが終わったあと、ふたりが抱擁を解き、しかるべき間合いを挟んで互いに背を向けあって眠りに就く体勢になってからも、赤ん坊が犬の玩具をかみかみしてきゅうきゅういわせる音が聞こえてきて、ふたりが考えたくもないと思っていることやら、もうわかりすぎるぐらいわかっていることやらを改めて思い出させるのである。

件《くだん》の赤ん坊の一家から家族写真を使ったクリスマスカードが送られてきたとき、受取人であるきみは、本当なら父親と母親が互いに妙によそよそしく他人行儀に距離を置いていることに気づくべきなのだ。あるいは、ふたりがやけにきっぱりとした、険しいとさえ言えそうな表情を浮かべていることに。ところが、誰かさんは気づきもしない。それもこれも、あのくそいまいましい赤ん坊がサンタ帽をかぶって、にまあっと笑っているせいだ。肉眼ではそこまではっきりと判別できないもんだから、きみはわざわざ拡大鏡を持ち出してきて確かめる。まちがいない、にまあっとほころんだ口元から、ずらりと生え揃った歯がのぞいている。きみはその写真を写真立てに入れて、ベッドサイド・テーブルに置くことにする。そして、たとえば夜、赤ん坊の父親から電話がかかってきて次回のアリバイについて入念なすりあわせを行ったあと、ベッドに寝転がったままその写真立てをつかみ、顔のまんまえに持ってきて、なかの写真に見入る。眼をできるだけ細くして、限りなく細くして、赤ん坊の両親が発散している倦怠感と刺々しさは見て見ないふりをしつつ、大人ふたりはそもそも写っていないのだと思ってみる。そのうちに、赤ん坊とサンタ帽とずらりと生え揃った歯しか見えなくなる。そのうちに、今度は、そう、赤ん坊を抱いた自分の姿が見えてくる。赤ん坊を抱いた腕をめいっぱいまえに伸ばして「どうだい、見てくれよ、この子がどんなに愛らしいか、どんなに完璧ですばらしいか」と言わんばかりにしている姿が。要するに、きみはやっぱりこの話の本質《キモ》をつかみそこね、聞くべきことに耳を傾けず、聞かなくてもいいことに聴き入っていた、ということだ。

　それにしても、きみというやつは、なぜにあれほど頻繁に下着姿でいるのかね？　それがどうしても解せない。話がきみの家のことになると、決まってきみは……いや、やめとこう。わざわざ追及しなくちゃならないことじゃなかった。いずれにしても、赤ん坊の父親がきみの家の玄関のドアをノックすると、きみは下着姿で出てくる。父親は赤ん坊を抱っこしている。なんだか訪問販売のセールスマンみたいで、きみを相手に今にもとうとうと、きみが今すぐこの赤ん坊を手に入れねばならない理由を並べ立て、これほど画期的な〝新製品〟を見てしまったら、とてもじゃないが、〝ノー〟とは言えないだろう、などと言いだしそうに見える。で、きみは金《かね》ならいくらでも支払う用意はあるけど、肝心の財布が見つからないんだよ、という顔をする——ちなみに、くどいようだが、ズボンをいまだ穿かざる状態で。

こうなったのには事情がある。複雑に入り組んだ、実に厄介な事情が。きみはその夜、赤ん坊の父親と一緒に、鳥類と愛と建築様式をテーマにした本を書いた、とある著名な作家の朗読会に出かける予定を立てていたのだが、その予定を予定どおりに実行することが難しくなりそうなのだ。実を言えば、その予定を予定どおりに実行することは、赤ん坊の父親が朗読会に出かける代わりに、例の女子合唱部の指揮者と三つ先の市《まち》のレストランで食事をして、その後モーテルでセックスをして、オーストリアの旅行ガイドブックを眺めることにした時点で、充分に難しくなっている。そのあいだ、きみのほうは何をするのかといえば……ええと、なんだかよくわからないけど、ともかく自宅に引きこもり、ズボンを穿かずにできることをすることになっていた。それが、ここにきて、事態をさらに複雑化させる問題が立て続けに発生したのである。

赤ん坊の母親が、なんだか気持ちが悪いと言いだしたのだ。で、赤ん坊の父親に向かって、どうせそのなんとかいう小説家が小説を読むところをただ見物しにいくだけなんだから、今夜の予定はキャンセルしてもらえないかと言ってきたので、申し訳ないけど、それはできない、と答えたのだそうな。なんとなれば、きみは芸術の愛好家であり、今夜の朗読会に行くことは以前から予定していたことだし、友だち同士の約束を守ることに関して、きみはおそらくかなり神経質なタイプだと思われるからだ。すると、赤ん坊の父親は赤ん坊の母親に、赤ん坊も連れていってもらえないか、と頼まれる。鳥類と愛と建築様式をテーマにした本の朗読会は、きわめて真面目な朗読会で、赤ん坊を連れていけるような場所ではないが、赤ん坊の母親はゲロを吐くのに忙しくて聞く耳を持たない。どうかな、これで説明がついたと思うんだが……突然の家庭訪問と赤ん坊の登場とおもてに停まっている車の薄暗い車内で辛抱強く待ち続けている女の存在に。

その時点で、きみにも察しがつくと思うが、赤ん坊の母親はだんなが浮気していることに気づいている。それどころか、その相手が学校の女子合唱部の指揮者だということまで突き止めている。それを知ったことで身体に変調を来たしたのに、だんなには原因不明の吐き気としか思えない。なんせ、自分と女子合唱部の指揮者のことであれこれ妄想を膨らませるのに夢中になりすぎていて、ひょっとしてかみさんにばれてるんじゃないか、という発想には逆立ちしてもならないのである。しかしながら、これは得てして起こりがちなことではないだろうか。結婚生活というものは、ことほどさように、いとも簡単に形骸化する。ふたりの人間がひと組の夫婦になるときには、そうなるだけのあれこれの理由があったはずなのに、今となってはそんな理由などどちらもろくに覚えちゃいない。それが夫婦というものだろう。

きみは赤ん坊を抱き取り、わが家に迎え入れる。赤ん坊を抱きかかえ、赤ん坊の使うものを詰め込んだ馬鹿でかいバッグを肩にかけて玄関先から引っ込む。そうしていると、なんだかこれからふたりして、ちょっとした旅行に出かけるところにも思える。きみのことだから、そんな旅行に出かけようものなら、もう帰ってきたくないとか思ったりして。

きみは赤ん坊をコーヒーテーブルに坐らせる。差し当たってすることといえば、そのぐらいしか思いつかない――きみのほうでも、赤ん坊のほうでも。きみは赤ん坊に向かって笑いかけ、へんな顔をしてみせる。赤ん坊は慎ましやかに笑顔になり、人づきあいというものを心得た赤ん坊であるところを示す。きみは身振り手振りを駆使して、〝ぼくの家はきみの家〟だからくつろいでくれ、と伝える。赤ん坊はあいかわらず機嫌よくにこにこしている。それを見てきみは、ほかにはもう何もいらないと思っている自分に気づく。それから、やっぱりズボンは穿いたほうがいいと考え、赤ん坊の父親はこっちがズボンを穿いていなかったことに気づいただろうかと考える。

赤ん坊の使うものを入れたタータンチェックのバッグには、おむつと粉ミルクとお尻拭きに加えて、赤ん坊に食べさせる夕食が入っている。ただし、この赤ん坊の場合、それは裏漉《うらご》ししたエンドウ豆やくたくたになるまで火を通したリンゴの煮たのではなくて、ビッグマックだ。ビッグマックが二個、入っている。〝ひと口サイズに切って食べさせてやってくれ〟――父親からはそう言いつかっているが、言われたときにはわけのわからない注文をつけやがって、と思ったのだ。きみは片方の容器を開けてビッグマックを取り出す――ちなみにもうひとつは自分用に確保しておく。赤ん坊はきみが取り出したハンバーガーに向かって両手を差し伸ばし、焦れったそうに指をくねくねと動かす。きみはハンバーガーを小さくちぎって赤ん坊のほうに差し出す。赤ん坊は口を大きく開けている。ずらりと生え揃った歯を剝《む》き出しにして。きみは小さくちぎったハンバーガーを赤ん坊の口のなかにすばやく放り込む。過去の苦い経験に学び、あの歯の鋭さと威力には充分用心しなくてはならないと心得ているからだ。赤ん坊にはびっくりした様子もなければ、ためらう様子もない。こういう経験をするのは、これが初めてではないということだ。きみは作業の手を加速させる。ハンバーガーをすばやくちぎり、赤ん坊の口のなかにすばやく入れてやると、あのずらりと生え揃った歯がそいつを嚙みつぶし、すりつぶして一般的なベビーフードによく似たものに変える。途中で、スペシャル・ソースまみれになった赤ん坊の口を拭ってやる。赤ん坊はにっこりする。きみもにっこりする。そんなこんなで夕食が終わると、あとはもうすることがない。なので、互いにじいっと見つめあって、そんなふうに一緒に過ごせることをしみじみと味わう。

枕をいくつか並べて毛布でくるみ、ちっちゃなベッドをこしらえてみるが、その出来映えには今ひとつ満足できない。そんなものに寝かせる気になれなくて、きみは赤ん坊を抱きあげてそっと揺すって寝かしつける。ちなみに、寝かしつけには、せっせとビッグマックを消化しつつある胃袋の重さも大いに役立つ。赤ん坊はきみの胸にしがみつき、小さな足できみの腹を蹴りながら眠りに落ちていく。きみは次第に、自分はこの赤ん坊を本気で愛しているんじゃないか、という気がしてくる。こいつの口元からのぞく、あのずらりと生え揃った歯だけじゃなく、本体のほうも。きみはソファの背もたれに寄りかかり、そのうち眠りに落ちる。きみの腕のなかで、赤ん坊はぐっすり眠っているわけでも、ぱっちり眼覚めているわけでもない。あのすべすべの歯を噛みしめ、擦りあわせて、小さく歯ぎしりしている。

そのあと、それなりの時間が経過してから、玄関のドアをノックする音がして、きみと赤ん坊の父親とのあいだで赤ん坊の受け渡しが行われる。終始無言で進められ、〝ありがとう〟も〝どういたしまして〟も省略される。父親はできるものなら引き取りたくないと思っていて、きみのほうはできるものなら引き渡したくないと思っている。というのは、まあ、ありがちな展開ではあるだろうな。だけど、だったらそうすればいいじゃないか、というわけにはいかないのだ、これが。赤ん坊には母親だっているわけだし、世の中には自然の摂理というものもあるわけだし、金銭的な負担やら体面やら体裁やらといったものも考えなくてはならない。だとしても、やはり、この局面には絶対的な真実が反映されているのではないか。他人のほしがらないものをほしがる者がいるところに、不幸の種は蒔かれる、というやつだ。そして、それはまた、この話の本筋に当たる部分においても、つまり赤ん坊の父親とその情事とその家族の物語においても、絶対的な真実と言えるのではないか。というのは、これまた、ありがちな展開ではあるのだが。

その後の数ヶ月間は、実に盛りだくさんな日々となるはずだ。数々の言い争いがあり、たびかさなる非難合戦があり、愛が公言され、憎しみも言挙《ことあ》げされる。その過程は心痛むものだが、きみとしては、そんなことよりもともかく赤ん坊のことが気がかりで仕方ない。きみが知りたいのは、赤ん坊が今どこにいて、何をしていて、にこにこしているのかどうか……いやはや、はっきり言ってうんざりしてきたよ。この話は語るのが実に難しいってことがよくわかる。愛が消滅するとき、人はいやおうなしに自分自身の人生について考えるようになるもんだ。きみにはそれをわかってほしいのに、きみは赤ん坊にしか関心がないんだもんな。よし、だったら、これでどうだ？

赤ん坊は子ども部屋にいる。赤ん坊用の揺り椅子《バウンシーチェア》に収まって身体を上下に弾ませていて、ごく短時間ではあるものの、父親からも母親からもその存在を忘れられている。両親のほうはキッチンにいる。互いに相手の非を鳴らすことに余念がない。といっても、その大半はことばにはされず、もっぱら水面下での応酬となる。相手のコーヒーに必要以上にどっさりと砂糖を入れるとか、拡げていた新聞をたたんだり拡げたりたたんだりするとか。そうやって詰問をかわす。とりわけ放課後の予定が話題にされた場合には。

そのあいだ、子ども部屋では赤ん坊が両手を、左右いっぺんに、無理やり口に押し込もうとしている。椅子がひと揺れするごとに、赤ん坊の薄くて鋭い爪が歯茎に食い込み、小さな傷をこしらえる。することはないし、椅子に揺られていてもちっとも眠くならないし、そんなこんなでじきに赤ん坊は手指の爪を嚙みはじめる。ずらりと生え揃った歯でちゅうちゅう、かみかみ、がじがじやって爪のしたの肉の部分が露出するまで、かじってしまう。赤ん坊の十本の指先で、血の色をした細い三日月が満ちたり欠けたりする。

やがて、あいだに緩衝材を挟まず、至近距離で顔と顔を突きあわしていることにうんざりした両親が子ども部屋の戸口からなかをのぞき込んだとき、ふたりはそこから先には足を踏み入れられないことに気づく。思わず出かかった声を呑み込むのに、ふたりとも意志の力を総動員しなくてはならない。子ども部屋には――父親と母親のすぐ眼のまえの、眼をそらしても嫌でも視界に入ってくる位置には――もちろん、赤ん坊がいる。ぷくっと盛りあがった血の滴で指先を染め、唇を真っ赤に塗らして、にまあっと笑っている赤ん坊が。

それからの流れは、いわば運命の必然である。別居も、離婚も、ウィーンへの旅行も。歯の生え揃った赤ん坊は母親に引き取られ、母親は自宅に引きこもったきりでめったに外出もしない。父親のほうは、きみにウィーン国立歌劇場の絵葉書を送ってよこす。ウィーン国立歌劇場はとても美しい建物で、きみはひょっとして赤ん坊の父親は学校の女子合唱部の指揮者ではなくこの建物のためにそれまでの人生を潔く捨てたんじゃないかと思いはじめる。絵葉書の裏の通信欄には、ひと言だけこんなふうに書かれている――**すばらしい時間を満喫中**。

じきに、赤ん坊の父親はすばらしい時間を満喫するわけにはいかなくなる。女子合唱部の指揮者から帰国するなり別れを告げられる。それまでの数々の不謹慎な言動を理由に、生物の教師の職も剝奪される。髪が薄くなり、生え際が眼に見えて後退しはじめる。赤ん坊の母親は赤ん坊に会いにくることを許さない。赤ん坊の父親はある晩、きみのところに電話してきて、自分の代わりにふたりの様子を見てきてもらえないだろうか、と言いだすはずだ。母親と赤ん坊のことが心配で仕方ないんだ、と言うだろう。そりゃ、まあ、心配になって当然だ。だが、赤ん坊の父親が本当に心配しているのは、ふたりのところにすごすご、おめおめと帰っていった場合に果たして受け入れてもらえるのか否か、である。

きみは訪ねていって玄関のドアをノックして、やあ、とかなんとか言い、なかに通されてソファに坐るよう勧められ、コーヒーをご馳走になる。母親は、今度のことできみを責めるつもりはないと言う。そう言われれば、きみとしては大いに気持ちが軽くなるはずだ。しかしながら、きみはろくすっぽ聞いちゃいない。キッチンの子ども用の食事椅子《ハイチェア》に坐らせられた赤ん坊を眺めているからだ。ソファのきみの坐っているところからでは、赤ん坊の姿はかろうじて見える程度にしか見えない。それでも、口のなかのものをもぐもぐやっているのはわかる。どうやら、風船ガムを嚙んでいるらしい。ときどき、おや、今のあれは、ガムを膨らませたのか？　と思う瞬間があったりするけれど、はっきり確認ができない。でも、たぶん、風船ガムでまちがいない。母親はまだしゃべっている。まだしゃべっていると思っていると、気がついたときには、もうしゃべっていない。気がついたときには、きみにキスをしようとしている。そろそろ引きあげる潮時ということだ。きみは赤ん坊の父親に電話をかけて、赤ん坊は元気にしている、と伝える。

それから何年も、さらにもっと何年もしてから、きみはその赤ん坊と再会することになる。もちろん、そのころにはもう赤ん坊ではなくなっている。ティーンエイジャーになっている。ふてくされて、不機嫌そうな顔をして、にきびだらけで、自分の身体に馴染めなくて持て余している。そんなティーンエイジャーになった赤ん坊は、食料品店で働いている。きみの買ったものをレジの読み取り機に通し、きみの支払った金《かね》を受け取る係だ。きみがいくらがんばっても、元赤ん坊はもう、にまあっと笑ってあのずらりと生え揃った歯をのぞかせることはない。笑うことがあっても、ほんのちょっとだけ、ごくごくわずかに口元をほころばせるだけだし、その束の間の笑顔はまったくもってなんの変哲もない。ほころんだ口元からずらりと生え揃った歯がのぞくとしても、それは誰しもに見受けられることである。たとえば、そこに歯列矯正器具がはめられていたとしても、事情はなんら変わらない。元赤ん坊が赤ん坊だったときにきみがあれほどすばらしいと思っていたものが、いつの間にか影も形もなくなっている。で、きみとしては、避けることのできない哀しみに直面することになるわけだ。

そこで、きみはもう一度改めて、その赤ん坊を見つめる。その昔、あれほど愛おしいと思い、あれほどすばらしいと思ったものを。そう、そのときにそんな眼で見るということは、きみは最初からずっと、こちらの思惑どおりのものを、こちらが見せようとしたものを見てきた、ということかもしれないな。歯の生え揃った赤ん坊であったティーンエイジャーに、きみは袋入りのニンジンを手渡す。そのとき、きみの手と元赤ん坊の手が、ほんの一瞬だけ触れあう。大したことじゃない。単なる物品の受け渡しにすぎない。それだけのことだ。きみは残りの品物をひとつずつカートから取り出しては手渡す。歳を重ねた赤ん坊は、きみが買ったものを差し出すたびにそれを受け取り、レジのスキャナーにバーコードを読み取らせる。それを繰り返すうちに、きみはだんだんわかってくる。そう、愛したものが変わってしまったわけじゃない。要はこっちの気持ちの問題であって、そこにあると思っていたものを、こっちがただ見つけられなくなっただけのことだ。

きみはそうして食料品店のレジカウンターでレジ係をしている元赤ん坊を、ひたすら見つめているわけだが、そうこうしているうちにきみは自分の気持ちに区切りがついたことに気づく。執着が消えたあと、残るのは誰もがごくあたりまえに抱く思いでしかない。それはまた人それぞれが内に秘めているものであり、秘めていられなくなってむくむくとはみ出してくるものであり、それによってその人の人となりを語るものでもある、と言っておこう。

ゴー・ファイト・ウィン

Go, Fight, Win

ペニーはチアリーダーをしているけれど、どうやら自分は選択を誤ったようだと思いはじめていた。はっきり言って、学校のアメフト・チームが試合に勝とうが負けようが、ペニーにはどうでもよかった。でも、ほかのチアリーダーたちにとってはどうでもいいことではなく、おまけにペニーの存在も、そのどうでもいいことではないと思う気持ちをさらに推し進めることにひと役買っているのだと考えると、自分がいやらしい嘘つきのように思えてくるのだ。アメフトにしろバスケットボールにしろ、各シーズンが始まるときに、それぞれのチームの活躍を願って壮行会《ペップ・ラリー》をやるのだが、そのときもチアのチャントのことばが思い出せないことがある。そういう場合は〝ゴー〟、〝ファイト〟、〝ウィン〟の三つのことばのうちのどれかひとつを適当に叫ぶことにしているのだが、それではずしたことはほとんどない。当のペニーも驚くばかりの正解率だった。

ペニーの唯一の特技は——そもそも、その特技があったからこそチアリーディング・チームの一員になれたのだろうと思っているのだが——完璧な倒立回転跳び《ハンドスプリング》を何度でも続けられることだ。体育館の端から端まで続けることだってやろうと思えばやれるけれど、やりはじめると不安になる。途中で急に、あれ、あたし、もしかしてショーツを穿いてないんじゃない？　という実に筋の通らない、根拠もへったくれもない恐怖に襲われるのだ。チアリーダーとして体育館の硬材張りのフロアに飛び出していく瞬間から、演技を終えて更衣室に引きあげるまで、ペニーは息をころし、自分の存在が誰の注目も集めないことを祈るような気持ちでいる。それでも、観客席に眼を向けたとき、そこにクラスメートがぎっしり坐っていることに気づくと、あの子たちと一緒にあそこに坐っていなくていいのはありがたいことだとも思う。ごくわずかとは言え、とりあえずそんなふうにほかのみんなから距離を置けるのは、ほっとできることだった。欲を言うなら、ほかのチアリーダーたちからも解放してもらえると、ほんと、言うことないんだけど……とペニーは思っている。

チアリーディング・チームのトライアウトを受けるよう強硬に勧めたのは、ペニーの母親だった。「あなたは魅力的よ、ペニー、まちがいなく魅力的だわ。でもね、ここでは新顔でしょ？」この年の夏、ペニーを連れてコールフィールドに越してきたとき、母親はそう言った。ちなみに両親が離婚したので引っ越すことになったのだ。「でね、自分じゃわかってないかもしれないけど、あなたのその魅力は、チアリーダーであることがプラスに働くタイプの魅力なの」母親が言いたいのは、要するに、ペニーは変わり者で、おとなしすぎて、何かアピールできるものがない限り誰からも相手にしてはもらえないだろう、ということだ。

コールフィールドで住むことになった家は、町の中心地からだいぶ離れたところにある、二軒一棟建てのテラスハウスだったが、そこで過ごす最初の晩、まだ開けてもいない段ボール箱の山に囲まれ、ペニーも母親もリビングルームの床にじかに坐るしかなかった。チーズのサンドウィッチとオレンジという夕食を食べながら、母親はリストをこしらえた。ペニーがチアリーディング・チームのトライアウトを受けねばならない理由をひとつずつ書き出していったのだ。ひとつ書いてはリストから顔をあげ、ペニーのことをじいっと十五秒ほど見つめ、それからまた何ごとか思いついたことを書きつけた。

まず第一の理由として、ペニーは見た目が魅力的だった。ブロンドの髪はときどき盛大に拡がってしまうこともあるけれど、つややかでこしがあった。緑の眼はきらきらと輝き、顔にはうっすらと、ちょうどいい程度にそばかすが散っていた。おまけに運動神経にも恵まれていた。五年ばかり器械体操をやっていたので、これまたちょうどいい程度に筋肉がついていた。確かに新顔ではあるけれど、そのことも、お高くとまりすぎだと思われない限り、決してマイナスには働かないはずだ。ペニーには友だちが必要だし、新しい友だちを作るには、コールフィールド・ハイスクールで最も人気のある女の子たちの集団に加わること以上に有効な方法があるかしら？　というわけだった。「約束してちょうだい、受けてみるって」と母親は言った。「ともかく試しに受けるだけは受けてみるって。ね？」ペニーはリストに眼を通した。母親があまりに真剣で、あまりに熱心で、なんだか居たたまれなくなった。ペニーという娘は、そうやって目標を定めてやらないと、ついふらふらとばかな真似をしでかして物笑いの種にされかねないから、と言われているようなものだった。ペニーは母親のこしらえたリストをくしゃくしゃに丸めて、「わかった、受けてみる」と言った。でも、もちろん、口が裂けても母親には言えなかったけれど――とはいえ、母親にはその時点ですでに見抜かれていたような気もしなくもないけど――ペニーとしては、進んでメンバーになりたい気持ちなど、これっぽっちもなかったのである。

そんなこんなで、ペニーはチアリーダーをしている。今はちょうど、アメリカンフットボールのシーズンが始まって三週間目に突入したところで、春にはバスケットボールの大会が控えていた。これまでのところ、新しい友だちはひとりもできていなかったし、今までずっと唯一の武器にしてきた〝居るのに居ない存在になる能力〟は失われてしまっている。なんせ、試合のある日は、チアリーディング・チームのユニフォームを着なくてはならない。あの着ているあいだじゅうスカートの裾を引っ張りたくなってしまう代物を。ペニーの判断基準では、あのユニフォームのスカート丈は、少なくともあと二インチは長くてしかるべきだった。

それに試合のない日でも、たとえばカフェテリアに行けば、チアリーディング・チームのほかの女の子たちと一緒にソーダの自動販売機のすぐ横の〝特別席〟に坐らなくてはならない。みんなの会話に加わりたくなくて、ペニーはランチを食べるときにはひと口ひと口じっくりと時間をかけて嚙みしめる。チアリーディング・チームのほかの女の子たちが――小学校のときから互いのことを知っていて、ペニーが今、住んでいるところからはいろんな意味で遠く離れた分譲住宅地に住んでいる子たちが、あれこれ質問をしてくるわけではない。意地悪をされているというわけでもない。そのことはペニーにもわかっていた。ほかの子たちはただ単に、ペニーがそばにいると居心地が悪いのだ。仲間と認められるほど心を開いていないから。あるとき、ミシェル・レイニーという子がペニーにはわからない冗談を言ったことがある。ペニーも、ほかの女の子たちと一緒になって声をあげて笑ったけれど、ミシェルには怪訝な顔をされて、「ねえ、なんでわかるの、今の話?」と訊かれた。ペニーは首を横に振ってランチのトレイに視線を落とした。トレイはほとんど空になっていた。残っていたセロリ・スティックをつまみあげて、それをちびちびかじりながら、ミシェルが肩をすくめて話を再開してくれるのをひたすら待つしかなかった。

母親にも腹が立ったが、それ以上に自分自身に腹が立った。トライアウトを受けることに同意したのは、自分でも心の奥のそのまた奥の奥底で、期待している部分があったからだった。人生がもっとずっと生きやすくなるかもしれないし、いらいらしたり腹を立てたりしないで幸せな気持ちで暮らせるようになるかもしれないし、それまでとはまるでちがう自分になれるかもしれない、そんなふうに思う気持ちが、実はなくもなかったからだった。でも、何ひとつ変わることはなく、ペップ・ラリーで完璧な後方宙返り《バックフリップ》を何度も披露してみせるたびに、ペニーは呼吸を整えるために鋭く息を吐くのにあわせて小声で悪態をついた。

チアリーディング・チームの練習が終わると、ペニーはベイカーさん夫妻の車に乗せてもらって家に帰ることになっている。ベイカーさん夫妻は、ハイスクールの用務員をしている黒人の夫婦で、ペニーと母親の暮らしている二軒一棟建てのテラスハウスの、二軒のうちのもう片方に住んでいる。ペニーの母親は病院で看護師として働きはじめたが、毎晩十時三十分までの勤務で、ときにはそれよりも遅くまで働いた。そこの病院では新人なので、ほかの看護師たちが希望しない勤務時間帯を引き受けることになり、おまけに一週間あたり六十時間も働いているものだから、母娘《おやこ》の生活時間帯は完全にすれちがっていて、一方が帰宅したときにはもう一方はもう出かけてしまっていることが多い。チアリーディング・チームの練習が終わったあと、ほかの子たちがお迎えの車に乗り込んで帰っていくのに、ひとりだけあとに残ってベイカーさん夫妻が校内の清掃を終えるのを待たなくてはならないというのは、ペニーにとってなんとなく気恥ずかしいことだった。学期が始まったばかりのころは、家まで乗せていってあげようか、と言ってくれる子たちもいたけれど、ペニーはそのたびに断った。車に乗せてもらうということは会話をするということだ。そう思うだけで、もう、みぞおちのあたりがきりきりしてくるのだ。そのうち、誰からも声がかからなくなったけれど、ペニーにしてみればそのほうがむしろありがたかった。

ベイカーさん夫妻の車に乗せてもらって帰宅する道すがら、ベイカーさんたちが車の窓を全開にして煙草を吸い、右側しか音の出ないスピーカーから雑音混じりのゴスペル音楽が途切れ途切れに聞こえてくるなか、ペニーは後部座席の背もたれに頭を預けて眼をつむった。この車の匂いが好きだった。洗剤とメンソール煙草の匂いだった。ペニーがほとんど何もしゃべらないことを、ベイカーさんたちはふたりともなんとも思っていないようで、そのこともありがたかった。会話は、夫婦ふたりのあいだで交わすものだけで充分だったのかもしれない。その日の話題は、授業中にこっそりとまわされたとおぼしき手紙をゴミ箱で見つけたことと何人かの教員に関して陰口めいた噂が流れていることだった。車がテラスハウスのまえに到着したとき、ベイカーさんの奥さんのほうがペニーをそっと突《つつ》いて、通りを挟んで向かい側の家のほうを示した。

「あの男の子のこと、知ってる?」と奥さんはペニーに訊いてきた。

見ると、ペニーの真正面にあるその家の玄関の階段のところに、男の子が坐り込んでいた。十歳か十一歳ぐらいの男の子だったが、背の高さとひょろっとした身体つきは子どもというよりも若者のようで、プラスティックのカップにせっせとマッチを放り込んでいるところだった。マッチ箱の側面でマッチを擦って火をつけると、手首のひと振りでそれをカップに放り込んでいた。ペニーに見られていることに気づくと、男の子はその動きを途中で止めた。親指と人差し指でマッチをつまんだまま、こちらを見つめ返してきた。ブロンドの髪は細くてくるくるカールしていて、ろくに梳かしていないように見えた。顔立ちについては、独特としか言いようがなかった。眼も鼻も小さく、耳にいたっては繊細と表現したほうがよさそうなほどなのに、頬はぽっちゃりとしていて、口は並んでいる歯が多すぎて収まりきらないといった感じだし、顎もふくよかすぎる頬の存在感に消されてあるのかないのかよくわからない。着ているシャツは襟のところがほころびているし、靴も靴下も履いていない。裸足の爪先に赤茶色の泥がこびりついている。生身の男の子というよりもアニメのキャラクターを見ているみたいだった。

「知りません、知らない子です」とペニーは答えた。

「この一週間ずうっと、来る日も来る日もああしてあの家からあんたのことを見てんのよ」ベイカーさんの奥さんはそう言うと、小さな声で笑った。「なのに、知らないの、ほんとに？」

ペニーはうなずいた。男の子がつまんでいるマッチはまだ燃えていて、炎が男の子の指先に触れそうになっていた。

「だとしても、ともかく、あの子はあんたを見てる」とベイカーさんの奥さんは続けた。「で、これはあたしの考えなんだけどね、あの子はちょっとばかり心に問題を抱えてるんじゃないかと思うの。学校にも行かないで、一日じゅうずっと家にいるんだもの。そういえば去年だったかな……ううん、一昨年だったかもしれないけど、空を飛ぶ装置みたいなもんをこしらえたことがあったのよ。翼のついたバックパックみたいなのでね、それを背負って屋根から飛び降りたんだけど、二階から落っこちたようなものじゃない？　首の骨を折らずにすんだのが不思議なぐらい。といっても、あたしはその現場を見たわけじゃないんだけど。でも、うちの人が見てたの。だよね、ジェフリー？　あんたは見たんだったよね？」

気がつくと、男の子はもうマッチをつまんでいなかった。代わりに指をくわえていた。なんだか微笑んでいるように見えた。

ベイカーさん夫妻のだんなさんのほうは、それまで吸っていた煙草をダッシュボードの灰皿に押しつけて揉み消してから、ほうっと息を吐き出した。それでもまだ口を開こうとはしなかった。奥さんの話した一件について、それが本当にあったことだったのかどうか、はっきりしないので、改めて記憶をたぐってみているふうでもあった。「いちおうグライダーみたいにすうっといったんだよ、六フィートか七フィートぐらいは。けど、そこで横っちょに旋回しちまってね、で、あそこん家《ち》の壁に叩きつけられて、仰向けにどすんと着地したんだけど、当人はぱっと跳ね起きてさ。でもって、あたりをきょろきょろ見まわしたかと思うと、全速力で家のなかに駆け込んでったんだ。なんと申しましょうか、だよ。あんな妙ちくりんなもの、ちょいと見られないだろうね。あいつがしつこくつきまとったり、おかしな真似をしかけてきたりするようなら、そのときは、ペニー、おれに言え。追っ払ってやるから」

「でも、知らない子だから」とペニーは言った。「見たこともない子だし」

「だったら、この先もずっと、知らない子のままにしといたほうがいいよ」とベイカーさんの奥さんが言った。


ペニーは家に入り、まずは宿題をすませた。そのあと、こっそりと窓に近づいて、ブラインドの隙間からそとの様子をうかがわずにはいられなくなった。さっきの男の子はいなくなっていたけれど、それでものぞいて見ないわけにはいかなかった。翌日のすべての授業の予習も抜かりなく終わらせたところで、席を立ってクロゼットに近づき、いちばんうえの棚に載せてある箱に手を伸ばした。プラモデルの箱だった。一九六五年型ポンティアックGTOの二十五分の一スケールのプラモデル。棚からおろした箱は、いったん部屋の床に置き、デスクにパラフィン紙を拡げて天板をすっぽり覆ってから、抽斗を開けて極細の筆とチューブ入りの模型用接着剤を取り出した。続いてプラモデルの箱を開け、部品をひとつずつ取りのけていって、いちばんしたに入っていた組立説明書を抜き出した。それを持ってベッドに向かい、寝転がって眼を通した。工程図のひとつひとつにじいっと見入り、作業手順を残らず頭に叩き込んだ。その夜の残りの時間は、それぞれの部品を細心の注意を払って順番に枠から切り離し、しかるべきところに接着することに充てられた。少しずつ車が形になっていく様子は、自分の手の動きだけで何もないところから形あるものが生み出されていくようでもあって、ことばなどなくても心が満たされていくのを感じた。

ペニーがプラモデルを作るようになって、もう何年かになる。プラモデルを作るのは、ペニーにとって趣味のようなものだ。正確に言うと、車そのものに関心があるわけではなくて、ひとつの形に組み立てあげるまでの作業そのものが気に入っている。できあがった作品は、何週間かはデスクに飾っておくけれど、そのうちにそれを作っていたときのことが思い出せなくなってくる。そうなったら、その車をゴミ箱に放り込んで、次の制作に取りかかることにしていた。とはいえ、プラモデルはどれも気軽に買えるほど安くはない。ひとつ十五ドルとか、ものによってはもっとするものもあるので、資金計画は慎重に立てる必要があった。父親からは週に一度、二十ドルのお小遣いが送られてきていたし、まだキングストンに住んでいたときにベビーシッターをして貰ったお金もいくらか残ってはいるけれど、着るものだって買わなくてはならないし、チアリーディングの活動費用のことも考えに入れておかなくてはならない。毎週ちょっとずつ積み立てていって充分な額が貯まると、そのたびに自転車に乗ってタウン・スクエアの模型専門店まで出かけていって、なんであれ興味を惹かれたものを、たとえば三二年型フォードの幌つきオープンカー《フェートン》とか、七一年型プリムス・ダスターとかを買った。模型飛行機も何機かこしらえてみた。『スター・トレック』に出てくるドクター・マッコイのフィギュアに手を出したこともあったけれど、いずれも車のプラモデルを作るときほどのおもしろみは感じられなかった。車は車体のラインがすっきりしているところがよかった。ホイールキャップがクロームメッキで、いかにもそれっぽく輝くところもまたよかった。タウン・スクエアの模型専門店に通いはじめたばかりのころ、店のオーナーから声をかけられたことがあった。「裏に本物のシェビーを駐めてるんだ。六二年型のインパラなんだけどな。よかったら見せてあげるよ」ペニーはとっさに返事ができなかった。何秒か口ごもってから、本物の車にはそれほど興味がないのだと言った。「そりゃ、まあ、プラモデルはいいもんだけど」と店のオーナーは言った。「本物と比べちゃったら、足元にも及ばないよ」ペニーはその日買ったプラモデルを抱え込んで店をあとにした。次のときには場所を変えて、大型スーパーの〈ウォルマート〉で車のプラモデルを買ってみたけれど、材質が安っぽくていかにもちゃちな作りだし、組み立てるのも簡単すぎて物足りなかった。しばらくすると、ペニーはまたタウン・スクエアの模型専門店に通うようになった。店のオーナーとはできるだけ眼を合わせないようにしながら。

　六五年型ポンティアックＧＴＯの車台部分をほぼ完成させたところで、ようやく母親が帰宅した。ペニーはキッチンで母親を迎えると、夕食の食器を並べるのを手伝った。もうじき十一時半になろうかという時刻で、考えてみたら昼食以降は何も食べていなかったけれど、おなかはそれほど空いてはいなかった。病院のカフェテリアからテイクアウトしてきたスープとサラダを食べながら、母親は病院で遭遇した男のことを話した。酔っ払ってわけがわからなくなり、自分の腹部を他人に何発も何発も殴らせておきながら、翌日になって初めて、おしっこに血が混じっていることと口のなかで錆っぽい味がすることに気づいたのだと言う。

「ってことは、臓器に損傷を受けてるってことなんだけど」と母親はペニーに説明をした。「で、もちろん、当人もびっくりしちゃってるんだけど。そこが不思議なとこでね。だって、いつまでたってもなかなか思い出せないのよ、まえの晩、自分が何をしたのか。おしっこが血の色をしてるってのに」ペニーは自分のまえに置かれていたミネストローネ・スープに思わず眼をやり、顔をしかめ、皿を向こうに押しやった。それからふたりとも特に話らしい話もしないまま、食事を終えた。

　ふたりで皿洗いをすませると、ペニーは母親におやすみなさいのキスをして自分の部屋に引きあげた。ドアを閉めようとしたところで、母親がこちらに向かって何か言っていることに気づいた。

「ときどきね、うちに帰ってきてドライヴウェイに車を入れながら、ひょっとしてあなたはいないんじゃないかって思うの。ほかの女の子たちと一緒にどこかに繰り出して、ドラッグをやったり、何かとんでもなく困ったことをしでかしたりしてるんじゃないかって、心配になるの。でも、玄関のドアを開けると、あなたはいつだってちゃんと家にいてくれてる」

ペニーは廊下に出て母親を見つめた。看護師の制服を着たままで、ほつれた髪が制帽《ナースキャップ》からはみ出していた。眼のしたにくまができている――くっきりはっきりではないけれど、肌の色が蒼白いので嫌でも眼についてしまうのだ。それでも、この人はまだまだ充分にきれいだ、とペニーは思った。それから、考えてみるとなんだか不思議な感じがすると思った。今ここには母親とペニーしかいないことが。知っている人なんてそばにはひとりもいなくて、たったふたりきりだということが。

「これからもいるよ、お母さん。これからも、あたしはちゃんと家にいるから」とペニーは言った。

「ええ、わかってる」と母親は言った。「それはよくわかってるわ」

ペニーは母親をぎゅっと抱き締めた。部屋に戻りかけたところで、母親がまた話しだした。

「でも、一度ぐらい家にいないことがあっても、それはそれでいいのよ。女の子にもつきあいってものがあるでしょ？　たまには友だちと出かけてちょっとだけはめをはずす、なんてこともしなくちゃならない。そういうときは、ひと言言ってくれる？　それだけでいいの。前もってわかっていれば、心配しないですむから」

ペニーは何も言わずに、ただドアを閉めた。そして、デスクのまえに立ち、作りかけのプラモデルを眺め、鼻につんとくる接着剤の臭いを嗅いだ。疲れて、もう眠ろうという気になるまで、その臭いを嗅ぎ続けた。

翌日の午後、ペニーはベイカーさん夫妻の車の後部座席から眼を凝らして、昨日の男の子の姿を探した。男の子がいた場合も、いなかった場合も、想像するだけで気持ちがざわざわした。テラスハウスの手前で車が速度を落としはじめると、ペニーは男の子の家の庭先にすばやく視線を走らせた。ポーチにあがる階段に人の姿はなかった。「どうやら、あたしのにらみが効いたみたいね。まあ、あんだけ何度もにらまれれば、さすがにこっちの言いたいことは伝わるでしょうよ」ベイカーさんの奥さんは窓のそとに手を伸ばして、煙草の灰を落としながら言った。「いや、どっかそのへんにいるさ」とベイカーさんが言った。「なんなら賭けてもいいぞ。そのへんでのらくらしてるに決まってる」

宿題と翌日の予習をすますと、ペニーは車のプラモデル作りを再開した。昨日使ったパラフィン紙を丸めて、新しいものを敷きなおして作業スペースをこしらえた。車体そのものは簡単に組み立てられるので、今日はもっと細かい部品が必要な部分、車の内部構造の組み立てに集中することにした。デスクスタンドのシェードの向きを調節してデスクのうえの作業スペースに充分に光が当たるようにしてから、ゆっくりと作業を進めた。それぞれの部品を慎重にはめあわせ、接着剤を使うときにはごくごく少量、見えるか見えないか程度の小ささで絞り出した。そうして一カ所、組み立てあげるたびに、指の関節をぽきぽきっと鳴らして大きく伸びをしては何もしない時間を何秒か愉しみ、それから次の部品をつまみあげた。作業をしながら小さな声で、明日の試合ですることになっている応援のチャントを口ずさんだ。言うべきことばはあやふやなところもあったけれど、リズムの取り方には自信があった。

窓のところでぴしっという鋭い音がした。ペニーはとっさに手を止めた。急に作業を中断したせいで、接着剤が垂れて人差し指に付着した。速乾性の接着剤が皮膚のうえで固まるか固まらないうちに、次のぴしっという音が窓ガラスを弾いた。ペニーは立ちあがってデスクのまえを離れ、窓のブラインドをゆっくりと開けた。一度にちょっとずつ、一インチの何分の一かだけ開けたらしばらく間を置き、またちょっとだけ開けて様子をうかがい、それを何度か繰り返した。そとが見えるようになったところで、地面を見おろした。誰もいなかった。すかさずあの男の子の家のほうに眼を向けたが、やはり男の子の姿はなかった。ブラインドを閉めようとしたそのとき、窓ガラスに小さなドングリが当たった。思わず声をあげて、ペニーは窓辺から身を引いた。けれども、すぐに驚いたことが恥ずかしくなって、また窓辺に近づいた。窓から左のほうをのぞき、そこに立っている木の枝のあいだに眼を凝らすようにした。そこでこちらをじっと見つめている、あの男の子の眼に気づいた。そのしたの大きくほころんだような口元と、そこからぎっしりと隙間なく並んだ白く輝く歯の列がのぞいていることにも。ペニーは動揺した。戸惑いもした。あの男の子がこんなすぐそばにいるなんて。窓から離れようとしたとき、男の子の手が動くのが見えた。こちらを指差し、次いでその指を地面に向けた。ペニーは首を横に振った。男の子はまたひとつドングリを投げつけてきて、笑みを浮かべた。ペニーは今度もまた首を横に振り、ブラインドを閉めた。

デスクに戻ると、車のプラモデルが待っていたけれど、どうしても作業に集中できなかった。指先がそれまでほど器用には動かなくなり、小さな部品のひとつひとつを扱える気がしなかった。で、通学用のバッグを抱えて母親の部屋に移動し、その日の宿題をお復習《さら》いした。数学の問題をもう一度最初から全部解きなおして、気持ちが落ち着いてまたプラモデルの組み立てに取りかかれるようになるのを待った。それから自分の部屋に戻り、エンジン部分の部品をいくつか、車体のメインフレームのなかに収めた。一時間が過ぎたところで、もう一度窓辺に足を運び、さっき男の子が登っていた木に眼を凝らした。男の子はいなくなっていた。

金曜日の夕方、ペニーを含めてチアリーディング・チームのメンバーは、専用バスに乗り込み――専用バスといっても、授業のある日には障害を持つ生徒たちの登下校に使われている小型バスのことなのだが――一時間半かけてグレンクリフまで遠征した。アウェイでの試合を応援するためだった。何年かまえまでは、チアリーダーたちもアメフト・チームのバスに同乗していたのだが、バスのうしろのほうの座席では道徳上好ましいとは言いがたい行為がかなりの頻度で、大きな勝利をものにしたあとにはまずまちがいなく、行われていたのである。ペニーが聞かされたところでは、チアリーディング・チームの子のクラスメートのお姉さんで同じくチアリーダーをしていた子が、アメフト・チームが優勝決定戦で地区代表に決まったあと、バスの車内でとっかえひっかえなんと五人とセックスをしたという噂まであるらしい。ペニーはうんうんとうなずき、眼を丸くしてみせながら、スニーカーのなかで足の指をぎゅっと丸めて、みんなの話題がほかのことに移るのをひたすら待った。女の子たちの会話はパターンが決まってる。ただ順番がちがうだけで、出てくる話題はいつも同じ――学校のこと、着るもののこと、誰が誰とつきあっていて、誰が誰と別れたかということ、テレビのこと、映画のこと、音楽のこと、そしてほぼ毎回、ほぼまちがいなく、びっくりするほど巧妙に、実にさりげなく、セックスの話題に移行するのだ。具体的な固有名詞が出てくるものであれ、単なる一般論であれ、ともかくセックスのことに。発言を求められた場合につつがなく切り抜けられるよう、ペニーはあらかじめ、キングストンでは三人の男の子とキスをしたことがあるという話をこしらえてあった。そのうちのひとりにはそれ以上のことまで求められたんだけど、ペニーは断固拒否で、そしたらそいつに、ペニーとはいくとこまでいったんだぜ、と学校じゅうに言いふらされたことにした。ときどき三人の男の子の名前をごっちゃにしそうになって、ひやりとした。そう、よく考えてから発言しなくてはならない。つまらない言いまちがいをして、本当は男の子と触れあったことなど一度もなくて、仮に誰かとキスをすることになってもその場合、自分の舌をどうしておけばいいのか、いくつか選択肢があることは話には聞いてはいるけれど、実はさっぱりわかっていないことが、みんなにバレてしまわないように。もちろん、ペニーもセックスのことなど考えたこともない、というほどうぶなわけではない。だけど、具体的に想像ができないのだ、不愉快にもぎごちなくもならずにそういう行為ができる、ということが。ペニーにとってセックスとは、大まかに言えば水疱瘡《みずぼうそう》のようなもので、成長過程において避けることができないものであり、なおかつ経験したあと傷跡が残るもの、という認識だった。そんなわけで、遠征するバスの車内では、常に窓のそとに眼を向けるべく心がけ、自分にも加われそうなもうちょっと気軽な話題になったときのみ会話に加わるようにしていた。アウェイの試合に遠征するのは、はっきり言って嫌いだった。

しばらくしたところで、上級生のチアリーダーから、グレンクリフ側の観客について覚悟しておいたほうがいいことが伝えられた。「ほとんどが黒人で、試合のあいだじゅう野次を浴びせられるからね」とキャプテンのジェニー・プリンスが言った。「去年なんて、チアのパフォーマンスのたびに〝あほで間抜けな貧乏白人〟って声が飛んでくるのよ、あたしたちに向かって。そのうちに調子に乗ったやつらが小銭まで投げつけてきたんだから。それがマーシー・ハバードの耳に直撃して、マーシーは試合が終わるまでずっとめまいをこらえて応援したのよ」そういうところでチアをするという事情を考えて、今回は複雑なフォーメーションは敢えて取らないことで全員の意見が一致した。「ときどき、ものすごく近くまで迫ってくることもあるからね」と別の上級生が言った。「油断してると、フェンスから身を乗り出して髪の毛をつかもうとしてくるのよ。それがまた、決まって女子なの、そういうことをするのって」そのことばにキャプテンのジェニーがうなずいた。「そうそう、女子がいちばんたちが悪いのよ」

事前に警告されていたとおり、ひどい試合だった。両チームともこの地区では強豪だったこともあり、試合は荒れた。暴力的で、双方共に得点が入らず、チアリーダーにとっては、まさに悪夢のような試合だった。グレンクリフの選手のひとりが、コールフィールド・チャージャーズのランニングバックに体当たりをしたときには、あまりにも勢いが激しくて、当たられたほうの身体がまっぷたつに折れたような、パキッともメリッともつかない妙に鋭い音の残響がまるまる一秒ほど消えなかったくらいだ。その音にはペニーもはっと息を呑み、思わずフィールドから眼を背けて観客席のほうに顔を向けた。観客席に陣取った連中の何人もが、拡げた掌に勢いよく拳を打ちつけ、先ほどの体当たりのときの音を再現していた。グレンクリフのクォーターバックがサックされて（クォーターバックがボールをパスするまえにタックルを受けること）、肘をつかみながら立ちあがった場面では、観客席からこんな大声が飛んできた——「おい、そこまでやられて、このまま見逃してやるつもりか？　あのくそ馬鹿野郎をとっつかまえて殺せ、殺しちまえ」眼のまえのフィールドで現実に今、起こっていることに比べれば、どんなチアも馬鹿馬鹿しく、無意味に思えた。それでも声を揃えて「やつらを倒せ、チャージャーズ」とチャントすると、観客席に陣取った連中が「馬鹿言ってんじゃねえ！」と叫び返してきた。選手の両親やごく一部の熱烈なファンをのぞいて、コールフィールド側の観客は少なく、その数少ない人たちにしても応援に関してはあまり積極的ではないようだった。これしきのことで尻すぼみになってしまうのなら、団結心《チーム・スピリット》なんて意気地のなさの塊みたいなもんじゃない？　とペニーは思った。

　試合時間が残り数秒となったところで、グレンクリフ側がコールフィールド側の三ヤードラインまでボールを進めた。応援が必要な場面だったが、チアリーダーの女の子たちは雰囲気に呑まれて思い切れずにいた。グレンクリフ・ハイスクールの女子生徒がひとり、フィールドとファンとを隔てるフェンスに全身で寄りかかり、そのフェンスがたわんで倒れそうになるぐらいぐいぐい体重をかけながら叫んだ。「ほら、ほら、ほら、ほら、お高くとまったチアくそリーダーのお嬢ちゃんたち、なんか言ったら？　こういうときこそ、なんか言わなきゃ意味ないよ」間髪を入れずにジェニー・プリンスがくるりと向きなおり、叫び返した。「うせな、やりまん」そのことばにペニーは頬がかあっと熱くなり、顔が赤くなるのがわかった。自分が叫んだわけではないのに、自分が叫んだぐらいショックだったし、恥ずかしかった。フェンスに寄りかかっていた子に加勢する子が現れ、それが五人か六人ぐらいの集団に膨らみ、誰もが口々に卑猥で品のないことばを叫びたてるようになると、チアリーダーの女の子たちもほぼ全員が金切り声でわめき返していた。ペニーは黙ったまま、その場に突っ立っていた。何をどう言い返せばいいのか、わからなかった。片方の手からポンポンが滑り落ちても、拾うでもなかった。どういうわけだか、「押し返せ、チャージャーズ」のチャントのことばが浮かんできた。最初から最後まで、ひと言も抜けずに、正確に思い出せた。なのに、それを披露する機会はなさそうだということが、自分でも意外なぐらい残念だった。代わりに、声は出さずに唇だけ相手を罵倒することばの形に動かしながら、ほかのチアリーダーたちの集団に滑り込んだ。彼女たちは誰も彼も、これまでのどの試合の応援のときよりも、大声をあげていた。そのとき、急に観客席がどよめいた。ペニーもほかの女の子たちもいっせいにフィールドのほうを振り返り、試合が終わったことを知った。コールフィールドのディフェンスが、それが決まれば相手方の勝利になるはずのフィールドゴールを阻止したのだ。両チームの選手はすぐさま互いに詰め寄り、相手のフェイスマスクをつかみ、相手を突き飛ばし、抱えあげては投げ飛ばす騒ぎになった。チアリーディング・チームのコーチが駆け寄ってきて、状況がこれ以上悪化しないうちに早くバスに乗り込むよう命じた。

チアリーディング・チームのバスが走りだしたときもまだ、スタジアム内では両チームの乱闘が続いていた。黒人の女の子が何人か、動きだしたバスのすぐ横をついて歩きながら、中指を立てる仕種をしてみせては、バスの横腹を拳で連打してきた。「まずいわね、これは」とチアリーディング・チームのコーチが言った。「危害を加えられそう。ともかく窓は絶対に開けちゃ駄目。それから、屈んで姿勢を低くしてなさい」ペニーは言われたとおりにした。バッグから取り出したボトル入りの水を胸元に抱え込んだ。ほかの子たちはバスと並んで走っている女の子たちに向かって叫び返していた。「こいつら、まとめて轢いちゃって」とジェニー・プリンスが言うと、ほかの女の子たちは声をあげて笑った。ペニーが身をよじり、顔だけ窓のほうに向けたとき、そとからちょうどこちらをにらみつけていた女の子と眼があった。バスの横腹を殴りつけながら、「とっとと帰れ、空っぽ頭の馬鹿女」と叫んでいた。ペニーは自分ひとりが言われているような気がした。それが何かはわからないけれど、ともかくペニーが個人としてしたことに対して、ああして猛烈に腹を立てているのではないか、という気がした。その子に弁解したかった。自分だって、こうしていたくてこうしているわけではないのだ、ということを。そもそもチアリーダーにだって、なりたくてなったわけではないのだ、ということを。それでも、バスの横を走っている女の子は、こちらに向かってわあわあわあわめき続けている。気づいたときには、ペニーはバスの窓を開け、水が半分残っているペットボトルをその女の子めがけて投げつけていた。ペットボトルは女の子の顔の、ちょうど左眼のしたに当たった。当たった衝撃で、女の子はバランスを崩し、身体が半回転し、自分の足につまずき、両手をまえに突き出した恰好で道路に叩きつけられた。車内のチアリーダーたちは一瞬、黙り込み、それからいっせいに悲鳴のような歓声をあげた。ジェニー・プリンスが駆け寄ってきてペニーとハイタッチを交わした。「ちょっと、やだ、今のって最高！　もう、めっちゃくちゃすかっとした。あんなすかっとするもん、見たことないってぐらい」そのときになってもまだ、自分がしてしまったことの結果を受け止めきれず、みぞおちのあたりから鈍い吐き気がこみあげてきていたけれど、ペニーは笑みを浮かべた。人を歓ばせられたことが嬉しかった。

バスが到着するのを、ペニーの母親は学校の駐車場で待っていた。ほかの子の親たちは、ひと塊になって立っているのに、その集団には加わらず、自分の車のボンネットにもたれて煙草を吸いながら、凝りをほぐすように首筋を揉んでいた。ペニーは、バスが入ってきたことに気づいた母親が笑みを浮かべ、ほかの子の親たちのほうに近づいていくのを眼で追った。

バスの到着を待つあいだ、みんなと一緒にいたように思わせたいのかもしれなかった。母親と一緒に車に向かう途中で、ジェニー・プリンスが小走りで近づいてきてペニーに言った。「明日にでも祝勝会をしなくちゃね。ゲームセンターに行くとかビリヤードをして遊ぶとか、ともかくみんなで集まってなんかしなくちゃ」ペニーは断るつもりで口を開きかけたけど、ペニーにつきあって足を止めた母親がすぐ横で満面に笑みを浮かべてうなずいている。外出許可を出しているつもりなのだ。とあっては、誘いを受けないわけにはいかなかった。「そうだね、なんかしなくちゃね」とペニーは言った。ジェニー・プリンスがほかの人たちのいるほうに駆け戻っていくのを待って、母親が言った。「ね、言ったとおりでしょ? 確かに、わたしにはチアリーダーの経験はないけど、でも、ちゃんとわかってるのよ。チアリーダーをしてるほうがその他大勢の普通の子でいるより、ずうっと愉しい思いができるってこと」

家に着くと、母親はペニーだけ降ろした。これからまた病院に戻らなくてはならないのだ。「疲れてるでしょうから、早くなかに入ってゆっくりなさい」と母親はペニーに言った。「わたしの休憩時間は十五分まえに終わっちゃってるから、誰かに気づかれないうちに戻らなくちゃ。病院の裏口からこっそり忍び込まないと」母親の車を見送って、玄関ポーチにあがろうとしたところで、ペニーはドアマットのうえに何かきらきら光るものが載っていることに気づいた。近づいてみると、車のプラモデルだった。七三年型コルベット、車体の色はチェリーレッド。何週間かまえにペニーが捨てたものだった。思わず振り返って向かいの家に眼をやった。明かりはついていなかった。玄関ポーチの階段を駆け降り、ペニーの部屋から見える木のところまで走った。木のしたに立って枝のあいだを見あげ、動いているものはないか、眼を凝らした。とりあえず木のうえにも、家のまわりにも、あの男の子がいないことが確認できたので、玄関ポーチまで引き返して、コルベットのプラモデルの横に膝をついた。車体のなかの、運転席のところに小さな紙切れが押し込んであった。引っ張り出して、ポーチの板張りの床に置き、くしゃくしゃに丸まっていた紙の皺を伸ばした。短いメッセージが書いてあった——**話がしたいって本気で思ってるんだけど?**

二階の自分の部屋で、ペニーはそのメモを読み返してみた。それからもう一度読み返した。玄関ポーチに置いてあったコルベットをデスクに置いて、まえに転がし、うしろに転がした。よく見ると、サイドミラーの片方が折れていた。ゴミ箱に放り込んだときに、あるいはそのあとでうえからほかのゴミを放り込んだときに、折れたのだろう。ということは、あの男の子はペニーの家のゴミ箱を引っかきまわしてこの車を見つけたことになる。そのことを考えると、普通の感覚なら落ち着かない気分になったり、恥ずかしく思ったりするのだろうけれど、ペニーはなぜかあの男の子のことをもっと知りたくなった。あの子が自分の家の屋根から飛び降り、地面に落ちるまでの何秒間か、空中を飛んでいるところを思い描いた。精神か知能になんらかの問題を抱えている子なのかもしれない。だから、学校にも通っていないのだろう。しかも、ペニーよりも少なくとも四歳は歳下で、つまりはまだほんの子どもだということだ。メモをデスクに置いてもう一度皺を伸ばしてから、裏返しにして、そこに返事を書いた——**いいよ**。心を決めるのは簡単だった。そのことが嬉しくて、ペニーの顔には笑みが浮かんでいた。

翌朝、ペニーは部屋の窓から見える木の根元にコルベットのプラモデルを置いた。ほかによさそうな置き場所が思いつかなかったからだった。母親の眼に入るだろうから、まさか玄関ポーチに出しておくわけにもいかないし、かといって男の子の家の庭に足を踏み入れる気にもなれなかった。その日の正午《ひる》過ぎに電話が鳴ったときには、ひょっとしてあの子がかけてきたんじゃないかとどきっとして、母親より先に急いで受話器を取った。でも、かけてきたのはジェニー・プリンスだった。まるで土曜日の午後にペニーのところに電話をしてくるのは、別に珍しくもないことだと言うような口調だった。「今晩のことなんだけど、車でそのへんを軽くドライヴするってのはどう？　ロビーが昨日の試合で足首を痛めたじゃない？どうやら骨折してるみたいなのよ。それですっかり落ち込んじゃって、今夜は出かける気分じゃない、なんて言ってるの。だから、とりあえず車を出して、スクエアのあたりを軽くドライヴしながら、あとはそのときの流れ次第ってのはどうかなって思って」と言われても、ペニーとしては、なんと答えればいいのか、わからなかった。ジェニー・プリンスと一緒にどこかに出かけることを考えると、ものすごく緊張した。しばらくのあいだ、ひと言も発することができないぐらいに。「もしもし？」とジェニーが言った。「ちゃんと聞こえてる、よね？」咳払いをひとつしてから、ペニーは言った。「うん、いいね、愉しそう。でも、車がないんだけど」ジェニーは、それなら家まで迎えにいくと言って、ペニーの家の住所を尋ねた。ペニーが伝えると、ジェニーは「聞いたことがないけど、それってだいたいどのあたり?」と言った。昔の精錬所の裏にある小さな住宅街だと説明すると、ジェニーはしばらく黙り込み、たぶんそのあいだにあれこれ考えたすえに、最後に「ああ、あそこね」と言った。「うん、やっとわかった。あそこの裏に人が住んでたなんて、知らなかったもんだから。じゃ、今夜八時に迎えにいくね」

電話を切ると、うしろに母親が立っていた。「あなたのこと、信じてるからね。多少羽目をはずして愉しんでも、面倒なことに巻き込まれたり、馬鹿なことをやらかしたりはしないって」と母親は言った。「ちゃんと頭を使って判断するのよ」ペニーはうなずいて、窓のそとに眼を向けた。コルベットのプラモデルは、あの木のしたに置きっぱなしになっていた。

その日の夕方には、数日まえから組み立てているポンティアックGTOもだいぶ完成に近づいていた。部品をひとつ加えるたびに、接着剤が完全に乾いてしっかり固定されるのを待ち、それからそっと慎重にその部分を人差し指でなぞり、新たに加わった車体のラインを記憶に刻んだ。母親が部屋のドアをノックしたときには、もうそんな時刻になっていたことにペニーは驚いた。立ちあがって窓のところまで歩いた。木の根元に置いたコルベットがどうなったか、のぞいてみようとしたけれど、母親が部屋に入ってきたので、とりあえず窓には背を向けて、母親の話を聞く姿勢になった。「それじゃ、わたしは仕事に行ってくるわね」と母親は言った。「何かあったら病院に電話をちょうだい。それから十二時までには帰ってくること。わたしが帰ってくるのは、たぶんもっと遅くなるだろうけど」

窓のほうに向きなおってそとをのぞいた。木の根元に置いておいたコルベットは、なくなっていた。木の枝のあいだに眼を凝らすと、あの男の子の姿が見えた。片手にコルベットを握り締めて、笑みを浮かべていた。ペニーは男の子に向かって人差し指を唇に当ててみせて、しばらく音をたてないよう伝え、母親の車が出ていってしまうのを待った。それから窓を開けた。先に声をかけてきたのは、男の子のほうだった。「貯蔵庫のあるとこ、わかる？　精錬所の隣にあるやつだけど？」ペニーはうなずいた。「そこに来て」と男の子は言った。ペニーはそこでもまたうなずいた。しばらく間ができた。男の子が咳払いをして言った。「あそこは、いやらしいことをするために行く子もいたりするんだけどね」

ペニーは言った。「あんたとそういうことをする気はないけど」

「別にいいよ、しなくて」と男の子は言った。「ただ話がしたいだけだから」

ペニーはジェニー・プリンスに電話をかけて、出かけられなくなったと伝えた。「近所のうちでちょっと緊急事態というか、急病人が出ちゃって、それでそのうちの子どものベビーシッターをしなくちゃならなくなっちゃって」と言ったのだ。

「うそ、やだ、何それ？」とジェニーは言った。「そんなの無理だって言っちゃいなよ」そういうわけにはいかないのだとペニーが説明すると、ジェニーも最後には溜め息をついて言った。「いいよ、わかった。でも、来週の週末は絶対に何かして遊ばないと駄目だからね。いい？　約束だよ」約束する、とペニーは言って電話を切った。それからジャケットを着込み、ニット帽をかぶって、指定された場所を目指して歩きだした。落ちていた枝を拾い、道端に生えている雑草の繁みを払うようにして歩いた。吐く息が顔のまえで白い雲になった。足取りはゆっくりと落ち着いているし、鼓動も特に速くなったりしていなかった。こういうとき、普通は緊張するものだろうに、と思いながら、ペニーは貯蔵庫に続く道を進んだ。

貯蔵庫には、男の子のほうが先に来ていた。小屋の外壁に背中を預け、ライターをかちかちやって炎をあげずに火花だけを散らしていた。ペニーに気づくと、男の子は身体を起こし、まっすぐに立ってライターをポケットにしまった。首にマフラーを巻いているので、顔の下半分が隠れていた。でも、やっぱり靴は履いていなかった。男の子は足元の地面に置いてあったコルベットのプラモデルを拾いあげて、ペニーに向かって差し出してきた。ペニーは首を横に振った。男の子は怪訝そうな顔をしてみせたけれど、それでも黙ってプラモデルをまた足元に置いた。

「その車、どうしたの?」とペニーは男の子に尋ねた。

男の子はコルベットをじいっと見つめた。一生懸命に記憶をたどって思い出そうとしているようにも見えた。それから「見つけたんだ」と言った。

「うん、それはわかってる」とペニーは言った。「でも、どこで見つけたの?」

「知らなかったよ、女の子にも車が好きな子がいるんだね」

ペニーは笑い声をあげた。「車が好きなわけじゃないけどね。プラモデルを作るのが好きなの。車にはそれほど興味はないよ」

「ふうん、そうか。ぼくも車にはそれほど興味ないよ」

「へえ、そうなんだ」とペニーは言った。

「うん、そうだよ」

そこで間ができた。トラックがバックするときの警告音が聞こえたが、音の発生源自体は何ブロックも離れたところにあるようだった。ペニーはその音に聴き入り、ビーッ、ビーッ、ビーッというリズムに合わせて爪先で地面を叩いた。

「年齢《とし》は何歳？」と男の子が言った。

「十六」とペニーは言った。「あんたは？」

男の子はそのときもまた、地面に置いたコルベットに眼をやった。「本は高校生向けのやつを読んでるけど」

「で、何歳なの？」

「十二」

ペニーは男の子の立っているところまで近づき、足元からコルベットを拾いあげた。メモが突っ込まれたままになっていた。

「なんであたしと話がしたかったの？」とペニーは尋ねた。

「なんでって……ただ話したかっただけだよ」と男の子は言った。

「へえ、そうなんだ。でも、そろそろ帰らないと。これからはひとん家《ち》のものを勝手に引っかきまわしたりしないで。あと、あの木に登ってこっちを見るのもやめてもらえないかな」

男の子は今度もまた怪訝そうな顔をした。「なら、もうしない」

「なら、よかった」

「でも、また会って話をするのはいい？」

「なんで？」

男の子の眼がきゅっとすぼまって、糸を引いたように細くなった。今にも泣き出しそうな顔だった。ここで泣かれるのだけは絶対に、ぜったいに勘弁してほしい、とペニーは強く願った。男の子はマフラーをはずし、マフラーの片方の端を左の手で、反対側の端を右の手で握り締めた。

「ぼく、お祖母《ばあ》ちゃんに面倒を見てもらってるんだ。勉強も家でお祖母ちゃんに教わってる。お祖母ちゃんはぼくが学校に通うことに反対だから。ほかの子たちと友だちになってほしくないんだよ。でも、そんなの、ぼくは嫌だ。で、思ったんだ、ときどきでいいからきみと会えないかなって」

気がつくと、コルベットを拾いあげたあと、胸元に抱え込んだままだった。ペニーは一歩まえに出て、プラモデルの車を男の子に手渡した。男の子は車体のなかからメモを引っ張り出して、ジャケットのポケットにしまった。

「これはゴミ箱に戻しとくね。これを見つけたとこに」と男の子は言った。「これからはもう、きみん家《ち》のもんを引っかきまわしたりしないから」

ペニーはプラモデルの車をもう一度、手元に引き取った。片方の掌に載せ、しばらくして反対の掌に載せなおし、それを何度か繰り返した。

「やっぱり、これは取っとく。で、ときどき、この車をあの木の根元のとこに置いとくから。そしたら、またここで会おうよ。ときどきね」

男の子は笑顔になった。笑顔のまま、こくりとうなずいた。「あの木にも、もう登らないことにする。あの木に登ってきみのことを見たりするのも、もうやめるから」

「うん、そうして」

「応援のときにやるやつ、何かやってみせてよ」と男の子は言った。「チアリーダーなんでしょ？　ユニフォームを着てるのを見かけたことあるよ」

「応援のときにやるやつって言われてもね。振り付けとか、覚えてないし」

「側転とか宙返りとかそういうのは？」

ペニーは足元の地面を見まわした。すぐそばに錆だらけの空き缶が転がり、煙草の吸い殻が散らばっていた。

「ガラスの欠片が落ちてるかもしれない。やめといたほうがよさそう」

「ぼくが何かやってみせたら、やってくれる？」

「場合による、かな」とペニーは言った。

男の子はポケットに手を突っ込み、小さな白い袋のようなものを取り出した。ペニーはまた少し間合いを詰めた。数グラムずつ小分けしてあるコーヒー用の粉末クリームのパックで、牛乳の成分を含まないタイプのものだった。「いい、見ててね」と男の子は言った。「よく見ててよ」パックを開けて粉末クリームを掌にふりかけてから、今度はライターを取り出した。

ライターの炎を掌に近づけたとたん、粉末がぱっと燃えあがり、閃光のような白い炎が男の子の掌をすすすっと走り抜けた。ペニーは思わず息を呑んだ。でも、男の子のほうは、いかにも愉しげに声をあげて笑っている。それから、炎が駆け抜けたばかりの手を振りながら言った。「熱くも痛くもないんだ。いい、見てて」男の子はペニーの片手をつかんだ。ペニーはつかまれるままにした。掌にひとパック分の粉末クリームが振りだされたときも、振りだされるままにした。「そのまま動かないで」男の子はそう言って、ライターの炎をペニーの掌にかざした。さっきと同じように、光が揺らめき立ち、次の瞬間、熱波のようなものがわああっと掌をかすめ……眼を凝らしたときには、もう消えていた。ペニーは掌を返してみた。眼のまえにかざしてもみた。男の子が手元をのぞき込んできた。「痛かったり熱かったりした？」ペニーは首を横に振って、にっこりと笑った。「ほらね、言ったとおりでしょ」と男の子は言った。

首を少しだけ傾げて、すくいあげるようにじっと見つめてくる様子は、なんだか聞き慣れない命令を理解しようとしている犬のようでもあった。ペニーは眼をそらした。顎先が鎖骨に触れるぐらい、顔を横に向けた。男の子が腕をつかんできたが、すぐに手を離したのがわかった。ペニーが眼を向けたときには、男の子は今度は反対側に首を倒し、そちら側からじっと見つめてきていた。皮膚を通して、寒さが染みこんできているのを感じた。ペニーは貯蔵庫に背中を向けた。「帰るの？」という声がした。ペニーはうなずいた。しばらく歩いたところで足を止め、男の子のほうに向きなおると、その場ですばやく、抱え込みの後方宙返り《スタンディング・バックフリップ》をしてみせた。着地したときにバランスを崩して、左に何歩かよろめいたのに、男の子は口笛を吹いた。

「それ、どうやったらできるようになるか、教えてくれる？」というお願いが続いた。

「また今度、あの木の根元のとこに車を置いとくから」とペニーは言った。

雑草のあいだを通り抜けようとしたとき、男の子がこう言うのが聞こえた。「また今度って、すぐだよね」

母親が帰ってくる直前に、ポンティアックＧＴＯが完成した。プラモデルを仕上げたときには、いつも幸せな気持ちになるし、今夜は寒いなか、あの男の子と会っていたので頬にも赤みが残っていて顔色がいっそうよく見える。だから、控えめなノックと共に部屋に入ってきた母親には、ペニーがようやくチアリーダーであることの恩恵を理解したように見えたにちがいない。

「愉しんできたみたいね？」と訊いてきた。

「うん」とペニーは答えた。「あんまり期待してなかったけど、でもけっこう愉しかった」

母親が近づいてきて、ペニーは抱き寄せられた。「たぶん、そうなるだろうと思ってた。あなたが期待してなかったときでも、わたしにはちゃんとわかってたの。きっと愉しんでくるだろうって。また出かけるつもりなんでしょ、チアリーダーの子たちと？」

「うん、今度の週末もそのつもり」

答えたとたん、ペニーはそれまでの幸せな気持ちが薄れていくのを感じた。そんなふうに感じることが申し訳なかった。あたしを幸せな気持ちにさせることが、お母さんを幸せな気持ちにさせることと同じならよかったのに……そう思うのは、これが初めてではなかった。今度の週末のことを考えてみても、ほかのチアリーダーの子たちと出かけるということがどんなものなのか、まるで想像できなかった。それから、あの男の子のことを考えた。じいっと見ていたいと思いながら、すぐそばからあまりにも一生懸命に見つめるのが気恥ずかしくもある、あの子どもっぽさの同居した不思議な顔のことを。しばらくしてようやく、母親が腕時計に眼をやって言った。「そろそろ寝ないとまずいわね。それでなくとも、今日は長い夜だったんだから。ええ、生ゴミ処理機に手を挟まれた男の人が運ばれてきたりしたもんだから。傷口はすぱっときれいなほうがありがたいんだけど、まるで正反対なのよね。つぶれたみたいになってて、もうずたずたのぼろぼろなんだもの」

母親が部屋から出ていくのを待って、ペニーはベッドの上掛けのしたにもぐり込んだ。眠ったふりをしているうちに、いつの間にか本当に眠ってしまったようだった。

翌朝、眼を覚ますと、パジャマのうえからジャケットをはおり、素足にスニーカーを突っかけて、部屋を出た。足音をたてないよう、こっそりと階段を降り、母親がまだ眠っている部屋のまえを通り過ぎ、玄関を擦り抜けて戸外《そと》に出た。コルベットのプラモデルを持って。あの木の根元で足を止め、空いているほうの手で樹皮に覆われた幹に触れながら、あたりに眼を配って誰もいないことを確認した。そのうえで、根元の落ち葉を何枚か取りのけて、そこにコルベットを置いた。車の正面を男の子の家のほうに向けて、クロームメッキのフロントグリルがまっすぐに男の子の家の玄関ドアを向くような角度で。

部屋に戻ると、デスクのところから椅子を引っ張ってきて、窓のまんまえに移動させた。通学用のバッグに手を突っ込み、手に触れた本を引っ張り出した。英語の授業で指定された課題図書だった。その本を拡げて、眼のまえではなく視界にはぎりぎり入らないところまで下げて構え、視線は窓のそとのあの木に向けた。いくらもしないうちに、腕がだるくなった。椅子から立ちあがって部屋のなかをぐるぐると歩きまわり、窓のところを通りかかるたびに足を止めた。最後にジーンズとセーターに着替え、母親に書き置きを残し――ちょっと散歩してくるね。愛してる、あたしより――家を出て、貯蔵庫に向かった。遠くの地平線からちょうど太陽が姿を現したところだった。

十五分もしないうちに、男の子はやってきた。髪は梳かしたあとがなく、足元はやはり裸足だった。あの木の根元に置いてきたコルベットを両手で大事そうに持っているところは、なんだかペニーにプレゼントを渡そうとしているようでもあった。プラモデルの車をペニーの足元に置くと、男の子もペニーに肩を並べて小屋の壁に寄りかかった。

「早かったね、来るの」とペニーは言った。

「でも、お祖母ちゃんと一緒に朝ごはんを食べなくちゃならなかったんだよ。食べ終わらないと、戸外《そと》に出してもらえないんだ」

「お父さんやお母さんは？」

男の子は貯蔵庫の壁に背中をくっつけた恰好のままずるずると腰を落としていって、地面に坐り込んだ。ペニーもそれにならった。男の子の肩に頭をもたせかけてみたくなったけれど、実行には移さなかった。

「どこにいるのかわからない」と男の子は言った。「どっかにはいるけどね」

「両親がどこにいるのか、知らないってこと？」

「お母さんはアラバマだって。アラバマのどっかで働いてる。お父さんのことは知らないんだ。一度も会ったことがないって意味だよ」

「あたしのお父さんはキングストンにいるよ。あたしたちが以前《まえ》に住んでた市《まち》に」とペニーは言った。男の子は聞いていないようだった。

沈黙が何分か続いた。それから男の子が、小石交じりの地面を両足の爪先で引っかきながら言った。「淋しくない？　お父さんに会えなくて」

「ううん」とペニーは言った。自分のことばに、自分でもびっくりしながら。それから、それが事実だということに気づいて、もう一度改めて言いなおした。「ううん、淋しくなんかないよ」今度はそのことばがしっくり耳に馴染んだ。

「ぼくもだよ」と男の子は言った。「いないままでいいんだよ、どっちのお父さんも」

しばらくのあいだ、どちらも何も言わなかった。男の子は今度もまたライターを取り出して、火をつけたり消したりしはじめた。ペニーのほうは、男の子の横顔を眺めた。ライターの炎に見入っている様子は、とても穏やかで、見ようによっては退屈しているようにも見えた。こういうときには何を言えばいいのか、ペニーにはわからなかった。何か言うにしても、その話を相手も聞きたがっているかどうかなんて、わかるわけがない。ペニーは唇を噛んで、何か思いつくことを願った。訊かれたほうがはっきりと答えられそうな具体的な質問なり、相手も興味を持ってくれそうな興味深い話題なりが、浮かんでくることを願った。ライターを持っていれば手持ち無沙汰に困ることもないのに、ペニーにはそれも許されないのだ。両手のやり場に困ったあげく、そばにあったプラモデルの車をつかみ、胸元に抱え込み、言うべきことが浮かんでくるのを待った。

「うちの隣に住んでる人たちなんだけどね」とペニーは言った。「ベイカーさんってご夫婦で――」

「ぼくのこと、嫌ってる」ライターをいじりながら、男の子が言った。

「なんでわかるの？」

「わかるんだ」

「それじゃ、それはそれとして、そのベイカーさんと奥さんから聞いたんだけど、自分の家の屋根から飛び降りたんだってね」

「うん、飛び降りたよ」

「どうして？」

「何かやってみたかったから。うまくいかなかったけどね。でも、なんとなくわかってたんだ、うまくいかないだろうなって。ただ、それでもやってみたかった。今ではそこまで熱くはなってないけど。必要な材料も揃ってないし。必要なのになかなか手に入らないものだらけなんだ」

「それじゃ、もしかしたらまたやるかもしれないってこと？」

「うん、そうだね。次はうまくいくよ」

ペニーはうなずいた。横から男の子が見つめているのがわかった。男の子はそのままじっと、長いことペニーを見つめていた。それから眉間に皺を寄せて、視線を自分の足元に落とした。

「馬鹿なこと考えてる、って思ってるでしょ？」と男の子が言った。

「どうだろう。思ってないんじゃないかな、たぶん。馬鹿なことなんて、ほかにいくらでもあるもの」

男の子の手が伸びてきて、頬に手の甲が押し当てられた。温かい手だった。ペニーは男の子の身体にもたれかかった。顔を見たわけではないけれど、男の子がキスをしたいと思っていることはわかった。だから、眼をつむって待った。唇が頬に押し当てられたときも、何も言わなかった。男の子はもう一度、頬にキスをしてきた。ペニーは眼を開けた。男の子の顔がすぐ眼のまえにあった。あまりにも近くて、なんだかふたりで空気を奪いあい、互いの息をやったりとったりしているような気がした。手を伸ばして男の子のシャツをつかみ、相手の身体を引き寄せ、そのまま男の子の唇と自分の唇が重なりあうに任せた。男の子の唇は柔らかくて、滑らかで、砂糖をかけたシリアルのような味がした。男の子の舌が歯に触れてくるのを感じた。それは嫌だった。歯医者のことを思い出してしまうから。唇をつぐむと、男の子はすぐに唇を離した。ペニーがもう一度キスをしてくるのを待っているようだった。だから、そうした。何度も、何度も、ペニーは男の子にキスをした。自分のしていることが理解できるようになるまで、あとになっても覚えていられるようになるまで、何度も、何度も。

月曜日になっても、カフェテリアで顔を合わせたほかのチアリーダーの子たちの話題は、対グレンクリフ戦のことだった。ジェニー・プリンスはフェンスの向こうにいたグレンクリフの女の子を怒鳴りつけたあの瞬間を、何度も再現してみせた。くるりと振り返って「うせな、やりまん」と叫ぶたびに、ほかの子たちはくすくすと笑い、あれは確かに見物《みもの》だったというように首を横に振った。ペニーはサンドウィッチをちびちびとかじりながら、バスの窓からペットボトルをぶつけた女の子のことを考えていた。じきにみんなの話題にのぼるだろう。それは覚悟しているけど、あの場面を再現させられるのは勘弁してほしかった。アメフト・チームの選手の集団が、食べものの載ったトレイを持って通りかかった。チアリーディング・チームの女の子たちのいるテーブルを素通りするはずもなく、みんなの頭のうえから身を乗り出すようにして話に加わってきた。試合の最終局面でグレンクリフ側のフィールドゴールを阻止したのは、スペンサー・アイヴィーという選手だった。彼はシャツをまくりあげて、腋の下から腰骨のあたりまで拡がった紫色の巨大な痣《あざ》を披露した。それからペニーを指差して、こんなことを言ったのだ。「聞いたよ、きみも相手のやつに痣をプレゼントしてやったんだって?」すかさずジェニー・プリンスが立ちあがって、あのときの出来事を最初からひとわたりスペンサーに話して聞かせると、最後に、片足を軸にきゅっと身をひねっておいて、両手を勢いよくまえに投げ出すという身振りをつけ加えた。「へえ、それほどの強肩なんだったら、うちのクォーターバックの控えにほしいぐらいだな」スペンサーはそう言うと、テーブルに置いておいたトレイを取りあげ、自分たちのテーブルに向かう仲間のあとを追いかけた。選手たちがいなくなったとたん、チアリーダーの女の子たちはいっせいにペニーに注目した。誰もが意味ありげににやにやしていた。何か言わなくてすむよう、口に入れるものが必要なのに、サンドウィッチはもう食べ終わってしまったし、トレイのうえにはもう何も残っていない……。ペニーは思わず、ほかの子のトレイに手を伸ばしたくなった。

「で、どう思ってんの、スペンサーのこと?」と同じテーブルの誰かが訊いてきたので、ペニーは肩をすくめた。中身が残っていることを期待して、牛乳のパックを振ってみた。「それじゃ、金曜日の試合が終わったあと、みんなで集まるときは、スペンサーがあんたのお相手ね」とジェニー・プリンスが言った。ほかの子たちから、冷やかしめいた歓声があがった。ペニーは頰がかあっと赤くなるのを感じた。ほんの少しだけれど、両手の指先も震えていた。今、眼のまえに車のプラモデルがあれば、動転した気持ちを落ち着けることができるのに。車のプラモデルを思い浮かべたところで、あの男の子のことを思い出した。それから、あの男の子の唇のことを。それで手の震えが余計に激しくなって、空っぽの牛乳パックを倒してしまったのだった。

その晩は夜勤がないということで母親がうちにいたので、あの木の根元にコルベットを置くのは、午前零時近くまで待たなくてはならなかった。ペニーは通りの向かい側に眼をやった。男の子の家の角の部屋から、かすかに明かりが漏れてきていた。貯蔵庫に向かって歩きはじめたとき、そちらに背を向ける一瞬まえ、眼の隅でその明かりが弱くなるのが見えたが、振り返って確認したりはしなかった。ただ黙々と、片方の足を踏み出したら今度はもう片方の足を踏み出すことを繰り返し、まえに伸ばした手が貯蔵庫の壁の金属のパネルに触れたところで足を止めた。そして振り返った。すぐ眼のまえに男の子が立っていた。ペニーに向かって笑みを浮かべていた。「車の合図があるまでは、ずっと寝ないで待ってるつもりだったんだ」と男の子は言った。「ひと晩じゅう、寝なくてもいいと思ってた」

今度は最初からキスをした。立ったまま、貯蔵庫の壁にもたれて。男の子は年齢《とし》は十二歳だったけれど、背の高さはペニーよりもほんの一インチ低いだけで、向かいあったときの顔の位置はほとんど変わらなかった。この感じは悪くない、とペニーは思った。そのうち、向こうがもっと先まで望んできたら、たとえば着ているもののしたに手を差し入れて素肌に触れてこようとしたら、どうしよう、と不安になった。でも、そんな素振りはまるでなかった。ペニーと同じように男の子も、自分の身にこんなことが起こっているという事実に、ただ驚き、ただ圧倒されているようだった。最後のキスを交わしたあと、ふたりして小石交じりの地面に坐り込んで空を見あげ、月の面《おもて》を滑っていく雲を眺めた。

「きみって、ほんと、かわいいね」と男の子が言った。

「かわいくなんかないよ」とペニーは言った。かわいいと言われるのは苦手だった。それはつまり、他人《ひと》から見られているということだったから。

「ううん、かわいいよ。それに優しいし」

「それは、そっちがうんと優しくしてくれるからだよ」とペニーは言った。ついでに、男の子の左眼の少ししたにキスをした。男の子は何度か瞬きをして、それからひとつ大きな欠伸を洩らした。口を大きく開けると、顔のほかの部分がそのうしろに隠れてしまったように見えた。なんて不思議な顔なんだろう、とペニーは改めて思い、改めて嬉しくなった。そばにいないときでも、この子の顔なら簡単に思い浮かべることができるだろう。なんの苦労もなく思い出すことができるだろう。男の子は大きく開けていた口を閉じると、ペニーを見あげてにっこりと笑った。

「どうかした?」と男の子は言った。

「あんたもだよ。あんたも、ほんと、かわいい」


その週のあいだ、ランチタイムの会話になんとかペニーを引っ張り込もうとするジェニー・プリンスの働きかけは、それまで以上の熱を帯びた。「あんたも、やるときはやる子だってよくわかった」とジェニーは言った。「合格よ、合格!」ペニーはともかく口に入れたものを、できる限り時間をかけて咀嚼《そしやく》した。噛みしめる回数があまりにも多すぎて、歯どころか歯茎まで疼《うず》きだしそうだった。スペンサー・アイヴィーは、チアリーダーの子たちが陣取っているテーブルのそばを通りかかると、必ず足を止め、ペニーのトレイのすぐそばに自分のトレイを置いて、なんとか会話に加わろうとしてきた。代数Ⅱの宿題を手伝ってもらえないかと頼まれたときには、ペニーは返答に困った。それで、へどもどしながら、「それより、あたしのを写したらいいんじゃない？」と言うと、スペンサーはげらげら笑いだした。「好きだな、そういうことを言ってくれる子って。面倒な手続きを省いて、こっちの気持ちをずばりと察してくれるんだものな」スペンサーがいなくなると、キャリー・カニンガムが言った。「あの人、本気よ。本気であなたのことが好きなのよ」ペニーはうつむいてトレイを見つめたまま言った。「そう……かな」それから、ジェニー・プリンスに肘で小突かれていることに気づいて、ジェニーのほうに顔を向けた。「でもね、金曜日の夜はそれじゃ駄目だよ」とジェニーは言った。「面倒な手続きを省いたり、相手の気持ちをずばりと察したりしちゃ駄目だからね」小声で囁くように言ったので、たぶん、ほかの子たちには聞こえなかったにちがいない。ペニーとしては、その点だけはありがたかった。

ベイカーさん夫妻の車で家に帰る途中、助手席に坐っていた奥さんが後部座席を振り向き、ペニーの顔を真正面から見つめて言った。「あの男の子、あんたにつきまとったり困らせたりしてない？」ペニーは首を横に振った。「あんたって子は、いつもあまりしゃべらないほうだけど」ベイカーさんの奥さんはそう言うと、そこで煙草を深々と一服した。「でも、ここ何日かのしゃべらなさ加減には、なんかあったんじゃないかと思わせるものがあるのよね」ペニーは思わず顔を赤くして、窓のそとに眼を向けた。「ボーイフレンドでしょ」ベイカーさんの奥さんはたたみかけるように、ずばりと指摘した。「ボーイフレンドができたんでしょ。いいじゃないの、照れることなんかない」そして、やっぱりね、という表情で笑みを浮かべると、まえに向きなおり、夫の肩を叩いて言った。「ボーイフレンドができたんだって」ベイカーさんはまっすぐまえを向いたまま、黙ってうなずいた。

学校から帰ると、ペニーは急いで宿題をすませるようになった。ともかく問題を解くだけ解き、答えがあっているかどうかはあまり気にしなかった。それから、部屋のなかをぐるぐる歩きまわって、あの木の根元にプラモデルを置きにいけるようになるのを待った。隣のベイカーさん夫妻がときどき、玄関ポーチで一服していることがあるので、ふたりに気づかれないようにするには、家を出ていくタイミングを慎重に見はからわなくてはならないのだ。ポンティアックGTOは完成させただけで、その後はほとんど眺めてもいなかった。さりとて、気持ちがやけに昂ぶっていて、次のプラモデルに取りかかる気にもなれなかった。エネルギーが身体じゅうに、あふれてきそうなぐらいみなぎり、じっとしていられなくなると、チアのパフォーマンスの練習をした。そのたびに動きのひとつひとつが、以前よりもしっくりと身体に馴染み、楽に動けるようになっていることに気づいた。ペップ・ラリーと試合と日々の練習を休まず続けてきたことが、文字どおり血となり筋肉《にく》となって自分の身体に定着したことにも。

待ちに待ってようやく家を抜け出すことができると、貯蔵庫まで歩き、向かいの家の男の子がやってくるのを待った。寒くなると、握り拳に息を吹きかけた。身体のなかに溜めていたいろいろなものが息になって吐き出されていくようで、ひと吐きごとに身体が軽くなる気がした。ときには、今のこの状況は、とある彗星が地球に衝突して自分だけがたった独り、この世界に取り残されたところなのだと思ってみることもある。すると、不意に丈高く繁った雑草がざわざわと音をたて、繁みの奥から別の人間が、ペニー以外に生き残っていたもうひとりの人間が現れる。両手にプラモデルの車を、それが小さな獲物でもあるかのように大切そうに載せて。

「生き残ったのはあたしたちだけよ。ほかの人たちは全員、死んじゃったの」何度も何度もキスをしあったあと、ペニーは言った。男の子は口臭予防スプレーの小さな缶を取り出してライターの炎に吹きつけ、小さな火炎放射器の実演をしてみせた。「だったら、火を熾《おこ》さなくちゃ」男の子のそのことばを聞いたとき、ペニーは相手に理解してもらえたのだとわかって、嬉しくなった。おかげで自分のことを変わり者だと感じなくてもよくて、ものすごく嬉しくなった。ペニーは身体ごと近づいて、男の子にもう一度キスをした。

金曜日の試合のとき、ペニーはチアのチャントのことばを全部ではないにしろ、いくつかは確実に思い出すことができた。ほかの子たちと同時に叫んでいる自分の声を聞いて、なんだかものすごく意外な気がした。そして、これはすべてのことに当てはまるのだろうか、と思った。何ごとにつけても、わかったふりをし続けていると、そのうち本当にわかるようになるものなのだろうか？　チャージャーズは勝利目前だった。試合の主導権を苦もなく握り、第二クォーターの中盤までに二十一点差をつけていたし、観客席は沸きに沸いていたので、チアリーダーの役目はほとんどなかった。第二クォーター終了間際、相手チームは一か八かの賭けに出て、スペンサーがマークしている選手に向かって超ロングパス《ヘイル・メリー》を放った。高々とあがったボールのきれいなスパイラルを、ペニーは眼で追いかけた。パスの受け手となる選手は、見るとノーマークになっていた。ペニーが見ていなかったあいだに、スペンサーは地面に伸びていて、そこからよたよたと立ちあがったところだった。相手チームのレシーヴァーは楽々とボールをキャッチすると、エンドゾーンに走り込んだ。スペンサーをうんと後方に引き離して。サイドラインまで戻ってきたスペンサーは、コーチにヘルメットのうえから後頭部を叩かれた。そこで背中を丸めたのは、もう何発か叩かれるものと思ったからだろう。

「あんたのこと考えてるんだわ」とジェニー・プリンスが言った。「それで試合に集中できなくなってるのよ」

　ハーフタイムの直前、ペニーは観客席に向かいの家の男の子がいることに気づいた。最初は見まちがいだろうと思ったけれど、そうではなかった。まちがいなく、あの子だった。最前列に陣取って、金属の手すりに覆いかぶさるような恰好で両腕を乗せているので、座席から腰が浮きかかっているように見えた。男の子は手すりに乗せていた片腕を挙げて手を振ってきた。無意識のうちに、ペニーも同じ仕種をしていた。握っていたポンポンが頰をかすめた。隣に坐っているのが、男の子の祖母だろうと思われた。その人は背筋をぴんと伸ばした堅苦しい姿勢で座席に坐り、本を読んでいた。ペニーが思っていたよりもずっと若々しく、衰えとも弱さとも縁がない人に見えた。男の子はペニーから眼を離そうとしなかった。

ハーフタイム・ショーのあいだ、ペニーは男の子のことが気になって、注意力が散漫になっていた。難易度の高いバスケット・トスのところでは、ミスティ・グラブスを投げあげたあと、あやうくキャッチしそこねそうになった。ショータイムが終わったあと、チアリーディング・チームのコーチが怒りのこもった囁き声で言った。「パフォーマンスのときは、ちゃんと集中してなさい。ホームで恥をかくわけにはいかないでしょうが。あなたがしっかりしてくれないと、チーム全員がみっともない思いをすることになるのよ」ジェニー・プリンスが寄ってきて言った。「大丈夫、誰も気にしちゃいないから」

試合が終わり、ロッカールームで着替えをするため、チアリーダーのほかの子たちと一緒にペニーも体育館に向かった。歩いている途中で、男の子が追いついてきた。ペニーは集団から抜け出して男の子を待った。「すごいね、きみって」と男の子は言った。「すごいチアリーダーなんだね。あの振り付けとかなんか、全部覚えてるなんて。お祖母ちゃんはぼくがトイレに行ってると思ってるんだ」男の子のもつれたようにくしゃくしゃな髪の毛に、ポップコーンがついていた。ペニーは手を伸ばして取ってやった。「ぼくに向かって、ポップコーンを投げつけてきたやつがいたからね」と男の子が言った。「最初は気がつかないふりをしてたんだけど、そしたらもっと投げつけられた」チアリーダーのほかの子たちは体育館に向かいながら、ときどきこちらを振り返って、ペニーと男の子とを見ている。「今日の夜もいつもみたいに会えるよね?」と男の子が言った。「あとであの木の根元んとこに、あの車を置いといてくれるんだよね?」うん、そうするよ、とペニーは言いかけた。そうしたい気持ちがとても強くて、ことばになって出てきそうになったのだけれど、そのとき、今夜は予定があったことを思い出したのだった。「これから出かけなくちゃならないんだ、ほかの子たちと」とペニーは言った。

「ほかの子たちって?」と男の子は言った。

「ただの友だちだよ、学校の友だち」とペニーは言った。そして、車は明日の朝にでも木の根元に置いておくから、そのときに会うことにしよう、と言った。男の子ががっかりしているのはわかったけれど。

「今夜はきみのことを見に来たんだ」と男の子は言った。「お祖母ちゃんに何度も何度もお願いして、それでやっと連れてきてもらったんだ」男の子がすっと身体を寄せてきたが、今は人が見ている。人に見られるのは大嫌いだったから、ペニーは体育館のほうに向きなおった。

「明日の朝ね」とペニーは言った。「約束するから」歩きだしてからは振り返らなかった。体育館に入るまえ、出入口のところで一度だけ振り返ってみた。男の子はまださっきのところに立っていた。

「誰なの、あの子?」とジェニー・プリンスに訊かれた。男の子の存在をうっとうしく思っている口ぶりだった。

「ご近所さん」とペニーは答えた。「あの子なんだ、ときどきベビーシッターを頼まれるのは」

シャワーを浴びて着替えをすませると、チアリーディング・チームの女の子たちはアメフト・チームの選手たちがロッカールームから出てくるのを待った。スペンサー・アイヴィーはいちばん最後にそとに出てきた。髪がまだ濡れていた。スペンサーはいつまでも顔をあげようとしなかった。パーティーにはスペンサーの車に同乗してくればいい、とジェニーに言われた。断ろうにも断り方がわからなくて、ペニーはただその場に突っ立っているしかなかった。スペンサーはペニーのまえで立ち止まらず、眼を合わせようともしないで、ただ横を擦り抜けていくときに黙って駐車場に向かって顎をしゃくってみせた。

車を運転しながら、スペンサーはラジオをつけ、クラシック・ロックを流している局を選び、すぐにまたラジオを消した。ペニーは助手席に坐り、フロントガラス越しにまっすぐまえを見つめたまま、忙しなく考えをめぐらせ、言うべきことばを探した。何も言わなくてすむなら、どんなに気が楽だろうと思いながら。「パーティーには行く気になれないな」しばらくしてスペンサーが言った。「みんなで大騒ぎして盛りあがるような気分じゃないんだ」その代わりにスペンサーはファストフード店の駐車場に車を入れた。何か言わなくちゃ、とペニーは思った。でも、それはわかっているけれど、できるものなら今すぐこの車から降りて、家まで歩いて帰りたかった。ペニーには、スペンサーがあまりにも幼稚で、打たれ弱く

いかなかったという、ただそれだけのことなのに。たまたま自分がヘマをしでかし、その回のプレイがうまくいかなかったという、ただそれだけのことなのに。それから、そもそもこの人はフットボールが好きなのだろうか、とペニーは思った。なんだかそうは思えなかった。ひょっとするとこの人も、誰かにそうしたほうがいいと猛然とプッシュされて半ば仕方なくチームに在籍しているのかもしれなかった。でも、少なくともチームとしては勝ったんだから、と言おうとして運転席のほうを向きかけたときには、スペンサーはもうこちらに身を乗り出して、ペニーを抱き寄せようとしていた。そのままキスをされた。スペンサーの舌が侵入してきたときには、なんとか吐き出せないものかとあれこれ試した。スペンサーの手がシャツの裾に伸びてきたときには、まくりあげられないよう、その手をうえからしっかりと押さえつけた。始めたときと同様、スペンサーは急に身を引き、両手をステアリングに置いた。「あたし、帰ろうかな。そのほうがいいような気がする」とペニーは言った。

　スペンサーはうなずいた。「今夜は、どうも調子が出ない。いつもはこんなじゃないんだけどね」そう言って、その晩初めてペニーのほうに眼を向けてきた。今にも泣きだしそうな顔をしていた。

「やっぱり、あたし、帰るよ」とペニーはもう一度言った。スペンサーは車を出した。

「今夜のことだけど、誰にも言わないほうがいいと思うんだ」ペニーを家まで送る途中で、スペンサーが言った。

「うん、そうだね」とペニーは答えた。誰かに言おうにも、わかってもらえるように説明できる自信がなかった。

「へえ、知らなかった、ここの裏に人が住んでるなんて」ペニーの家がある通りに車を停めたとき、スペンサーはそう言った。

それから「ええと……」と言い、「じゃあな」と言った。ペニーのほうは見ようともしなかったし、ペニー自身もさっきの駐車場でのことがあまりにも気まずくて、それ以上居たたまれなくて、それでともかく車を降りて歩きだした。母親はまだ病院から戻ってきていないはずだから、少なくとも、こんなに早く帰宅することになった理由は訊かれずにすみそうだった。家まで帰り着いたとき、タイヤの鳴る音がした。スペンサーの車が走り去っていく音だった。

ベイカーさんの家の玄関が開いて、奥さんがポーチに出てきた。ペニーがいることに気づくと、通りに眼をやり、角を曲がって見えなくなろうとしている車のテールランプを指差して「ボーイフレンド？」と言った。ペニーは首を横に振った。「悪いことじゃないよ」とベイカーさんの奥さんは言った。「そうだよ、ちっとも悪いことじゃないんだからね」そして家のなかに戻っていった。ペニーは通りを挟んだ向かいの家に眼をやった。男の子の部屋の明かりは消えていた。

歯を磨いているときに、ふとスペンサーの舌のことを思い出して、ペニーは思わずおえっとなった。それから不意に、スペンサーがあのあと、結局はパーティーに出かけていくところが思い浮かんだ。みんなに合流して、あの駐車場であったことを都合よく脚色した〝物語〟を披露するところが。現実的に考えて、そうなる可能性はかなり高いような気がした。であるなら、月曜日のランチのときに、ほかの子たちから質問されたときになんと答えればいいかを、あらかじめ考えておかなくてはならないということだ。なのに、いくら考えても、何も考えつかなかった。そのうちに哀しくなってきた。先のことを考えるときに、悪い結果ばかりを思い浮かべてしまうことが。そして、ほとんどの場合、その予感がものの見事に的中してしまうことが。歯を磨いたあと、部屋に戻ると、窓にドングリがぶつかる音がした。

　窓を開けてしたを見おろすと、いつもの木のしたに男の子が立っていた。「明日の朝まで待っていたくなかったから」と男の子は言った。ペニーは唇に人差し指を当てて、声を出さないよう身振りで伝えたつもりだったが、男の子はかまわずにしゃべり続けた。「あれって、きみのボーイフレンド？」ペニーは首を横に振った。「それじゃ、ぼくがきみのボーイフレンド？」ペニーは今度は首を振らなかった。縦にも横にも。男の子の問いかけにどう答えるべきか、わからなかった。男の子はポケットからライターを取り出し、囁くような声で言った。「ふうん。でも、ぼくのほうはそのつもりだよ」ペニーは、あとで、もうちょっと遅くなってから貯蔵庫のところで会うことにしないかと提案したが、男の子は首を横に振った。そして「きみのために準備したものがあるんだ」と言った。「そこから見えるから。どこにも行かなくていいよ」木のすぐそばにガソリンの缶が置いてあるのに気づいて、ペニーは男の子が木を燃やすつもりなのではないかと不安になった。「やめて」と言ったけれど、男の子は木に背中を向ける恰好で地面に膝をつき、ペニーの家の前庭の芝生にライターを近づけた。次の瞬間、火の玉が空中高く跳びあがった。それから、男の子がよろめきながらあとずさり、身体のまえでさかんに両腕を振りまわしているのが見えた。男の子のすぐ足元で、炎がじわじわと拡がり、のたうつような動きで地面にひと連なりの曲線を描きはじめていた。その炎が終点まで行き着いたとき、ペニーはそこに現れたのが自分の名前だと気づいた。自分のうちの前庭に自分の名前が炎で綴られているのだということに。その直後、男の子の姿が眼に入った。地面に仰向けに倒れ、右腕が炎に包まれていた。

とっさに片手で口をふさぎ、悲鳴を抑えようとしたが、悲鳴はあげていなかった。悲鳴どころか声ひとつ出していなかった。ペニーはくるりと向きを変え、部屋を飛び出し、階段を駆け降り、ポーチに転がり出て、前庭に突進した。男の子は立ちあがって、右腕をぐるぐる振りまわしていた。ペニーは駆け寄り、勢いあまって男の子にぶつかり、ふたりして地面に倒れ込んだ。ペニーはためらうことなく炎を叩きはじめた。手が熱かった。その熱さが掌から腕を伝い、首筋を這いあがって頭のてっぺんまで拡がるのを感じたけれど、ひたすら叩き続けた。それでも炎は消えなかった。男の子は声をあげずに、ただ口を大きく、欠伸でもしているように開けていた。ペニーをじっと見つめながら。だが、ペニーの頭には、眼のまえの炎を消すことしかなかった。叩いても、叩いても、炎は消えなかった。いくらがんばっても、消えようとしなかった。そのとき、ペニーは自分の身体がうしろに引っ張られ、男の子から引き離されるのを感じた。ベイカーさんが毛布のようなものですばやく男の子の身体をくるみ込んで、地面に転がすようにしているのが見えた。男の子のそばに戻りたいのに、そうはさせまいとする人につかまえられて、両手で頭を叩かれている……そのとき初めて、自分の髪の毛が燃えていたことに気づいた。熱さも痛みも感じなかったが、髪の毛の焦げる臭いで気持ちが悪くなった。膝立ちになって吐こうとしたが、空嘔吐《からえず》きにしかならなかった。

そのあと、ベイカーさんの奥さんに車のほうに引っ張っていかれて、開けてあったドアから後部座席に押し込められた。後部座席には男の子が寝かされていた。ペニーは男の子の頭を持ちあげて、そのしたに身体を滑り込ませるようにして坐り、男の子がペニーの膝を枕にできるようにした。指先で男の子の額に触れてみたけれど、どちらの手も手首から先が腫れあがっていて肌に触れている感触がなかった。男の子の火傷を負った右腕は座席から垂れ下がり、指先が車の床に触れていた。そちらには眼を向けなかった。ただ男の子だけを、眼を開けたままじいっとペニーを見つめ返してくる男の子のことだけを、見つめながら、なんらかの幸運に恵まれて、こうして眼にしているものが今のこの状態よりもよくなるようなことが起こるのを待った。

病院に着くと、職員が数人がかりで男の子をストレッチャーに乗せて、ドアの向こうの救急救命科の治療室に運んでいった。ペニーが付き添うことは許されなかった。ペニーの治療は別の医師が担当するので、待合室で待つよう申し渡された。それで、ベイカーさん夫妻と一緒に待合室の椅子に坐って待った。ベイカーさん夫妻は、ふたりともペニーにはひと言も話しかけてこなかった。ベイカーさんは黙りこくったまましきりに首を横に振り、そのたびに奥さんがベイカーさんのうなじに手を置いて、首を振るのをやめさせた。ペニーは自分では具合は悪くないと思っていたが、両手は真っ赤だし、普段の二倍ぐらいに腫れあがっていた。恥ずかしいのは、自分の焦げた髪の臭いが待合室じゅうに充満しているような気がすることだった。向かいの椅子に坐っている年配の男の人が、おなかを押さえて身体を前後に揺すりながら、ときどきちらっちらっとこちらに眼を向け、ペニーの頭を盗み見るのだ。数分後、母親が待合室に駆け込んできた。娘の姿を見るなり、母親は声をあげた。「ペニー？ああ、なんてこと。大丈夫なの？　それに、その髪……」ペニーの肩をそっとつかんで右を向かせ、それから左を向かせて火傷しているところがないかどうか、真剣な眼で肌の状態を確認した。それから「受付の看護師に頼んでくるわ。すぐに診てもらえるようにするから」と言い残して小走りで待合室から出ていった。ベイカーさんの奥さんがペニーの背中をさすりながら言った。「あの子のことなら心配ないよ。うちの人がちゃんと火を消したから。あんただって心配ないよ。ちゃんとよくなるからね。そうそう、あんたが心配しなくちゃならないことなんて、ひとつもないんだよ」ベイカーさんがまた首を横に振りはじめた。奥さんは今度は肩をつねってやめさせた。

ペニーの治療を担当した医師は、両手と首の左側に火傷の治療用の白くててらてらした軟膏をたっぷりと塗った。「火がついたのが髪の毛だけで何よりだったね」と医師は言った。「頭皮を火傷していたら、かなり辛い思いをしなくちゃならなかったところだよ」治療が終わってから、ペニーは母親に、このまま病院に残って男の子の無事を確かめたいと言った。母親は言った。「あの子にはお祖母さんが付き添うことになってるし、わたしたちはうちに帰らなきゃならないわ。あなたには何よりも睡眠が必要だもの。まずはたっぷり眠って、それからあなたの新しい髪型を一緒に考えましょう」待合室に戻ると、男の子の祖母の姿が眼に入った。フットボールの試合のときと同様、背筋をぴんと伸ばした堅苦しい姿勢で椅子に腰かけていたが、髪が乱れていた。ワンピースの裾から寝間着の薄青い生地がのぞいてもいた。ペニーのほうに眼を向けてくることはなかった。それどころか、首を動かすこと自体をしなかった。ひと言も発しないまま、まっすぐまえを見つめていた。

その晩は母親と一緒に眠った。せっかく塗った軟膏がシーツにこすれて取れてしまわないよう、予防策として両手にジップロックのビニール袋をかぶせた。母親はペニーの身体にまわした腕を、決して解こうとしなかった。眼が覚めるたびに、ペニーは一瞬、混乱した。こうなった事情とこうして母親と同じベッドに寝ている理由を思い出すのに、何秒かかかった。眠っているあいだは、途切れ途切れに夢を見た。男の子が焚き付けの小枝を集めている夢だった。男の子はペニーに話しかけてこようともしないで、ただひたすら小枝を拾い集めてきてはそれをうずたかく積みあげていた。小枝の塔は今にも崩れそうだった。そのあと、部屋いっぱいに射し込んできた陽の光で眼が覚めたので、男の子が火をつけるところは見なかった。

ひと晩経って、両手の腫れは少し引いていた。手の甲の皮膚が剝《む》けかかっていてむず痒かったけれど、シーツの手触りを感じ取ることができた。頭の左側に手をやると、じゃりじゃりという音がして、焼け焦げた髪の一部が膝のうえに落ちてきた。母親はまだ眠っていたので、ペニーは静かにベッドを抜け出してバスルームに向かった。鏡に映った自分は、自分のように見えなかった。頭の左側の髪の毛はほとんど焼け焦げてしまっていて、根元から一インチも残っていなかった。思わず泣きだしそうになったが、泣くほどのことではないと思いなおした。抽斗を開けて母親の鋏を取り出し、頭の右側から一度にひと握り分ずつ髪を切りはじめた。毛の束は足元に落ちてこんもりと積もるに任せた。それから、母親が以前に父親の髪を刈るのに使っていたバリカンを見つけて、いちばん短く刈り込めるアタッチメントを取りつけた。焼け焦げた側から刈り込むことにして、まえからうしろにゆっくりとバリカンを動かした。黄色っぽい糸くずのような髪が顔のあちこちにへばりついたが、手は止めなかった。左側を刈りあげたところで、母親が起き出してくる音がした。ペニーは急いで右側に取りかかった。母親はバスルームに入ってくるなり、咽喉の奥で小さな悲鳴をあげた。なんだか、身体じゅうの空気が一気に抜けてしまった人のように見えた。次にしたのは、ペニーの手からバリカンを取りあげることだった。ペニーは抵抗しなかった。娘のこんな姿を見たらこの人はきっと泣きだすだろうと思っていたから、そうはならなかったことが意外だった。母親はただペニーの顔に手を伸ばし、右を向かせ、左を向かせながら、鏡に映るその様子をじっくりと観察しているようだった。そして「うん、悪くないわね」と言った。笑みを浮かべようとしながら。「うん、うん、なかなかよ」鏡に映る自分を眺めているうちに、ペニーは自分でもその姿がけっこう気に入っていることに気づいて、ひそかに嬉しくなった。髪が長かったときよりも眼が大きく見えるし、これまでは髪に隠れて見えなかった耳も、こうして見てみるとなかなか形がよかった。確かに男の子っぽいと言えばそのとおりだけど、かわいく見えないこともない。鏡に映っているのがまちがいなく自分だと思えるようになるまで、これまでと同じ人間だと百パーセント信じられるようになるまで、ペニーは鏡に映る自分の顔を見つめ続けた。頭に手をやり、刈り込んだ髪の滑らかな手触りを確かめた。鏡のなかで母親が身を震わせているのが見えた。

男の子の姿を見かけないまま、三日が過ぎた。母親に尋ねても、言われることは決まっていた——「怪我のほうはよくなってきてるけど、当人のやったことが問題になってる。他人《ひと》のうちの器物を損壊したことになるわけだし、場合によってはたくさんの人が怪我をしたかもしれないんだもの」でも、あの子自身は無事だったのだ。それがわかっただけで充分だった。先のことを考えるときに、いい結果を思い浮かべることもできるということだった。その週いっぱいは学校を休んでもいいと母親に言われていたので、ペニーは母親が仕事に出かけるまでベッドで過ごし、車が出ていく音が聞こえると起き出して窓のまえに置いた椅子に坐り、向かいの家を眺めた。前庭の芝生には黒い焼け焦げの跡が残っていた。Pomy《ポミー》と綴ろうとしたように見えるけれど、ペニーはあの晩はそうは見えなかったことを今でもはっきりと覚えていた。蒼白い炎が風に揺らめきながら自分の名前を綴っていったことを。

男の子がまだ家に戻ってきていないことが確認できると、ペニーはクロゼットから新しいプラモデルを取り出してきた。六一年型のコブラ。座席部分を本物の革で仕上げられるというものだ。特別な機会に組み立てようと取っておいたのだけれど、両手ともまだひりひりするし、そんな状態で細かい部品を組み立てるのは難しかった。じきにいらいらしてきて、最終的に全部まとめてゴミ箱に叩き込んだ。それから椅子を窓のまえの定位置に引っ張っていって腰をおろし、あとはただ待った。

夕方近くになって、家のまえにジェニー・プリンスの車が停まるのが見えた。ペニーは窓に顔を近づけた。ジェニーがゆっくりと歩いてきて玄関ポーチのところで立ち止まり、ベイカーさんのうちのドアを見つめ、それからペニーのうちのドアを見つめ、どちらの呼び鈴を押すべきかと考えているのを眺めた。ベッドにもぐり込んで、眠ったふりをしていようと思ったけれど、途中で思いなおして服を着た。ポニーテールにするために髪の毛をまとめようとしたところで、手が頭のてっぺんの短く刈り込んだ髪に触れた。ペニーはニット帽に手を伸ばし、それをかぶりながら階段を駆け降りた。ジェニー・プリンスはペニーを見るなり「その帽子、脱いで」と言った。そして、ペニーの新しいヘアスタイルを眼にすると、にっこりと笑って「うん、すごく似合ってる」と言った。「ものすごく悪い子に見える」玄関ポーチまで出ると、ジェニーが腕いっぱいに本を抱えていることに気づいた。「宿題よ」とジェニーは言った。「宿題を持ってきたの。あんたが落第しなくてすむように」

本を受け取り、お礼を言ってから、ペニーは頼みたいことがあると言った。「病院まで乗せていってもらえない？」

車のなかで、ペニーはジェニー・プリンスに、向かいの家の男の子のことを話した。何もかも話した。話を聴き終えると、ジェニーは低く口笛を吹いた。「でも、それほどまずいことにはなってないよ。あたしの場合は、相手がパパの会社の人だったりしたから、あれだけど。あんたの話を聞いた限りでは、少なくとも、誰も刑務所行きにはならないだろうし」

「どうして最近、あたしによくしてくれるの？」とペニーは尋ねた。

「どうしてって、あんたがいい子だから、じゃないの？　確かに、あんまりしゃべらないし、ちょっと変わってると思うところもあるけど。とことん馬鹿なことはしないし、嘘くさいこともしないし。どうでもいいじゃない、理由なんて。それとも、なによ、あたしによくしてもらいたくないわけ？」

「ちょっと思っただけ」とペニーは言った。「どうしてかなって。チアリーダーは辞めるつもりなんだ」

「それもいいんじゃない？」とジェニーは言った。「どっちにしろ、あんたはめちゃくちゃやる気があるってわけじゃなかったものね」

病院に着いて男の子に面会したいと伝えると、病室に入っていった看護師が背中に隠すようにして男の子の祖母を連れて戻ってきた。「こちらにどうぞ」男の子の祖母はペニーにそう言うと、先に立って待合室に入り、椅子に腰を降ろした。そして、ペニーの顔を長いことじいっと見つめた。びっくりしたのと、怖いのとで、ペニーは眼をそらすことができなかった。「あなた、歳はいくつ？」と男の子の祖母が言った。

「十六です」

「うちの孫が十二歳だということはご存じね？」

「はい、知っています」

「それなのに、おかしいとは思わないのかしら？　あなたぐらいの歳の人が、うちの孫ぐらいの子どもに関心を持つなんて」

「そうですね。おかしいと言われれば、おかしいかもしれません」

「〝かもしれない〟ではなく、明らかにおかしなことですよ。確かにあの子は年齢《とし》の割には大人びているわ。それは承知しています。賢いし、チャーミングだし、前向きで、ひたむきな子ですよ。でもね、それでもまだ十二歳なのよ。あの子はあなたのことを慕っています。あなたに夢中になっていて、あなたにも好かれていると思っているようです」

「そのとおりです。あの、つまり、いい子だと思っています。とてもいい子です」

「そうですか。だったら、ひとつ知っておいていただきたいことがあります。あの子は熱しやすい性質《たち》です。いろいろなことにすぐに夢中になるのです。空を飛ぶことや飛行機に夢中になったことがありました。それから火を熾すことに夢中になり、そして今度はまちがいなくあなたに夢中になっているようね。でもね、じきにまた何か別なものに夢中になりますよ。わたしとしては、それが空を飛ぶことや火を熾すことや十六歳の女の子ほど危険でないものであることを願うばかりです。もちろん、友だちはいたほうがいいと思っています。あの子のことを心にかけ、あの子が特別な存在だということを理解できるような人となら、ぜひ友だちになってほしいと思います。でも、できることなら、あなたには、あの子が何かほかに夢中になれるものを見つけられるよう、協力してほしいのです。それもできるだけ早く。わたしの言いたいことは、おわかりいただけたかしら？」

「ええ、わかります」

「なら、けっこう」

「お孫さんに会わせてもらえませんか？」

「いいえ、それは遠慮してちょうだい。あの子に機会を与えてほしいのです。ここに入院しているあいだに、ほかに夢中になれるものを見つけられるように」

「そうですか。わかりました」

男の子の祖母は立ちあがると、ペニーに向かって笑みを浮かべた。ほんの一瞬だけの、ほんのかすかな笑みだった。それから廊下に出て、病室のほうに引き返していった。そのうしろ姿を眺めながら、ペニーはふと、ここでこんなことをしていたら母親に見つかるかもしれない、ということに気づいた。で、慌てて病院をあとにした。


その二日後、男の子が退院してきた。男の子の祖母が運転する車が、向かいのうちのドライヴウェイに入っていくのが見えた。祖母が助手席のドアを開けると、真っ白な包帯を巻かれた男の子の右腕が車のそとに突き出された。その光景に、ペニーは胃袋がずしんと沈み込んだような気がした。男の子の顔が見えたのは、車をまわり込んで玄関に向かう途中、ペニーの部屋の窓を見あげたときだった。眼を細くすがめるようにして、ペニーの姿を探していた。ペニーはすばやく手を振り、すばやく窓から離れた。男の子の祖母に見つからないうちに。

その晩は母親とふたりで夕食を食べた。そんな時間にふたり揃って夕食を食べるのは、めったにないことなので、テーブルを挟んで向かい側に坐った母親の姿が眼に入るたびに、ペニーはなんとはなしにびっくりしてしまうのだった。夕食に使った食器類をふたりで洗っていたとき、母親が咳払いをした。そして、もう一度咳払いをしてから口を開いた。「今日ね、あなたのお父さんと話をしたの」

「あっ、そう」とペニーは言った。今拭いている皿は、とっくに拭きあがっていて水気はもう残っていないのに、それでも布巾を動かし続けた。

「あなたのお父さんとわたしは、お互いのことが好きじゃないわ」と母親が言った。「特にわたしは、あの人のことが好きじゃない。でも、いくつかのことについては意見が一致しているの。そのひとつが、あなたのことよ。ふたりとも、あなたのことを心配しているの。理由はわかるでしょう?」

「たぶんね」

「でね、ふたりとも、あなたには話を聞いてくれる相手が必要だと思ったの。専門家の力を借りるべきなんじゃないかって。せめてしばらくのあいだだけでも」

「それは嫌、ぜったいに嫌」とペニーは言った。しかるべき料金と引き換えに、丸々一時間、ペニーのことだけを考え、ペニーのことだけを見つめ、ペニーの話だけを聞く人がいるなんて、考えただけで胸が悪くなりそうだった。

「だけど、そうしてほしいの。あなたのお父さんもわたしも、そのほうがいいと思ってるの。あなたは自分がどれだけ恵まれているかわかってないんだと思うわ。いつだって沈んだ顔をしてるもの。確かに、今のこの生活が天国のようにすばらしいものだとは言わない。知らない町に引っ越してきて、両親は離婚するし、新しい学校には早く慣れなくちゃならないし、あなたはあなたでストレスをいっぱい抱えてるのはわかる。でも、あなたは魅力的な女の子だし、人に優しくできる子だし、自分の置かれた立場を最大限に利用できたはずなのよ。なのに、あなたはそれを拒否した。いいことや愉しいことが待っているほうに進んでほしくて、何度も何度もあなたの背中を押してるのに、あなたはまるで正反対の方向に突っ走っていっちゃう。そんなことばかり続くと、わたしだって傷つくのよ」

「お母さんがいいと思うことは、わたしが好きなことじゃないの。チアリーディングも、学校も、ほかの人たちも、好きになれないことばかりなの」

「わかってるわよ、そんなこと」と母親は言った。「それを認めて、受け入れていかなくちゃいけないと思ってるわよ。最初のうちは納得できないだろうし、しばらくはわたしの気持ちがついていけないだろうけど、仕方ないでしょ？　それがわたしの受け入れていかなくちゃならないことなんだから」

「ありがとう」とペニーは言った。ほかになんと言っていいか、わからなかったから。

「やめてよ、そんなこと言うの」と母親が言った。いつの間にか泣きだしていた。「お母さんが幸せなら、それであたしも幸せ、なんてふりはしないでちょうだい」
拭きあげた皿を戸棚にしまって、ペニーは母親を見つめた。抱きついていきたいと思いながら、それができなかった。せめて手を伸ばしたいと思いながら、それもできなかった。ペニーは階段をあがって自分の部屋に入り、ドアを閉めた。

母親が寝入ったことがわかってからも、かなり長いこと、ペニーは待った。それから階段を降りて戸外《そと》に出た。時刻は午前三時過ぎで、明かりといえば夜空を薄ぼんやりと照らしているかすかな月の光しかなかったが、それでもペニーは誰かに見られるのを恐れた。通りを走って渡り、向かいの家の壁と葉を落とした薔薇の繁みのあいだに身を隠した。薔薇の繁みは、男の子の部屋の窓のちょうど真下の位置にあったから。窓からなかをのぞいてみたけれど、何も見えなかった。男の子の部屋には常夜灯がついていて、まったくの闇というわけではないのに、それでも何も見えなかった。窓のしたにうずくまり、何秒か間を置いてから、もう一度伸びあがってなかをのぞいた。さっきよりも時間をかけて、眼が暗闇に慣れるのを待った。それでようやく、ベッドに寝ている男の子の姿が見わけられるようになった。火傷したほうの腕は、天井に固定された小さな金属の滑車で吊られていた。男の子の祖母は、少なくとも、その部屋にはいないようだった。窓枠に爪を立ててみた。かすかに窓枠が軋んだ。ほんのわずかな物音だったが、それでも誰かに見つかってしまうのではないかと不安になった。男の子は眼を覚まさなかった。ペニーはしばらくのあいだ、男の子の寝顔を眺め、呼吸にあわせて規則正しくなだらかに上下する胸の動きを眺めた。それから今度は窓ガラスをそっと叩いてみた。それでも反応はなかった。最後には指先で窓ガラスを連打した。リズムをつけて。その執拗なモールス信号が、とうとう男の子の眼を覚まさせた。瞼が震え、細い切れ込みのような眼がのぞいたとき、ペニーは思わず声をあげそうになった。それを呑み込んで、窓ガラスを叩き続けた。リズムをつけて、何度も何度も指先を窓ガラスに打ちつけた。男の子が音の出所《でどころ》を見つけるまで。ペニーは男の子に手を振った。男の子も振り返そうとしたようだった。腕を動かしたとたん、天井の滑車が鈍い音をたてた。男の子ははっとして身をこわばらせた。それから、そろそろと少しずつ腕を動かし、慎重に吊り包帯から引き抜いた。そして這うような恰好で窓のところまでやってくると、火傷をしていないほうの手を上げ下げ窓のしたの桟にかけて、ゆっくりと、できるだけ音をたてないよう用心しながら押しあげた。そとから手を突っ込めるだけの隙間ができると、残りはペニーが押しあげた。あとは靴の爪先を煉瓦の壁の継ぎ目にこじ入れて身体を引きあげ、室内にするりと滑り込んだ。床に仰向けに寝転がったような恰好になった。その体勢で、男の子を見あげた。男の子はペニーの刈りあげたばかりの頭を見ていた。それから、人差し指でペニーの髪を撫でて、こくんとうなずいた。ペニーも同じようにうなずいた。

ズボンを脱いだとき、剝き出しになった脚に寒さがまとわりついてきた。ベッドに横になるときには、スプリングが軋んだりしないよう、慎重に体重をかけた。吊り包帯に腕を戻すのを手伝おうとしたが、男の子は首を横に振った。ふたりは肩と肩を並べてベッドに仰向けになった。長い長い沈黙のあと、男の子がペニーのほうに顔を向けて言った。「怒ってる、ぼくのこと?」ペニーは首を横に振った。「でも、ぼくのせいで、とんでもないことになったんだよ」と男の子は言った。ペニーは今度もまた首を横に振った。それから男の子にキスをした。次は男の子のほうからキスをしてきた。そのあと、ふたりともまた長いこと黙り込んだ。

「腕、大丈夫?」とペニーは言った。

「脚の皮膚を使わなくちゃならなかったらしいよ。見た目はよくないと思うよ。不気味な感じだと思う。でも、大丈夫だよ。大丈夫じゃなかったことはないもの。怪我をしても、あんまり痛くないんだ」

「だけど、怖かったよ」とペニーは言った。あのときのことを思い出すと、身体が震えた。

「見てるほうが強烈なんだろうな、きっと。実際に経験したほうは、それほどでもないってわかってるけど」

「そんなことはないと思うよ」ペニーはそう言って、男の子の腕を指差した。

「きみのこと、大好きだよ」と男の子は言った。「ほんとだよ。ほんとのほんとに大好きだよ」

ペニーは言った。「あたしもだよ。あたしも、あんたのこと、大好きだよ」

「これからも友だちでいられる?」と男の子は言った。「どんなことがあっても?」

あたしはこの子のことを愛しているんだ、とペニーは思った。なぜそう思うのか、はっきりと説明はできないけれど、だからこそ、この気持ちは本物にちがいないという気がした。男の子が自分の頭をペニーの頭に擦り寄せてきて、「ねえ、これを見て」と言った。

そして上掛けと毛布を持ちあげると、両足を小刻みにすばやく動かしてシーツをこすった。数秒後、上掛けと毛布のしたで、静電気の小さな火花がシーツを駆け抜け、ホタルのように跳び交いはじめた。ペニーも自分の両足を同じようにシーツにこすりつけて、もっと多くの火花が弾けるのを眺めた。ふたりはくすくすと笑った。いつまでもこうしていられるわけではないことは、ペニーにもわかっていた。それでも、すぐそばに男の子の存在を感じながら、上掛けと毛布のしたで火花が散って消えるのを、何度も、何度も眺めた。そのうちに、どちらからともなく足を動かすのをやめた。暗闇と静けさが戻ってきたとき、そこに欠けているものはもう何もなかった。

あれやこれや博物館

The Museum of Whatnot

人間《ひと》はまず、当人自身ががらくたであるのみならず、生きているあいだじゅう、この世にがらくたを散らかして歩き……がらくたにまみれて暮らす。がらくたを愛し、がらくたを崇める。がらくたを集め、集めたがらくたを身を挺して守ろうとする。

――ウィリアム・サローヤン　一九五一年

わたしの一日はこんなふうに始まる。まずは新聞紙の帽子のコレクションに紙魚《しみ》がたかっていないか、点検する。乳歯コレクションのねじ蓋式の広口瓶の埃を払う。アプリコットの砂糖漬けのラベルを収めた額がまっすぐになるように微調整を施す。毎週、金曜日には母が電話をかけてよこして、わたしが肉体を持った生身の女であることを思い出させる。「ジェイニー、あなたもそのうち眼が覚めると思うけれど。気がついたら、子どももいなくて、そばにあるのは、そんな……なんて言うか、そんなものだけだってことに」そう、たぶん、母の言うとおりなのだと思う。でも、見ず知らずの他人の役に立たないものを管理しているほうが、自分自身のあれこれと向きあうよりは、はるかに気が楽というものだ。母にはそう答える。その答えを聞くと、母はそそくさと電話を切る。

　わたしは当年とって三十一歳。ダートマス大学で博物館学の学位を取得している。人づきあいはあまり得意なほうではない。このカール・イェンセンあれやこれや博物館《ミュージアム・オヴ・ホワットノット》の管理者にしてただひとりの従業員でもある。当館では――つまるところ、わたしは、ということになるけれど――この施設をＭＯＷと呼んでいる。美術館グッズとしてＴシャツも売っている。

買う人はいないけれど。

ＭＯＷは、ごくありふれたものでありながら、きわめて個性的な日常の品々を入手し、それを保管することを目的とする、世界で唯一の博物館ということになっている。収蔵物は、一般的にはがらくたに分類されるものでありながら、誰かが蒐集し、整理し、管理してきたがゆえにがらくたではなくなったものである。

一九七二年に世を去ったカール・イェンセンは、生前、相続人のいない裕福な者の慣例に則り、自分の死後は住まいとしていた邸宅を一般に公開すると決めていた。とはいえ、イェンセン氏はこれといった美術品のコレクションを所有していたわけではない。金箔押しの家具を揃えていたわけでもなければ、中国渡来の嗅ぎ煙草入れを蒐集していたわけでもない。遺されたのは、アプリコットの缶詰のラベルが五百七十三枚。いちおう額に入っていたけれど。故カール・イェンセンがアプリコット好きだったという話は、ごく親しい友人でさえ聞いたことがなかったらしい。また、イェンセン氏の遺言状には、特記事項があって、屋敷を博物館として氏の集めたあれやこれやを展示するのみならず、同好の士が集めた品々をも広く収蔵するように、とされていた。そんなわけで、わたしは今こうして、このがらんとした屋敷のこの場所に坐って、生命を持たない物たちの世話をしている。ここにあるものはどれもこれも、どこかの誰かによって、わたしがいかなる生き物にも、いかなる植物にも、あるいはいかなる鉱物にも感じたことがないほどの情熱と慈しみをもって、それはそれは大切にされてきたものなのだ。

大学院を卒業したばかりで、わたしがまだとある州立大学附属のごく平凡で、ごくごく月並みな歴史博物館の非常勤職員として働き、バード・ウォッチングをする人たちについての小説を書いている男と暮らしていたときのことだ。『月刊学芸員』誌のページを繰っていて、ひとつの求人広告が眼にとまった。美術館および博物館の学芸員で、他人に踏み固められた道から敢えて一歩踏みはずしてみたい人材を募集中、とあった。それまでのわたしは、踏み固められた道ばかり歩いてきていたけれど、実はうすうす気づきはじめていたところだった。このまま他人の足跡だらけの道を歩き続けていっても、行き着いた先には大勢の人が待ちかまえていて、こりゃ、また、ずいぶん遅れてやってきたやつがいるもんだな、と思われるだけだろう、ということに。というわけで、わたしは三度の面接を経て、いずれの面接も理事会メンバーのもうかなりご高齢の方々によるものだったけれど、この博物館の管理者として採用された。理事会のメンバーもまたそれぞれ、古めかしくてこまごましていてなんの役にも立たないあれやこれやの蒐集家で、自分たち亡きあともコレクションのほうはいついつまでもこの世に存在し続けるよう、その手立てを確保しようとしていたのである。わたしはそれまでの仕事を辞め、もともと大してものは持っていなかったけれど、いちおう身のまわりのものを荷造りして、一緒に暮らしていた男と彼のタイプライターと山ほどの野鳥の本をあとに残して、この大邸宅の三階の部屋に引っ越してきた。広大なお屋敷にいるのはわたしだけで、あとはあれやこれやのものがあるだけ。だだっ広い階段のてっぺんからボールを落とし、ボールが一段ずつ弾みながら階下《した》に転がっていくのを眺めた。ひとりでかくれんぼをして、カーテンの奥にもぐり込み、そのまま何時間も坐り込んだ。バーボンをしこたま呑んだりもした。一週間が経ったところで、このままではいずれ、気がへんになるだろうと気づいた。で、そろそろボールとお酒を片づけて展示品の埃ぐらい払ってみても罰は当たらないのではないか、と思ったのだった。

当館には〈ご意見箱〉が設置されていて、広く〝ご意見〟を募集している。四月の分の〝ご意見〟は以下のとおり。

へん
ありえないぐらいへんな博物館だと思う
確かに好奇心はそそられる。友人にもそう言って薦めてみるつもり
建物はすてきだけれど、展示品はありえないぐらいへん
期待はずれもいいとこでした。継娘を連れてきましたが、鶏の骨の展示を見て泣き出してしまったんですよ
こんなものに他人《ひと》が興味を持つと考える神経が理解できない。どういう頭、してるの？
へんすぎだろっ！
カフェテリアの併設希望

へんすぎ
人を馬鹿にするのも、いいかげんにしろ

個人的には、ものはできるだけ所有しない主義だ。この博物館や邸宅の備品ではなく、純然たる私物で所有していると言えるものは、たったひとつ、トランジスタ・ラジオだけ。調子のいい日だと東ヨーロッパのラジオ局の放送が入ることもある。これまで生きてきてどんな場合でもそうだったけれど、身のまわりにものが溜まってくると、所有者としてわたしの名前を冠したものが増えはじめると、おなかがぱんぱんに膨れているような気がする。こんなにたくさんものが増えてしまって、どうするつもりなの？　いったい全体、どこにしまうっていうの？　だから、処分する。ものがなくなれば、また落ち着いた気持ちになれる。そんなわけで、わたしは本については図書館を利用する派だし、住むところについては買うことは考えない賃貸派だし、救世軍にはまめに寄付をしているし、春先の大掃除については達人の域に達している。

ならば、いったいなぜ、選りにも選ってこんな〝もの〟だらけのところで、〝もの〟に囲まれて働いているのか？　簡単なことだ。ここに陳列されているのは芸術品であり、わたしのものではないからだ。本来の所有者が不在のあいだ、その管理を引き受けているにすぎない。それに、たぶん、なんだかんだ言っても、個人的に〝もの〟を所有したいという願望は持ちあわせていないかもしれないけれど、自分の手の届くところにしばらくのあいだ〝もの〟があるのは嫌いではないから、かもしれない。

今は水曜日の午後。だから、先生《ドクター》が来ている。先生《ドクター》はこの博物館の常連で、一週間の入館者数がどれほど少ないときでも、あの人だけは必ず来館すると当てにできる数少ない何人かのひとりだ。毎週水曜日のお昼休みに、白衣姿で首から聴診器をぶらさげたままという恰好でやって来る。図書館から借りてきた本を読んでいるわたしが、気配に気づいて顔をあげるのを待って、博物館の終身会員資格者の証《あかし》であるカードをさっと提示する。わたしは笑みを浮かべる。先生《ドクター》に会えるのは嬉しい。先生《ドクター》は折り目正しく会釈を返してから、館内でも比較的新しい展示のほうに足を進める。展示品を一点ずつ丁寧に、ゆっくりと時間をかけて観てまわって、興味をそそられているように見せる努力を怠ることはないけれど、先生《ドクター》が毎週、何を観たくて当館に足を運んでいるのか、わたしは知っている。スプーンだ。

当博物館二階の常設展示のなかに、小さなスペースであまり目立つ展示ではないけれど、四百本を超えるスプーンのコレクションというコーナーがある。コレクションと言っても、展示にはなんの工夫もなく、ただ正面がガラス張りになったコルクボードの箱に蝶の標本のように固定されているだけだ。なかには、かなりの年代物で、もしかすると正真正銘の骨董品《アンティーク》ではないかと思われるものもなくはないものの、大半は——確かに一本として同じものはないけれど——いわゆる食卓用銀器《シルヴァーウェア》と称される、普段の生活で使っているようなスプーンだ。観る人は、そのあまりの変哲のなさに、そもそもどうしてこんなものを集めることにしたんだか、と疑問に思い、そのあまりの本数の多さに、でも、これだけ集めたからにはそこには何かとても重要で、とても明確な理由があったのだろうと納得する。でも、集めた当人はすでにこの世に亡く、スプーンだけがこうして展示され、そのまえに件《くだん》の先生《ドクター》が興味深そうな面持ちでじっと立ち尽くしているのである。

先生《ドクター》は年配といっていいような年恰好だけれど、わたしとしては興味を惹かれずにはいられない。髪は白髪というよりは銀髪に近くて、すっきりと整った清潔さの感じられる顔立ちをしている。背筋もしゃんと伸びているし、館内を歩きまわる足取りもしっかりとしていてまるで危なげがない。先生《ドクター》が笑みを浮かべると、その笑みがわたしのなかでずいぶん長いこと眠っていた何かに触れる。そこで自問してみる――わたしは独り身の淋しい女なのだろうか？　ううん、そんなことはない。でも、いずれは独り身の淋しい女になる？　かもしれない。そうなりそうな予感はある。それでも、わたしなりに努力はしているつもりだ。なのに、先生《ドクター》はほかのことに気を取られていて、わたしの働きかけには――確かにあまりにも控えめで、ものすごくおずおずしたものだということは否定しないけれど、だとしても――まるで気づいてはくれない。毎週水曜日、正午から午後一時まで、先生《ドクター》が関心を持つ対象はたったひとつ、というか正確には、ひとまとまりのものたち。あのくその役にも立たないスプーンのコレクションなのだ。

当博物館の展示内容について電話で問い合わせがあった場合は、脱《ポスト》・脱近代主義《ポストモダニズム》的なものだと答えることにしている。つまりは、前近代主義的《プレモダニズム》とも言えますけれど、と。「……ってことは」問い合わせてきた人たちは、たいていこう言う。「つまり、ええと……要するに、概念芸術《コンセプチュアル・アート》みたいなものなのでしょうか？」そうです、そのとおりです。まさにおっしゃるとおりです。それなのに、問い合わせてきた人が実際に来館することは、まずない。

新しい展示に先駆けて、お披露目のためのレセプションを開くので、その準備のために箱入りワインとチェスの駒を型押ししてあるバタークッキーと、セロリとニンジンのスティックにディップを添えた大皿と、チーズを何種類か用意する。これがＭＯＷの標準的なおもてなしだ。これよりもしょぼいと、それでなくとも冴えないレセプションの冴えなさ加減が人目を惹いてしまうだろうし、これよりも豪華だと、人に「ここまで張り込んだのか……こんなもんのために？」と思わせてしまう。というのは、わたしの考えすぎってやつかもしれないけれど。

今回の展示は、アラバマ州はハンツヴィル出身の、今は亡きティーンエイジャーの少年が本や雑誌や新聞から切り抜いたアルファベットそれぞれの文字のコレクションだ。文字蒐集家の少年は、すべての文字をせっせと切り抜き、保管していた。たとえばありとあらゆる色の、ありとあらゆる字体のＧという活字が、何千も何万も切り抜かれて、ビニールのポケットがたくさんついたフォルダーに、フォルダーがずんぐりと分厚くなるほど収められている。何か書きたくなって、たとえば文通相手に短いメッセージを送ろうと思ったとき、少年はそうして蒐集しておいた文字を使って文章を綴っていた。おかげで、どの手紙も、何やら人質の身代金を要求する脅迫状めいた雰囲気をかもしだしている。それだけでも、このMOWで展示するに充分値すると判断されただろう。

さらにつけ加えておくと、当博物館では、コレクションに対する思い入れという面にもかなりの重きを置いている。蒐集されてきたものが、それを集めていた人物の日々の暮らしのなかでどのような位置を占めていたのか、集めたコレクションが当人にとってどのぐらい心の支えとなっていたのか、そうしたことがコレクションを評価する際の加点ポイントとなる。そんなわけで、文字を切り抜いて蒐集していた少年が、自分のコレクションの一部を使って遺書をしたため――**この世界にぼくの居場所はない**――その後自殺を遂げた時点で、当博物館は新たな展示品を手に入れたとも言える。

もちろん、こうした判断基準は、少なくともわたしが気づいた範囲では、理事会のメンバーが無意識のうちに設けているものであって、明文化されているものでもなければ、いついかなる場合も厳格に適用されねばならない、というものでもない。ついでながら、MOWはこうしたコレクションを収蔵品に加えるべく、常時こちらから積極的に働きかけているわけでもない。先方から連絡を受け、コレクションがこのまま埋もれてしまうことなくしかるべく展示され、しかるべく管理されることを条件に、当博物館に寄贈されるのである。件の少年の切り文字コレクションの場合も、両親のほうから理事会に連絡があって、ともかくこの文字の切り抜きを家に置いておきたくない、どこか遠くにやってしまうことを希望していると聞き、博物館としてその希望を聞き届けたのである。余人には手にあまるもの、理解できないもの、もしくは理解したいとも思わないものを、代わりに保管するわけだから、善意に基づいた行為と呼ぶこともできる。

レセプションには、ちらほら程度しか人が集まらない。もちろん、理事会のメンバーは顔を出す。おのおのの辛抱強い配偶者を同伴して。それから、見るからに博物館やら美術館やらにしっくりと馴染む、物静かな人が何人か。そういう人たちは、自分のアパートメントからそとに出る口実を探して、新聞の美術欄を隅から隅まで熟読しているからだ。あとは大学の学生が数名、もっぱら箱入りのワイン目当てに押しかけてきている。コレクションの持ち主だった少年の両親は、来てさえいない。息子に取り憑いていた、不幸せの証拠のようなものが人の眼にさらされることには、とても耐えられないと思ったのかもしれない。わたしは食べものが置いてあるテーブルのところに控えている。少年のコレクションは今回の展示に向けて準備をするあいだに、何度も何度も観ている。壁の幅をいっぱいに使ってそのまえにずらりと台を並べ、一台につき一冊ずつフォルダーを置いて、スポット照明を当てることにしたのは、わたしのアイディアだ。この展示方法なら、観にきた人がめいめいに、AからZまでの二十六文字分のフォルダーのどれでも好きなものを手に取り、どこでも好きなところを開けて、いくらでも好きなだけ眺めることができる。二十六冊のファイルを並べた最後に、少年の遺書を展示した。余計な飾りのない、ごくシンプルな金属《メタル》の四角い額に入れて。そう、なんだか陰気くさいと言われれば、確かにそのとおりだと思う。だけど、そもそも世の中に、なんだか陰気くさくない博物館なんてあるだろうか?

理事会のメンバーは集団で移動しつつ、フォルダーを一冊ずつ観ていく。一冊ごとに足を止め、額と額を寄せ合うようにしてのぞき込み、ビニールのポケットでできたページを最初から最後まで、一ページずつゆっくりと丁寧に繰っていく。そして、少年の作業が実に繊細で几帳面であり、活字の切り抜き方が実に正確だということを語らい、Bのフォルダーの各ポケットに収められた、それぞれの文字の配置と角度について意見を述べあう。あの人たちが評価するのは、そういうところだ。〝なぜ〟集めたのか、ではなく、〝どんなふうに〟集めてあるか、だけを問う。最後のフォルダーを鑑賞し終えると、理事会のメンバーは少年の遺書のまえで足を止め、数秒ばかり見つめ、それからくるりと背を向けて食べものが置いてあるテーブルのほうに引き返してくる。たぶん、セロリ・スティックあたりをもう少しつまもう、という意図のもとに。

こんなふうにアルファベットのそれぞれの文字ごとに整理されたフォルダーを眺めて思うことは、これらの文字を集めた少年のことだ。彼は、いったいどのぐらいの数の文字を切り抜いて集めたところで――いくつのDと、いくつのOと、いくつのRを切り抜き、それぞれのフォルダーのポケットに入れたところで、これらの文字は彼が語らせたいと思っていることを決して語ってくれはしないことに気づいたのだろう? どのぐらい切り抜いて、どのぐらい集めたところで、これだけあれば何ヶ月もまえから考えに考えてきた、たったひと言だけのメッセージを綴るには、もう充分だと思ったのだろう? 自分の手で集めた文字のアルバムをまえに、こうして切り抜いて集めたものはどれひとつとして自分を救ってはくれないのだと悟ったときの、少年の姿が眼に浮かぶ。だからこそ、彼は自分がいちばんふさわしいと思った方法で、これしかないと思った方法で、このコレクションをやめることにしたのだと思う。それから、だからこそ、わたしはこのコレクションに共感を覚えるのだと気づく。日々の暮らしのなかでものの占める割合が増大し、ものに人生を乗っ取られそうな気がして、あまりにものに振りまわされているのではないかと感じはじめたら、あとはもう、思い切って処分するか、逃げ出すかしかないではないか。

レセプションに来た人たちが全員引きあげていったあと、館内の戸締まりをすませて、照明を薄暗く絞ると、展示されているものをひとつひとつ点検してまわり、なくなっているものはないか、定位置ではないところに移動しているものはないか、確認する。そうして展示室ごとに見まわり、見まわりを終えて部屋を出るときに明かりを消していく。うしろから闇がついてくる。最後に今回新しく展示したコレクションを見まわる。あの遺書のまえでしばらく足を止める——**この世界にぼくの居場所はない**。それから最後の明かりを消して、階段をのぼり、自分の部屋に向かう。部屋は、わたしが出ていったときのままだ。ものがなくて、がらんとしている。

電話で母にこんなことを言われる。「ジェイニー、あなたって人は、何に対しても関心がないのね。そういうことじゃ、ちゃんと人生を生きてることにはなりませんよ」

「わたしにだって、関心を持ってることぐらいあります」とわたしは言い返す。「それがわかってて、わざと言ってるんでしょ、母さんは。娘をいじめてみたい気分なんでしょ」

「そういうわけじゃないけど」と母は言う。「だけど、あなた、何かを望むってことがないじゃないの」

「そうかな。よくわからないけど」

「それだって、ある意味では無関心と同じことよ」と母は説教を垂れる。「関心があるからこそ、望みを持つわけでしょ？　で、その望みをかなえて、それから……」

「それから？」

「だから、それからまた何か別なものに関心を持つのよ。で、また望みを持つようになって、その望みをかなえるの。その繰り返しよ。そうやって繰り返すことで人生が拓けて、豊かになっていくのよ。そうよ、そういうものなの」

「で、母さんの望みは？」

「言わなくてもわかってるでしょ？　あなたに幸せになってもらうことよ。いい人とめぐりあって結婚して子どもを産んで、満ち足りた毎日を送ってほしいの。それも、わたしがよぼよぼのお婆ちゃんにならないうちに。耄碌《もうろく》しちゃったら、あなたの幸せを一緒に愉しめなくなっちゃうでしょ？」

「ってことは、わたしにはあまり時間がないってことね」

「いいから、そのろくでもない博物館だかなんだかをとっとと辞めなさい」と母は言う。叫んでいるのと、ほぼ変わらない音量で。

以前に展示したことがあって昨年一年間は展示する機会のなかったコレクションが、次の展示予定に組み込まれたので、地下の保管庫に降りてそれを探していたときのことだ。スタイロフォームの小さな箱を見つける。靴の箱ぐらいの大きさで、どこにもラベルが貼ってない。当博物館の保管庫にあっては、これは尋常ならざる状況ということになる。さっそく蓋をとめている梱包用のテープを切ってみたところ、中身は小さなビニール袋に入った六本のスプーンだとわかる。すぐに先生《ドクター》のことが思い浮かぶ。この六本のスプーンを見たら、先生《ドクター》には何か感じるところがあるだろうか、そのとき先生《ドクター》はどんな顔をするだろうか、わたしはあれこれ想像をめぐらせる。もちろん、古代の遺跡や恐竜の骨を発見したのとは比ぶべくもない、あまりにもささやかな発見ではあるけれど、でも、これはいわゆる最初の一歩であり、運命の意外な巡りあわせであり、限りなくゼロに近いなけなしの希望の芽生えと呼べるものではないだろうか？　この際、呼び方はなんであれ、わたしにとってはともかく、ありがたくも嬉しいことにはちがいない。

コルクボードを出してきて、六本のスプーンを並べられる大きさにカットし、スプーンを一本ずつ、途中で列が曲がったりしないよう、定規を当てながら並べてコルクボードに固定する。それから、タイプ打ちの小さなラベルをこしらえ、新たにお目見えするこの六本のスプーンそれぞれの脇に添付する。そこまでの作業が終了すると、コルクボードに正面がガラス張りになった蓋をかぶせ、階上の展示室まで運ぶ。探していた展示品のことはすっかり忘れてしまっている。そのときだけは、ほんの短いあいだではあるけれど、ものを所有する歓びを、形あるものに意味を見出す歓びを理解できたような気持ちになる。

別れたボーイフレンドから、郵便で小包が届く。彼が書いていた小説が出版されたのだ。タイトルは『渡りのさなか、翼を休めるとき』となっていて、表紙にはイラストで宙を飛んでいる鳥の両脚に男がしがみついているところが描かれている。見返しの次の題扉のところに、手書きでこんなメッセージが書きつけられている――**書きあげられっこないと思ってたんじゃない？　ところがどっこい、書きあげた。読んでみて。**その週末を使って、本を最後まで読んでみる。思った以上によく書けている。いい作品だと認めるにやぶさかではない。そう認められたということで、どういうわけか、成長したような気持ちになる。あとに残してきたものにはなんの未練もないということを再確認したようなものかもしれない。クラフト用の薄刃《エグザクト》のナイフを使って、手書きのメッセージもろとも題扉のページを慎重に切り取って捨てる。それから三ブロック先の図書館まで歩いていって、その本を寄贈する。

次の水曜日に先生《ドクター》が来館したとき、わたしは手を振って先生《ドクター》を呼びとめる。あのスプーンのことを説明しようと思ったのだけれど、ひょっとしたら先生《ドクター》にはなんの興味もないことかもしれないという根拠のない不安が湧いてきて、そうなると、なんと言ったものやらわからなくなってしまう。先生《ドクター》は足を止めたまま、わたしが何か言うのを辛抱強く待っている。患者が訴える奇妙な症状を――先生《ドクター》にしてみればまちがいなく以前にも診たことのある症状であるにもかかわらず、改めて――聴き取ろうとするように、首を少しだけ傾げて待っているところは、とても優しげに見える。それでもことばに窮したまま、わたしは結局、首を横に振って受付カウンターに視線を落とす。先生《ドクター》はまた歩きだす。先生《ドクター》の足取りにあわせて聴診器の金属の部分がシャツのボタンに当たり、小さな音をたてる。

それからいくらもたたないうちに、先生《ドクター》が受付に戻ってきて、わたしの真正面で足を止め、こちらをじっと見つめてくる。口を開くけれど、ことばが出てこないようで、身振りで階段のほうを示す。一緒に来てほしいということだと解釈して、わたしは受付カウンターから出る。先生《ドクター》とふたり、ゆっくりと階段をのぼり、東の展示室のいちばん奥まった一隅に向かう。先週よりも六本ばかり多くなったスプーンが展示されているコーナーに。

そして、そのまえで立ち止まる。先生《ドクター》もわたしも、あいかわらず無言のままだ。視野の隅のほうで先生《ドクター》の様子をうかがう。先生《ドクター》は、例の六本のスプーンにじいっと見入っている。驚きと感動の入り混じった、まさに感に堪えないといった面持ちで。その表情に気づいたとたん、腰のあたりから何やらふわふわしたものが背筋を這いのぼってくるのを感じる。「わたしが見つけたものなんです」ようやく言うべきことばが見つかる。「地下の保管庫で偶然見つけたんです。ラベルの貼られていない箱に入ってました。保管するときのミスだと思います。そのまま放置されてしまって、これまで誰もなかを確認してみようとも思わなかったらしくて」それから長い長い沈黙を挟んで、先生《ドクター》はおもむろにわたしのほうを振り向き、スプーンを指差して「これは――」と言いさし、そこでまたしばしの間ができる。「――実にすばらしい」先生《ドクター》はそう言うと、わたしの片方の手を取って両手で包み込むようにする。先生《ドクター》の手は、わたしがこれまでに診てもらったお医者さまたちの誰にも負けないぐらい、柔らかくてすべすべしている。先生《ドクター》は今にも泣きだしてしまいそうに見える。そのぐらい幸せそうに見えるものだから、世の中には、これほどまでに相手を歓ばせることができるものがあるという神秘に感謝したくなるけれど、ひょっとすると、人を歓ばせることのできる力というものは、実は世の中のどんなものにも備わっているのかもしれない。それならば、わたしとしては、今すぐにでも、この瞬間にでも、このスプーンに負けないぐらいの威力があるものを見つけなくては、という気持ちになる。うんとすてきで、驚くべきもので、先生《ドクター》にわたしの手を離させないようにしておけるものを。

受付カウンターのところまで戻り、わたしは椅子に腰かける。お昼休みの一時間はそろそろ終わりかけている。いつもなら引きあげていく時間なのに、先生《ドクター》は何やら立ち去りがたそうにしている。「ジェイニー？」と尻上がりに声をかけてくる。名札を見てわたしの名前がわかったのだと理解するまでに、一瞬の間ができる。

「はい、なんでしょう、先生《ドクター》？」とわたしは答える。

「カルヴィンでいいよ」先生《ドクター》はそう言って、声をあげて笑う。「ぼくのことはカルヴィンと呼んでくれないかな。そのほうが嬉しい」

そこでまたしても間ができる。わたしとしては、先生《ドクター》が訊きかけたことを訊いてくるのを待っているつもりなんだけれど、先生《ドクター》はただ黙ってじいっとわたしを見つめ返してくるばかりだ。で、仕方なく、わたしのほうから尋ねる。「はい、なんでしょう、カルヴィン？」

それでようやく先生《ドクター》が口を開く。「さっきのあのスプーンの件なんだけどね」と言う。「いや、わかってるんだ。こんなことを言うとへんに思われるだろうってことは。だけど、正直なところ、きみにはひとかたならぬ恩義を感じていてね。それで、きみを夕食に誘うことを許してもらえたら、わたしとしてはとても嬉しいのだが……」わたしはそこでたぶん、ものすごくびっくりした顔をしたのだと思う。そういうことなら歓んで、と返事をするまえに、先生《ドクター》はこんなふうに言い添える。「不適切な意図は断じてないので、その点は心配しないでほしい。あのスプーンの件について話しておきたいと思っただけなんだ。ほんの少しでも興味を持ってくれそうな人をほかに知らないもんだから」わたしがうなずくと、先生《ドクター》は返事の代わりに笑みを浮かべる。「では、金曜日は？」と言われて、わたしは今度もまたこくりとうなずく。そして、うなずいたとたん、誘いに応じるのはこんなにも簡単なのだということに気づく。

金曜日の仕事が終わって、先生《ドクター》と夕食に出かけるために着替えていたとき、母から定例の電話がかかってくる。母には、これから夕食を食べにいく約束があるから、あまり長くは話せないと言う。

「あら、デート?」と母は言う。

「夕食を食べるのよ。食事に行くだけ」

「訊いてもいいかしら、誰と一緒に? 少なくとも、お相手は男の人なんでしょうね?」

「そうよ、男の人よ」

「もちろん、ちゃんと仕事をしてる人でしょうね?」

「お医者さまよ」

「あら、それはよかったこと」

「母さんが気に入りそうな人よ」

「ええ、気に入ってますよ、これまでのところは」

「母さんよりも少し歳上だったりするんだけど」そう言ったとたん、受話器の向こうに大いなる沈黙が拡がる。

「わかってるのよ」と母は言う。「おもしろい冗談を言ったつもりなんでしょ? ふたりして笑っちゃうぐらい気のきいた冗談を言ったつもりなんでしょ?」そして、次の瞬間、受話器を叩きつける音と共に電話が切れる。

　レストランのまえで待っている人が先生《ドクター》だとすぐにわからなかったのは、いつもの白衣を着ていなかったからだ。手を振られて、わたしはうなずき返し、一緒に店内に入り、テーブル席に着く。先生《ドクター》は博物館のことを訊いてくる。どういう経緯であの博物館に居つくことになったかについて。そこで、一連の出来事を話す――求人広告を見つけて、何度か面接を受けて、採用されたことを。当のわたしでさえ退屈な話なのに、先生《ドクター》は耳を傾け、笑みを浮かべる。それから、自分自身のことを話す。生まれも育ちもこの町で、よその土地で暮らしたのは学生時代だけだということ。今もまだ現役の一般内科医として病院で働いていること。六年まえに奥さんに先立たれて、それからはひとりで暮らしていること。子どもはふたりいて、孫が三人いること。

先生《ドクター》自身のことばを借りるなら〝医者好みの趣味〟はなく、セーリングも山登りもしないし、高級ワインにもまるで興味がないこと。代わりに、毎日仕事が終わったあと、YMCAの体育館に寄り、バスケットボールのフリースローの腕を磨き、月に一度、たまたまそのとき居あわせた連中でそのときだけのチームをこしらえてゲームを愉しんだりしているけれど、それ以上の運動は体力的に考えて無理だということ。さらには古式ゆかしいカントリー・ミュージックとできの悪い推理小説の愛好家でもあること。先生《ドクター》の話を聞いても、先生《ドクター》を慕う原動力になりそうな要素も、共通の関心を持てそうな事柄もあるようには思えない。というか、はっきり言ってしまうなら、先生《ドクター》の日常生活を構成しているもののなかに、わたしを幸せな気持ちにしてくれそうなものはただのひとつも見当たらない。

食事が終わり、コーヒーが運ばれてくるころになって、先生《ドクター》はようやくあのスプーンのことを話題にする。あいかわらず、〝あのスプーンの件〟という呼び方を用いて。「何をどう説明してみたところで、きみに納得してもらうのは難しいだろうな。それだけの時間と手間をかけて眺めるようなものだとは、おそらく納得できないんじゃないかと思うよ」と先生《ドクター》は言う。でも、聞かせてもらわないことにはわからないではないか、とわたしは答える。

「実を言うと、あそこに展示してあるスプーンのコレクションはぼくの父のものでね。父がスプーンを集めていたなんて、父が亡くなって遺品を整理することになるまでちっとも知らなかったんだが……いや、それを言うなら、父自身のこともろくに知らなかったと言うべきだろうな。父はぼくがまだ子どものころに、たぶん五歳か六歳ぐらいのころに、母と離婚したからね。そのことで父を恨んだりはしなかったよ。今に至るも、なんとも思ってない。一緒に暮らしていたころの父は、厳しくて冷酷な人だったんでね。その後、母は再婚し、ぼくは母の再婚相手の姓を名乗ることになり、父とは会うこともなくなった。再会したのは、つい十年ほどまえのことだ。健康を損ない、独りきりで暮らしていたから、家内と相談してうちに引き取った。ひとつ屋根のしたに暮らすようになってからも、父とはろくにことばを交わさなかった。そして、一年も経たないうちに父は亡くなった。まあ、そういう間柄の親子だったということだよ。ぼくが相続すべき遺産なんてものはほとんどなかったんだが、でも、あのスプーンのコレクションに関してだけはきっちりと遺言を残していったんだよ。おたくの博物館に寄付するように、とね。それを知ったときに、父がこの町に越してきたのはあの博物館があるからであって、息子であるぼくと一緒に暮らすことは二の次だったんじゃないかと思ってしまったよ。あのコレクションが展示されてから、ときどき観にいくようになった。そうするうちに、あることに気づき、そのことばかり気になりだした。父はあれほどたくさんのスプーンを、選ぶうえでもさしたる好みもなく集めていたようなのに、あのコレクションには、ぼくが小さかったころ、うちで使っていたスプーンは一本もなかったんだ。父が選ばなかったということだよ。どういうわけか、それが無性に哀しくてね。母とぼくを捨てただけではなく、ぼくたちが使っていたスプーンの一本さえ持っていこうとしなかったなんてね。母やぼくに対する当てつけで、わざとそうしたのではないかと思えたよ。これもまた父の冷酷さの表れだとしか思えなかった。ところが、つい最近になってきみがあの六本のスプーンを見つけだしてくれた。そう、あのなかの一本は、ぼくが子どものころ、うちで使っていた食卓用銀器《シルヴァーウエア》のスプーンだったんだ」

「それがわかって、先生としては嬉しかったんですね？」と訊いてみる。

「それが自分でもよくわからないんだよ。強いて言うなら……そうだな、これでけりがついた、かな。長いこと、いつも心に引っかかっていたものがあったけれど、それがなくなって、ようやく新たな一歩を踏み出すことができるようになった、そんな感じだな。だからといって、父が母やぼくのことを愛していたとは思っちゃいないよ。そういうことではないんだ。ただ、母とぼくが使っていたスプーンまで排除するほど、ぼくたちのことを憎んでいたわけではないと思えるようにはなった。はっきり言って、ぼくの父親は、救いようのないろくでなしだったと思う。それでも、生きているあいだずっと、母やぼくが使っていたものを手元に置いておいたんだ」

「だったら、嬉しいです、わたしも。あのスプーンを見つけることができて」

「だとしても、ぼくの感じている嬉しさのほうが、その何倍も大きい」

そう言うと、先生《ドクター》は小さな箱を取り出してテーブルに置き、わたしのほうに押し出してよこす。そして改めて「ありがとう」と言う。

わたしはその箱を先生《ドクター》のほうに押し戻して「受け取れません」と言う。

「何が入っているか、見てもいないうちから?」先生《ドクター》はそう言って笑みを浮かべる。

「なんであろうと同じです。受け取れません」

「だとしても——」先生《ドクター》はわたしを説得にかかる。「たとえば、開けてみるぐらいはできるんじゃないかな?」

とりあえず、箱の蓋を開けてみることにする。なかに入っていたのは、小さな銀の髪留めだ。端っこにちっちゃな黒い鳥《カラス》がついていて、眼のところにこんな小さな粒は見たことがないというほどの極小サイズの赤いルビーが埋め込まれている。宝石というよりも針先で突いて穿《あ》けた穴みたいだ。「きれいだわ、とっても」と先生《ドクター》に感想を伝える。

先生《ドクター》は髪留めの入った小箱をじりじりとわたしのほうに押し戻そうとしている。「髪留めをしているところは何度も見かけたよ。これは骨董品《アンティーク》なんだ。昨日、アンティークの店で眼についてね。それでも受け取ってもらうのは無理だろうか?」と先生《ドクター》は言う。

わたしは箱を押さえ、上眼遣いに先生《ドクター》を見る。「これっきりにしてくださいね」と言う。

「わかった、今回だけにする」先生《ドクター》はそう言うと、テーブルに乗せていた両手を挙げて、降参のポーズをしてみせる。

部屋に戻り、バッグから髪留めの入った箱を取り出して、室内にあるものを順繰りに見まわす。眼を向けた先に、この箱を置いたところを想像してみるけれど、どこに置いてもその箱ばかりが目立ってしまいそうな気がする。あるいは、それ以外のスペースに何もないことが却って目立ってしまう、という言い方もできる。箱から髪留めを取り出し、洗面所のキャビネットの、ほかの髪留めを並べてある棚に一緒に並べる。部屋に戻って、ドレッサーの鏡のまえに置いておいた硬貨をまとめて、髪留めの入っていた箱に入れる。ものの置き場所を見つけてその場にしっくり馴染ませるには、実用性が鍵となる。といっても、もちろん、そこまでする必要がある場合に限られるわけだけれど。

翌日の午前中、博物館が開館するのとほぼ同時に、先生《ドクター》が男の子を連れて来館する。わたしはもらったばかりの髪留めで髪をまとめている。先生《ドクター》はもちろん気づいたはずなのに、何も言おうとしない。何かひと言ぐらい言ってくれるだろうと期待していたので、物足りなさが苛立たしさとなって鋭く胸を突《つつ》く。先生《ドクター》は男の子の背中をそっと押して、わたしのまえに立たせる。「孫を連れてきたよ。ヘンリーというんだ。ここを見せてやろうと思っているんだが……」もちろん、かまわない、とわたしは言う。「きみも一緒に見てまわらないか?」と誘われるけれど、ほかにも来館者があるかもしれないから受付を空けるわけにはいかないと断る。それがおかしくて、先生《ドクター》もわたしも思わず口元がゆるんでしまう。結局、わたしが折れることになり、ふたりをいちばん手前の中央展示室へと案内する。

ごくたまにではあるけれど、この博物館にも、学校の授業の一環として教師が生徒を引率してくることがあるので、子どもを相手にした経験がないわけではない。子どもを案内する場合には、説明を山ほど加えないと理解できないような展示は避ける。観る人を困惑させたり、憂鬱にさせたりするような類《たぐい》のものにもなるべく近づかない。そういう展示には足を向けずに、ヘンリーをまずは一列に並んだ瓶のところに連れていく。ひとりの男が足の爪を切るたびに溜めておくということを死ぬまで続けた集大成だ。子どもの関心を惹くのは、決まってそういうちょっと不潔でちょっと気味の悪いものだ。続いて、〈クラッカージャック〉のおまけのコーナーに案内する。あのキャラメルがけのポップコーンについてくる、ちまちました玩具が八千点近く。これもたったひとりの男の人によって集められたもので、近いうちにミシガン州のさる玩具博物館への貸し出しが決まっている。先生《ドクター》はどの展示も初めて観るかのような興味深げな面持ちで眺めているけれど、たぶん実際に初めて観るようなものなのだろう。〝あのスプーンの件〟で頭がいっぱいで、ほかの展示など眼に入らなかったにちがいない。先生《ドクター》とわたしは、ヘンリー少年のうしろに立って展示されているものをひとつひとつじっくりと観ていく。気がつくと、腰のくびれのあたりに先生《ドクター》の手が置かれているけれど、そのままにしておく。手を置かれるぐらいどうってことないし、どうせ、すぐに離れていくに決まっている。

　館内をひととおり観てまわるのに、さほど時間はかからない。最後に先生《ドクター》はヘンリーのために来館記念のTシャツを買う。当館のTシャツが売れたのは、実は初めてのことだ。わたしはそれだけで嬉しくなる。なんせ、これで在庫が一点確実に減るわけだから。別れ際、先生《ドクター》に今夜もまた一緒に夕食をどうだろう、と誘われるけれど、お断りする。「そうか、独りで過ごす時間も必要だということだね」先生《ドクター》はそう言って、いかにもお医者さまらしく鷹揚にものわかりよくうなずく。「ええ、そうなんです」とわたしは言う。だけど、その時間の遣い途《みち》を何も思いつかないというのは、われながら、かなり決まりが悪い。仕方がないから、掃除でもしようか、と思う。

博物館の理事会経由で、腰を抜かすほどのビッグニュースがもたらされる。ウィリアム・サローヤンが、あの誰でも知っている有名な作家のウィリアム・サローヤンが作品の著作権をカリフォルニア大学に寄付したとき、その付帯条項として彼が蒐集していたあれやこれやの保管と管理も引き受けることとあり、そのあれやこれやを具体的に挙げるとすれば、おおよそのところは何箱分とも知れない石ころと大判のゴミ袋十一袋にぎゅうぎゅう詰めになっている輪ゴムとその他もろもろ、という構成になるらしい。そこで大学側としては無理からぬことながら、当博物館に接触を図り、このサローヤン・コレクションに関心があるだろうかと打診してきたというわけだった。関心のなかろうはずがない。

「考えてもみたまえ」と理事長は熱弁をふるう。「当代きってのきわめて独創的で創造的な精神の持ち主が、そうしたすばらしく日常的でありふれた小間物を蒐集していたのだよ」わたしに言わせれば、それはいささか困惑させられることのように思える。だって、サローヤンほどの才能を持った人が、輪ゴムなんぞをせっせと溜め込まなくちゃならなかったなんて。

しかし、これは当館にとってはまさに一大事であり、おそらくはニュースでも取りあげられることになるだろうし、そうなると――理事長はわたしの注意を喚起するべく檄を飛ばす――「当博物館は今後ますます、コレクターたちの注目を集めることになるのではないかね？」

サローヤンのコレクションは一週間以内に到着することになっているとかで、つまりは準備をする時間があまりないということだ。いちばん手前の中央展示室には、今もまだ文字を切り抜いて蒐集していた少年のアルバムが展示中だけれど、それはそのまま残すことにして、中央展示室のひとつ奥にあって、スペース的にはやや広くて自然光がよりたっぷりと入ってくるほうの展示室に照準を合わせる。夜、仕事が終わってからその部屋の細かい見取図を何枚も描いてみては、一万一千個のペーパークリップの独創的な展示方法を編み出そうと、なけなしの知恵を絞りに絞る。そんな作業をしていると、人間の執着心というものは、たとえるなら金魚のように、制限がなければどこまでもどこまでも大きくなっていくのだろうか、と考えさせられる。

次の水曜日、わたしは先生《ドクター》のことを忘れている。先生《ドクター》が来館したときには、わたしは地下の保管庫にいて、サローヤンのコレクションを展示するスペースをこしらえるために撤収してきた展示品を整理している。地下の保管庫から一階にあがり、受付に戻ると、先生《ドクター》が待っている。白衣に聴診器という姿を見ると、気持ちがすうっと落ち着く。すぐ近くで姿を見かけることはあっても贈り物をもらうほどの近しさではなかったころのことが思い出される。

「スプーンを観てらしたんですか?」と尋ねると、先生《ドクター》は天井を見あげ、それから受付カウンターに身を乗り出してくる。「観てきたことは観てきたんだが、もう興味を持てなくなってしまったよ。実を言えば、ぼくはもうスプーンのことはどうでもよくなってる。それなのに、こうしてこの博物館に通ってきているわけで。どうしてなのか、それが自分でもよくわからなくてね」先生《ドクター》に誘われて夕食をご一緒してから三週間になる。先生《ドクター》のそばにいるときには感じよく接するようにしているけれど、先生《ドクター》の気を惹くことには今ひとつ積極的になれない。その後も夕食に誘われるけれど、そのたびに断り、水曜日の先生《ドクター》が来館しそうな時間帯にはできるだけ姿を見せないようにもしている。本音を言えば、先生《ドクター》は魅力的で、ハンサムで優しい。だけど、わたしの部屋はとても狭い。わたしの占有している空間が、そこにいさえすれば快適だと思えるわたしの領分が、誰かがそばにいることで快適ではなくなってしまうかもしれない。それが怖いのだ。だけど、そのことをさりげなくほのめかしているつもりなのに、先生《ドクター》はわかってくれない。

「夕食はどうかな?」と期待いっぱいで訊いてくる。わたしは、今はともかく、サローヤンの展示のことで手いっぱいなのだと答える。「あのスプーンの件を話して聞かせたことが、きみには気持ちの負担になってるということだろう。ちがうかい?」先生《ドクター》にそう言われて、わたしは首を横に振る。

「ただ単に忙しいんです」とわたしは言う。「ほんとに忙しいんです」

先生《ドクター》はわたしのことをじっと見つめる。まるで診察中に危険な徴候——たとえば、新しくできかけているほくろとか、運動機能の急激な低下とか、もしかすると重大な病気の先触れかもしれないものに、気づいてしまったとでもいうような眼で。「ぼくもこの年齢《とし》だからね、そういう台詞はこれまでに何度も聞かされてきてるし、そういう場合にはわずかに残された威厳をどうすれば保てるかも心得てるつもりだ」先生《ドクター》は、わたしに背を向けて正面玄関のドアのほうに向かう。ドアを出ようとしたところで、先生《ドクター》の足が止まる。「さっきの夕食の誘いだがね、別に水曜日でなくてもいい。何曜日でもかまわないんだ。さて、これでぼくはわずかに残されていた威厳まで、かなぐり捨ててしまったことになる」先生《ドクター》は今度こそ本当に正面玄関のドアを抜けて、おもてに出ていく。「ぼくも苦手なんだよ、何かに執着するってことが」と言い残して。

「例のお医者さまだけど、まだつきあってるの？」電話で話しているときに、母からそう訊かれる。

「ううん」とわたしは答える。

「あら、まあ、それは残念だったこと」

「母さんの基準からすると、年齢が離れすぎてるんじゃなかったの？」

「ええ、実際、離れすぎてる」と母は言う。「歳をとってることは事実ですもの。でも、お医者さまなんでしょう？　おまけに、あなたのことをそのろくでもない博物館だかなんだかから連れ出してくれたんでしょう？　だったら合格よ。その人でいいんじゃない？」

「でも、もうつきあってないの」
「ええ、それはさっきも聞きました。だから、ちゃんと言ったでしょ、まあ、それは残念だったことって。覚えてないなら、もう一回、言ってあげましょうか？」

　次の水曜日、閉館時刻の間際になって、先生《ドクター》がまだ姿を見せていないことに気づく。そのことに気づいてまず感じたのは、自分ががっかりしているということだけど、それは認めたくない。確かに先生《ドクター》の夕食の誘いを断ってはいるけれど、先生《ドクター》が二階の展示室にいて、わたしが受付カウンターについているときには、世の中がそれほど空っぽという感じがしなくて、その感じが気に入っている。なのに、先生《ドクター》は来館しないし、わたしはわたしでサローヤンのがらくたの展示方法がなかなか決まらなくて、四六時中そのことばかり考えている。そのせいで、数日まえ、理事のひとりと電話で話していたときに、無意識のうちにその呼び名を口にしていた。うっかり口が滑って言ってしまったのだ、「サローヤンのがらくた」と。受話器の向こうで、相手の理事は軽く咳払いをしてからこう言った。「〝がらくた〟ということばは、〝あれやこれや〟の同義語とは言えませんね。〝小物〟なら許せます。〝珍品〟というのも差し支えないでしょう。〝安ぴかもの〟も、まあ、ぎりぎり許容範囲としましょうか。しかし、〝がらくた〟はちがいます。断じて別物です」わたしは速やかに訂正した。しばしの沈黙ののち、理事はこんなふうに訊いてきた――「まさかとは思いますが、来館者のまえで〝がらくた〟ということばを遣ったりなぞしていないでしょうね？」相手の不安を一掃するべく、来館者のまえでは正確な用語を遣っていると請けあうと、理事は溜め息をついた。
「どうしてかと言うとですね、〝がらくた〟という呼び名を遣うと、われわれが所蔵している古びた小間物類に対する評価を、それだけで著しく低下させてしまいかねない危険性があるからなんですよ」

一週間が経ち、展示室（仮）は石ころでいっぱいの箱と、輪ゴムでぱんぱんになったゴミ袋と、それぞれの使用頻度によってさまざまな消耗段階にある山ほどのペーパークリップと、博物館の壁紙に使えるほど大量のアルミホイルとで足の踏み場もない。といっても展示してあるわけではなくて、わたしが配置を決めあぐねて、ああでもないこうでもないと悩み続けているあいだ、とりあえずそこに置かれているだけにすぎない。二日以内になんとかしなくてはならないのに。わたしの眼にはもう、どれもこれも〝サローヤンのがらくた〟としか映らず、それ以上のものだと考えることが非常に難しくなってきている。だから、うまくいかないのだ。ほかの展示品だって、奇妙なことにおいては確かにサローヤン・コレクションと似たようなものかもしれないけれど、それだけではない何かが感じられるものだし、少なくとも美しいものを見たいという気持ちには、充分とは言えないまでもある程度のところまでなら、ちゃんと応えてくれる。そんなわけで、今回の企画に情熱を燃やすことはなかなかに難しいことではあるけれど、でも、当館の管理者としてもちろんわたしなりに努力はしているつもりだ。現に地階の作業スペースにこもって、透明な箱をいくつか組み立てた。ひとつひとつがバスタブぐらいの大きさがあって、それぞれの箱にサローヤンの蒐集品を品目ごとに仕分けして入れるのだ。箱に貼るための、〈岩石〉〈輪ゴム〉と品目だけを記した小さなラベルもこしらえた。いざとなれば、この展示方法で押し切ることはできるだろうけど、でも、それではわたし自身が納得できない。もっと言うなら、この期に及んで、わたしはおよそありとあらゆることに対して納得できていない。そんなところに先生《ドクター》が来館する。いつものように、終身会員資格者の証であるカードを手に。わたしの抱える納得のできなさは、そのぐらいで消えてなくなりはしないけれど、みるみるうちに嵩が減ってすうっと軽くなる。先生《ドクター》は展示室に入ってくると、あたりを見まわして、こんなふうに言う。「一緒に食事にも行けないぐらい仕事に忙殺されていて、その結果がこの程度かい？」

先生《ドクター》に会ったことで、わたしはいくらかどぎまぎしながら、輪ゴムの入ったゴミ袋をひとつ持ちあげて、展示室のまんなかまで運ぶ。「髪留めをしてくれてるんだね」と先生《ドクター》に言われて髪に手をやり、そこでようやく言われたとおりだと気づく。

「先週はお見えになりませんでしたね」今度はわたしが先生《ドクター》に言う。「今日はおいでになるかしら、と思っていたところでした」

先生《ドクター》はペーパークリップを片手でひとつかみすると、その手をお椀のような形にしてそのなかでペーパークリップを小さく揺する。「ぼくの診ている患者さんで、もうだいぶご高齢のご婦人がいるんだが、その人がシャワーを浴びている最中に足を滑らせて転んでしまってね」と先生《ドクター》は言う。「でも、ぼくはこれから、いくら口説いても一向に振り向いてくれない人を誘惑しなくちゃならないので、診察している暇はないんです、なんて言えないじゃないか。一発で医師免許を取りあげられてしまうよ」

椅子を二脚出してきて、先生《ドクター》と並んで腰かける。サローヤンのコレクションに取り囲まれながら。わたしは、ここにあるものをどう展示すればいいのか悩んでいることを話し、先生《ドクター》はわたしの話に耳を傾ける。

「自分でも馬鹿みたいだと思うんです」とわたしは言う。「ただそれらしく配置して、それで完成ってことにしちゃえばいいって、自分でもわかってるのに、それがどうしても気に入らないんです。それだと、ただのがらくたになっちゃうんです」

「ある意味では、世の中にあるものはすべてがらくただよ」と先生《ドクター》は言う。「博物館ってとこは、過去の文明のがらくたただらけの場所なんだ。ちがうかい?」

「それはそうかもしれないけれど。というか、だからうまくいかないのよ、たぶん。だって、わたしには理解できないんだもの。世の中の人たちは、どうしてこんなものを後生大事に取っておくのか、わたしには理解できないんです。わたし、自分は人としてどこか欠落してるんじゃないかって気がします」

「でも、その髪留めはまだ持ってるじゃないか」

「だって、戴《いただ》いてから、まだほんの何週間かしか経ってないもの」と言って、先生《ドクター》の記憶を呼び覚ます。「いつまでもわたしの手元にあるって保証もないし」

「でも、きみがずっと、いつまでもずっと、手元に置いておくことだってありえる。そして、ぼくがまた別のものをあげて、それもずっと手元に置いておくことになるかもしれないよ。そのあともさらにぼくがきみにものを贈り続けて、そのうちきみは贈られたものを箱にでも詰めてしまっておかなくちゃならなくなる、なんてことだってありえる」

「でも、どうしてそう思えるんです、わたしが贈られたものを全部取っておくって？」

「それは、ぼくが贈ったものだからだよ。きみのことがとても好きで、それで贈ったものだからだよ。それに、きみのほうもぼくに好意を持ってくれているからでもある。ぼくの贈ったものを見て、ぼくのことを考えると、きみも幸せな気持ちになれるからだよ」

「先生がわたしのことを好きなのは、ただ単にわたしがあのスプーンを見つけたからでしかないわ」

「ぼくはこれまでずっと、毎週水曜日に欠かさず、このくその役にも立たないへっぽこ博物館に来ていたわけじゃない。あのスプーンはきみがここで働くようになる以前から展示してあったけど、月に一度来ていたかどうか、その程度だ。観にくるのが愉しみで愉しみで待ちきれないぐらいだったわけでもない。実を言えば、観たくて観ていたわけじゃなくて、観るのが義務だと思って観てたんだ。で、あるときから受付カウンターにきみがついているようになって、それからここに来るのがちっとも苦ではなくなった。今ではきみと一緒に過ごす機会がもっとあればいいと思っているし、少しでも一緒にいたいと思っているし、ふたりでいることを愉しめるようになればいいとも思ってる」

「わたしはどうかわかりません」と答える。「複雑な気持ちなんです」

先生《ドクター》はゴミ袋から輪ゴムをひとつつまみあげると、めいっぱい引き伸ばし、狙いを定めて……避ける間なんてない。輪ゴムはわたしのおでこにぱちんっと命中する。猛烈に痛い。当たったところにとっさに手が伸びる。「ちょっと、ひどいじゃないですか」とわたしは言う。

「ものすごく痛いじゃないの」先生《ドクター》はにんまりと笑みを浮かべ、またそろそろとゴミ袋に手を伸ばす。わたしはその手の動きを見逃さない。すぐさま駆け寄って、ゴミ袋に両手を突っ込み、つかみきれないほどたくさんの輪ゴムを取り出す。「いや、これは本来、こんなことをしてはしゃぐためのものじゃないはずで、こういうことは本来、してはいけないことなんじゃないかと……」先生《ドクター》がそう言いはじめたときには、わたしはもう先生《ドクター》を狙って輪ゴムを飛ばしている。輪ゴムは先生《ドクター》の首筋に当たり、先生《ドクター》は声をあげる。「ちょっと、ひどいじゃないか。ものすごく痛い――」そこで二発目が先生《ドクター》の顎に命中する。それからの数分間、あたりは輪ゴムの飛び交う空間となり、やがてどちらからともなく手を止めて、一時休戦となる。わたしは展示室の床に眼を向ける。あちらにも、こちらにも輪ゴムが散らばっている。そのとき、閃く――これだ！　このごくごくありふれたものが創り出した混沌状態《カオス》こそが、あるべき姿に見える。ゴミ袋からもうひとつかみ分の輪ゴムを取り出し、床にばら撒く。

「何をしてるのか、自分でわかってやってるのかい？」と先生《ドクター》に言われたので、わたしはうなずき、展示室の床を輪ゴムで隙間なく覆ってしまいたいので手伝ってもらえないだろうか、と頼む。「これならいける気がするの」と説明する。「ええ、これならきっといいものになるはず……」

先生《ドクター》は、ひと晩じゅうずっとわたしにつきあって、石ころを並べたり、ペーパークリップをつなげたりする作業を手伝ってくれる。穏やかに、物静かに、わたしの言うがままに動き、しかもそのあいだずっと笑みを浮かべている。空が白みはじめるころ、わたしたちは散らかり放題に散らかった展示室のまんなかに坐り込んでいる。石ころが、異世界のピラミッドや土手を思わせる形に積みあげられ、整然とした配置からはほど遠い様相を呈している。輪ゴムはぎりぎりまで引っ張られて、ほんのちょっと触れただけでもぱちんと弾けそうになっている。何千個ものペーパークリップがつなぎあわされて丈夫な鎖となり、壁という壁にあちらからこちらへ、こちらからあちらへ、幾重にも張り渡されている。アルミホイルは絨毯代わりに床に敷き詰められて、踏みつけられるたびに生まれるさざ波のような小皺が、照明の光を反射してかすかなきらめきを放つ。そのすべてをひとまとめにして眺めたとき、意味がわかるようになっている。あまりにもたくさんのものがありすぎて爆発を起こし、飛び散ったあまたのものがその場を覆い尽くそうとしているのだ。ものを持つことにはある限界点があって、そこを超えても持ち続けると、ものがあふれだす。そして、行き着くところまで行き着いたとき、おもしろみが生まれる。ものを所有し、ものと共に暮らし、ものについてあれこれ考えたり思ったりするうちに、そうすることの非生産的で無目的で愚にもつかないところも含めて、それがものを所有する人自身の一部となっていくのだ。それは悪いことじゃない、と今はわたしにもわかる。ものを持つことで、それが傍目にはたとえちっぽけでつまらないものであっても、それを所有することで人生を豊かにしようとすることは、決して悪いことじゃない。ふと立ち止まり、自分の居場所を見まわして、「そうそう、こういうふうにしたかったの」と言えるのは、そう、ちっとも悪いことじゃない。

先生《ドクター》の片手がわたしの背中の、肩胛骨のあいだに置かれるのを感じて、わたしはその手に身体を預ける。先生《ドクター》がゆっくりとためらいがちに唇を重ねてきたとき、わたしはもう拒まない。もう一度キスをしてきたときも、されるがままに受け入れる。先生《ドクター》の顔が近づいてきて、三度目のキスを予感したときは、なんのためらいもなくそれを待ち望んでいる。これから交わすもっとたくさんのキスのことを想って、幸せな気持ちが満ちてくるのを感じながら。

ワースト・ケース・シナリオ株式会社

Worst-Case Scenario

ぼくは〈ワースト・ケース・シナリオ株式会社〉に勤務している。アメリカ北東部の小さな大学でカタストロフィ理論を専攻し、物事が崩壊していく筋書きのありとあらゆるものを学び、それで学位を取った。会社では営業を担当していて、客先をまわっては〝起こりうる事態〟をせっせと売り込んでいる。たとえば、アミューズメント・パークに出向き、持参したコンピューターに各種数値を入力して、われわれが呼ぶところの〝大惨事〟が発生した場合、遊園地の乗物の乗客のうちどのぐらいの人数が死亡することになるかを伝えたりする。

あとは、満員の路線バスが乗っ取られたのちに猛吹雪に遭遇して身動きが取れなくなり、しかもラッシュ時の渋滞に巻き込まれた場合、どんな事態が起こりうるかについても、定められた計算式を用いてしかるべき筋書きを導き出す。あるいは、解雇された従業員が、以前の会社に不満を募らせ、元同僚に仕返しをしにやって来た場合、何人の社員が殺されることになるか、それを推定する専用のフォーマットも当社には何通りか用意してある。ぼくはそうやって客先の企業に、起こりうる最悪の筋書き《ワースト・ケース・シナリオ》を残らず提示し、それに対して客先の企業はけっこうな額を支払う。ぼくを送り出すときには、先方はおしなべて不安を募らせ、いわゆる深い憂慮の表情というやつを浮かべていることが多い。けれども、それに対して力になれることは何もない。ぼくが提示できるのは、起こりうる事態であって、それをどうやって防ぐかではない。それを知りたければ、別のコンサルティング会社に依頼してもらうしかない。

ぼくは二十七歳だけれど、この年齢《とし》にして髪が薄くなりはじめている。朝、起きるたびに、枕に抜け毛が何本もへばりついている。浴室の排水溝にも、櫛の歯にも、着ているセーターの肩のところにも、抜け毛が付着している。発見した抜け毛は一本残らずジップロックの袋に保管し、ベッドのしたに隠しておくことにしている。今後、医学が発達して、抜け毛をもとどおり植毛しなおす方法が見つかることを期待して。頭のてっぺんが淋しくなってきて、赤ん坊のようにピンクの地肌が透けて見えるところを想像すると、ときどき胃のあたりが妙にむかむかしてくる。だから、これまでにもう三人の女性に結婚を申し込んだ。髪の毛がすべてなくなるまえに、なんとしても伴侶《はんりょ》を見つけなくてはならない。

なのに、三人とも返事はノーだった。ふたりには冗談だと思われて、笑い飛ばされて終わった。今つきあっているステラは、ぼくのプロポーズに対して熟考した。ベッドに仰向けになったまま、三十分ぐらい何も言わずに考え込んでいて、最後にノーと言った。そう言われるだろうということは予測がついた。今のところ、ぼくらのあいだに恋愛関係が成立しているとは言えないと思っているけれど、ぼくとしては双方がもう少しだけ努力をすればそうなれないこともないんじゃないかと考えている。少なくとも、ふたりのあいだではそういうことになっている。そういう前提でも、お互い、なんら実害はないからだ。ステラがぼくのもとを去るようなことになっても、そのことで彼女を恨むつもりはない。

以前、まだ彼女がぼくのことを愛していると言ってくれていた時期に、その気持ちを確かめたくてあれこれ質問をしたことがある。ぼくがたとえば機械に挟まれて指を一本なくしたとしても、ぼくのことを愛する気持ちに変わりはない？　イエス。ぼくが〈ピグリー・ウィグリー〉（アメリカ南部のスーパーマーケット・チェーン）のレジの袋詰め係になることにしたと言いだしても？　イエス。ぼくがきみの飼い猫を車で轢いてしまったとしても？　イエス。髪の毛がすっかり抜けてつるっ禿げになっても？　長い沈黙。

同じことをもう一度訊いてみた。「ぼくが禿げたら、別れる？」それでも、ステラは何も言わず、じっと下唇を噛んでいた。口をついて出ようとしている答えはあるけれど、当人としてはそれを口にするわけにはいかないと思ったのかもしれない。それから「そういうことは考えないようにしようよ」と言った。そういう答え方は、深刻で答えに窮する質問をされたときのものだ。たとえば、ぼくらはどんな死に方をするのかな、とか。ぼくのほうは、たとえきみの髪の毛がなくなっても気持ちは変わらないよ、と言ったけれど、それに対してステラが言ったのは「髪の毛がなくなっちゃったら、わたしは修道女になって山奥の修道院で暮らすわ」。そこでもう一度、ぼくと結婚してほしいと申し込んでみたけれど、答えはノーだった。

世の中に出まわっている養毛剤や毛生え薬の類《たぐい》は、いっさい使わないと決めている。ロゲインも、プロペシアも、トリコミンも。そういうものの効能はまだ本当の意味で実証されているわけではないし、それぞれ副作用がある。その手のものに頼って腎臓の機能が著しく低下したり、ものすごく特殊な変形性の骨疾患を背負い込んだりするかもしれない。ハロウィーンのかぼちゃ提灯《ジャツク・オー・ランタン》が腐りかけたときみたいに頭部が陥没するかもしれない。そこまで考えるなんてどうかしてる、とステラは言うけれど、なんならデータを見せたっていい。その手の情報は残らず、ぼくのコンピューターに保存してあるんだから。でも、ステラは見たがらない。ぼくが抜け毛を集めて、犯行現場から採取した証拠品のようにビニール袋に収めているときも、テレビを見ている。

今日は事例分析のために郊外の住宅を訪問する。玄関に出てきたのは、赤ん坊を抱いた若い女の人だ。思い詰めたような硬い表情をしているけれど、ぼくを見るとほんの少しだけ口元をほころばせ、なかに招じ入れる。その女の人はミーナという。彼女からわが社に依頼があった。生まれたばかりの赤ちゃんの身に家庭内で起こりうる事態を調査してほしいので、一度、実際に家庭訪問に来てもらえないか、というものだった。要するに母親としては、わが家は赤ん坊にとって安全かどうかを知りたい、ということだ。ぼくが家のなかをまわって、それぞれの部屋や階段や廊下を写真に収めるあいだ、彼女もあとをついてくる。屋根裏にあがることができるかと尋ねると、紐を引いて折りたたみ式の木の梯子段をおろしてくれたりもする。それを登って屋根裏にあがり、ぼくはそこでもまた一枚、写真を撮る。空気のサンプルも何カ所かで採取する。撮影した写真データは、持参したコンピューターに取り込む。それから、あらかじめ用意してきた〝家庭内赤ん坊事故事例〟のチェックシートを用いて、このミーナという依頼人の女の人に質問をしていく。

設問八　あなた（もしくは、あなたのパートナー）は、アルコール（もしくは薬物）に関する問題を抱えていますか？
設問九十七　あなたはこれまでに何時間も続けて、お子さんから眼を離したり、お子さんのそばにいなかったりしたことがありますか？
設問二百五十六　あなたが日常的に行う習慣のないことを、お子さんに敢えてやらせてみたことはありますか？

この意識調査はおよそ三百項目からなっていて、たいていの人は正直に答える。最終的にどんな分析結果が出てくるか、気になるからだ。

最後の設問までたどり着き、必要な情報が残らず揃ったところで、事例を分析して起こりうる事態を導き出すには一週間ほどかかると伝える。ミーナは礼を言い、ぼくを玄関まで案内する。見送るついでに玄関先で家の外壁をしげしげと眺めまわしたのは、そこにどんな危険が潜んでいるのだろうかと考えているようにも見える。赤ん坊は咽喉の奥でくっくっと機嫌のよい声をたてている。ぼくは赤ん坊に笑いかける。手を差し出して指を握らせてやり、その指をよだれでべたべたにされる。傍目には、これぞまさしく〝すてきな家族〟の図と見えるにちがいない。こんな妻と子どもがいたら、ぼくとしても大切にせずにはいられないだろうと思う。そう思ったとたん、心が痛む。この女の人は一週間後、知らなくてもよかったようなことを山ほど聞かされることになるからだ。なんせ、今見てきたばかりのこの家は、推論的危険性に満ち満ちている。惨事の可能性の宝庫だ。その点に疑いの余地はない。

ときどき、ステラが眠っている姿を観察する。寝顔をのぞき込み、心の底から安らいでいるようなその表情を眺め、穏やかさだけで満たされている様子を眺める。ステラは美しい。ぼくのようなやつには、たとえ今のまだ髪の毛がふさふさある状態でも、たぶん、もったいないほど美しい相手だということになるのだろう。ときどき、眠っているステラの肌にそっと指を走らせる。首筋を伝って、みぞおちのあたりまで手を滑らせてみる。それでもステラは眼を覚まさない。朝になれば必ず眼が覚めると信じて疑わない者の眠りは、いいものだ。こんなふうに幸せな人のそばにいられることが、ぼくにはありがたい。この世はある種の秩序と道理から成り立ち、それが崩れることはないといとも単純に信じていられる人のそばにいられることは、何ものにも代えがたい。彼女といると、ぼくはぼくというものを忘れていられる。結局のところ、何もかもうまくいくのではないかと思えてくる。ステラがいれば、現実にはありえないようなことも、ひょっとしたらありえるんじゃないかと思えてくる。たとえば、ぼくらふたりが最後には、なれたらいいなと思っているようなふたりに、互いに愛しあう幸せなふたりになれるんじゃないか、とか。

眠っているステラを眺めていると、その顔に一瞬だけ笑みが浮かぶことがある。夢を見ているステラの潜在意識が浮上してきて、吐息のようにふっと洩れる瞬間なのかもしれない。それを眺めながら、こんなふうに考える——「この微笑みは何に対して向けられたものなのだろう?」それから、ひょっとしてステラが今、思っているのは、ぼくとはまったく関係のないことなんじゃないか、と思って不安になる。ステラの脇腹をおずおずと突《つっ》き、頬をそっとつねってみる。それでようやくステラは眼を覚ますけれど、ただ眼を開けたというだけで眼の焦点が合ってなくて、ぼんやりとしている。そんな彼女に訊いてみる。「ねえ、きみはそのうち、ぼくから離れていっちゃったりするのかな?」ステラは何秒かのあいだ、じっと身動きをしない。ぼくの訊いたことに答えるために、完全に眼を覚まそうとしているように見える。気持ちを集中させて一生懸命考えているような顔をしている。でも、たいていの場合、ひと言も言わずにそのまままた寝入ってしまう。

〈ワースト・ケース・シナリオ株式会社〉に入社するまえ、ぼくは政府系機関が出資していた〈パンゲア・プロジェクト〉なる調査事業で二年ばかりインターンをしていた。現在のアメリカ合衆国の国土が、今から百年後には、五百年後には、千年後には、どのような姿になっているかを予測するというプロジェクトだ。気候の変動パターン、断層線の位置、さまざまな環境汚染といった各種データの推移を参考に、国土のどの部分が浸蝕作用で消失し、どの部分が地盤の崩壊によって海中に没するか、突き止めようというわけだ。

結論から言うと、アメリカ合衆国の国土は、今後百年間でその姿を著しく変えることは、まずない。でも、それ以降は保証の限りにあらず。データを基にした予想図ではどれも、現在の西海岸の海岸線は消失する。沿岸部分が不規則に分離し、流氷のように太平洋の潮に運ばれて本土を離れた島嶼《とうしょ》部を形成する。南部は洪水で壊滅する。ミシシッピ河が大氾濫を起こし、大木が枝分かれするように四方八方に延び拡がり、そうして形成された何百ものミシシッピ河支流によって南部はずたずたに寸断される。南北戦争のとき、北軍のシャーマン将軍はいわゆる〝海への進軍〟でアトランタからサバナまで壊滅的に踏み荒らして進撃したわけだけど、それを百回ぐらい喰らったような状態になる。北東部は氷に覆われ、不毛の荒野になる。国土が荒廃すれば、国家は衰退する。かつてのアメリカ合衆国の抜け殻でしかなくなる。

プロジェクトに関わっていたぼくたちとしては、資金さえ充分なら、分析の限界に挑戦したいと考えていた。もっと先まで、なんならアルマゲドン後の合衆国の姿まで予想できないものか、というぐらいの意気込みだった。でも、ぼくたちの出した分析結果に、政府側は落胆した。そう、あまりにも落胆したものだから、プロジェクトを打ち切ることにしたのだ。あれは返す返すも残念でならない。未来はどこまで悲惨になりうるかを突き詰めきれなかったことは、ぼくとしては非常に心残りで、今でもときどき思い出しては悔しい気持ちになる。

ステラとふたりで野球観戦に行く。外野スタンドのセンターのうえのほうの席に坐る。ぼくは野球帽をかぶり、今はまだ禿げてはいないけれど、いずれ禿げるのではないかと思われる部分を隠す。五回の表が始まったところでステラが、このあとの展開として起こりうる最悪の筋書き《ワースト・ケース・シナリオ》はどんなものかと尋ねてくる。コンピューターは持って来なかったけれど、別になくても困らない。ぼくはそのまま何秒間か試合を見続ける。野球観戦中にぼくが試合から眼を離すわけがないことぐらい、ステラはもちろんお見通しだ。それからおもむろに、ぼくは口を開く。

今、打席に立っているバッターがホームランを打つ。超特大アーチだ。打球は場外まで伸び、スタジアムのそとの道路を走行中の一台の車のフロントガラスを直撃する。その衝撃で当該車輛の運転者は死亡。当該車輛は道路の中央分離帯を越えて対向車線の車列に車輛前部から突っ込み、その結果として大規模な多重衝突が引き起こされる。多重衝突の結果、火災が発生し、危険物を載積した一台のタンクローリーに引火、タンクローリーは爆発する。それが引き金となり、周囲の車輛が次々に爆発し、前後五十ヤードにわたって被害が拡大する。同時に爆発音を聞きつけた球場の観客が野次馬根性を刺激されて外野席に殺到し、将棋倒しとなり、下敷きとなった者のなかから死亡者が複数名出る。また野次馬のうち一名が身を乗り出しすぎてスタンド外壁から転落、したの歩道を通りかかった小型犬を押し潰す。地元チームはこの試合に負ける。

打席に立った選手は、落ちるカーヴを振りにいき、三振する。ステラはぼくのほうを見て、「で、あれはどういうこと？」と訊く。あれは言ってみれば執行猶予みたいなものだ、とぼくは答える。かろうじて回避されただけであって、危険はすぐそばに存在しているのだと説明する。

週が替わり、ぼくはあのミーナという女の人の家にもう一度出向いて、事例分析の結果を伝える。コンピューターのシミュレーション画像を使いながら、起こりうる筋書きを一例ずつゆっくりと見てもらう。一例として、母親がキッチンで瓶入りのジャムを床に落として割ってしまうというのがある。ガラスの破片は箒で掃き集められるけれど、すべてを掃き集められるわけではなく、四日後、はいはいをしていた赤ん坊がたまたま手をついたところに掃き残しのガラス片が落ちていて、赤ん坊は手を切り、その傷口が壊疽《えそ》を起こして、片腕を切断しなくてはならなくなる、という筋書きだ。

そんな筋書きばかりを聞かされれば、聞かされたほうは当然のことながら動揺する。泣き出してしまいそうなところを、ぐっとこらえているのだということが傍目にもよくわかる。ぼくは無性に手を伸ばして彼女に触れたくなる。なんらかの慰めのようなものを提供したくなる。でも、結局は手元のデータに視線を落としたままでいる。この仕事をしていていちばん嫌なのがこの部分だ。そのことを改めて痛感する。であっても、やはり先方には、世の中というのはつまるところ、ひとつの巨大な可能性でしかないことを理解してもらわなくてはならない。この世の中で起こる出来事のなかには、ぼくらにはおよそ理解できないことがあるわけで、そうした出来事を防ぐことなどなおさらできるわけがないのだということを。起こりうる最悪の筋書きを残らず見てもらったあと、ぼくは参考資料としてデータの束を手渡す。お世話さまでした、と言って赤ん坊をしっかりと抱きなおした彼女に見送られて、ぼくは玄関を抜け、その家をあとにする。

ステラに新会社を設立したい気分だと言われる。〈ルックオン・ザ・ブライトサイド社〉という社名にして、〈ワースト・ケース・シナリオ株式会社〉が訪問した直後を狙ってすかさずその客先を訪れ、これから起こりうるすばらしい出来事やら、あまりにも完璧すぎてそんなことになるとは夢にも思っていなかったような状況やらを片っ端から提示してみせるのだという。御社が建てたこの自社ビルの、まさに真下にいまだ手つかずの金の鉱脈が発見されるとしたら、具体的にどの場所になるか、とか、連続無事故記録が今後何年にもわたって継続する可能性とか、今の仕事に百パーセント満足していて、自ら進んで給与の一部を返上し、御社の業績向上に貢献しようというほど忠誠心に篤い従業員が何人ぐらいいるかといった事例を、図表を使いながら〝ご提案〟するそうだ。

まあ、確かに、彼女の言い分はまちがってはいない。そういったことが起こる場合もあるだろう。でも、きみの会社にコンサルティングを依頼するところなんてないよ、とぼくは言う。人はいいことが起こることを願いながら、その実、悪いことが起こることを予期している。いいことが起こるのは、嵐のまえの静けさのようなもの。人の不安を掻きたてる材料にしかならない。

ぼくが定期購読をしている専門誌の記事によると、頭皮の汚れや過剰な脂分は抜け毛を促進させるので、抜け毛の予防には規則正しく洗髪することが有効らしい。そこで、ぼくは一日に二回、毛穴の汚れまで落とすという洗浄力の強いシャンプーを使うことにする。そのうち、ぼくの手は干しスモモのようになり、指先は白くふやけてしまう。ステラが内心の疑問を口にする――髪の毛を洗いすぎると却って抜け毛が増えたりしないの？　だって地肌は絶えずシャンプーの刺激にさらされることになるわけじゃない？　失敗を示唆しているように聞こえるけれど、そこに何か含むところがあるのかどうか、ぼくにはなんとも判断がつかない。それでも、とりあえず、もとのとおりに洗髪は一日に一回だけにする。

数週間後、会社のデスクで業務報告書に必要事項を入力していると、ぼく宛に電話がかかってくる。男の子の赤ん坊がいる、あのミーナという女の人からだ。彼女が言うには、あれ以来、眠れなくなってしまったのだとか。眠ると、コンピューターによる合成画像の人間が階段を踏みはずして転げ落ちたり、車庫のドアに挟まれてぺしゃんこにつぶされたりする、とてつもなく嫌な夢ばかり見るのだと言う。それはお気の毒に、とぼくは言う。ですが、当社としては依頼を受けて調査にうかがったわけですし、提供させていただいた筋書きは、こういう言い方をしてよければ、おおむね知る必要のあったことではないでしょうか、と。でも、そのことばとは裏腹に内心では理解している。彼女が本当に望んでいたのは、起こりうる最悪の筋書きを知り、それが思っていたほど最悪ではないと確認することだったのだ。だけど、世の中というものは、そんなふうになることはまずない。人の行く末には、たいてい、最悪の事態が待ち受けている。不幸中の不幸がずらりと並んで、待ちかまえている。

夜、明かりを消した部屋で、眠っているステラに話しかける。耳元に顔を寄せ、耳たぶに唇が触れそうなほど近くから訊いてみる。「ねえ、きみはそのうち、ぼくから離れていっちゃったりするのかな?」ステラの寝顔をのぞき込み、息をしているかどうかを確かめるみたいに口元に耳を近づける。聞こえたとしても、もにょもにょという意味のわからないつぶやきぐらいかもしれない。ただの溜め息か、寝息かもしれない。でも、ぼくとしては答えが聞きたい。そう思いながら、いつの間にか眠り込んでしまう。ステラの胸に顎を乗せて、口元に耳を寄せたままで。

とあるソーセージ加工会社の工場で仕事をしたときのことだ。事例分析の結果を伝えたところ、先方の社長を激怒させてしまったことがある。社長に見せたコンピューター・シミュレーションのひとつに、従業員一名が大型挽肉機のなかに転落しても周囲の者は誰ひとり気づかず、一週間後に当該従業員の子どもがその工場で製造されたソーセージを、父親の肉入りとは気づかないまま食べてしまう、というのがあったのだ。「こんなこと、起こるわけがないだろうが。ああ、絶対にありえないね」社長は吐き捨てるように言った。「おたくの会社は何かい？　馬鹿高い金《かね》をふんだくっといて幽霊話やら地球滅亡の日の予言に毛の生えたような話を聞かせるってか？」そして、残りの分析結果には眼を通そうともしないで、ぼくが持参した資料一式全部まとめてゴミ箱に叩き込んだ。で、ぼくのほうは退散してきたわけだ。

その三週間後、上空を飛行中の旅客機のタンクから、ブロック状に冷凍されていた洗面所の汚物が滑り出るという事故が発生する。空中に飛び出した汚物の冷凍ブロックは、途中で溶けず、塊のまま件《くだん》のソーセージ加工会社の事務所の屋根を突き破り、たまたまその場に居あわせた件の社長を直撃、社長は死亡した。実はそれはぼくの事例分析の結果にも、十二番目の筋書きとして載せていたものだ。会社の同僚たちからは、そのあと何週間も〝ノストラダムス〟と呼ばれ、未来を予言できるなんて大したもんだとずいぶん持ちあげられたりもしたけれど、ぼくには世の中というのはそういうふうにできているんだとしか言えなかった。そう、いずれことは起こる。人間にできるのは、ただそれを待つことだけだ。

ぼくの抜け毛で枕を作ることにする。抜け毛を保存してあるビニール袋を全部引っ張り出してきて、床に中身を空けてひとまとめにしてから、へたってぺしゃんこになってる枕の綿《わた》を抜き出して代わりにぼくの抜け毛を詰め込む。小さな枕で、結婚式のときにダイアモンドの指輪を載せたり、抜けた歯をしたに隠したりするのにちょうどよさそうな代物だ。色はピンクで、ハートの形をしていて、たぶんステラも気に入るんじゃないかと思う。はちきれそうなぐらいぱんぱんに抜け毛を詰め込み、綿を引き出した口を閉じて縫いあわせてから、空中に放り投げて受け止める。掌に感じているのは、ぼくの不幸の重さだ。そのあっけないほどの軽さに、ぼくは驚く。

できあがった枕はベッドに置いておく。ステラは寝室に入ってくると、ベッドに近づき、その枕を拾いあげる。きみへのプレゼントだよ、とぼくは言う。彼女は歓び、ありがとうと言って両手で枕をきゅっとつかむ。そして、その夜はそれをぬいぐるみかなんかのように抱き締めて眠る。ぼくは彼女の寝顔を眺め、そこに浮かぶ笑みを眺める。今度こそぼくのことを考えてくれているのかもしれない、という気がする。

ミーナが会社に訪ねてくる。ちょっとだけ仕事を抜けて一緒にコーヒーでもどうかしら、と言われる。いいですよ、と答えながら、急いでコンピューターの画面を暗くする。ちょうど花火工場の事例分析の結果をもとにシミュレーション画像を作成していたのだが、そんなものを彼女の眼に触れさせるわけにはいかない。鮮やかな色彩と黒焦げになった肉片は、あまりにも美しくてあまりにもおぞましい取りあわせだ。

通りの先にあるダイナーに入って、隅の席につく。しばらくのあいだ、ふたりとも黙ったままコーヒーをちびちびと飲む。彼女は疲れているようだ。眼のあたりや口元を見れば、疲れている徴候がはっきりと見て取れる。それでも、黒くてつややかな髪を肩から背中のほうに流れるように垂らしているところなんかは、充分にきれいだ。

息子が愛しくてたまらないのよ、と彼女は言う。排卵誘発剤を服用して、三年間も不妊治療をがんばって、ようやく授かった子どもなの、と。すぐさま、起こりうる最悪の筋書きのなかでもとりわけ最悪な筋書きが思い浮かぶ。不妊治療に用いられる薬の副作用にまつわる統計的な数値、その薬を服用した女性は重度の心疾患を引き起こす可能性が恐ろしいほど高いこと、またその種の薬はときに生まれてくる子どもの遺伝子に傷をつけることもあり、それはありとあらゆる病気の芽となりうること……思い浮かぶことは数々あれど、それはぼくの胸だけに収めておく。それにしても、いつもいつも、こんなふうにしか考えられないことがわれながら情けなくなる。一度ぐらい、相手を励ますようなことを言えないものかと思う。

「あなたがこしらえてくれたシミュレーション画像とか事例分析のデータとか、何もかも夫に見てもらったの」と彼女は言う。「そしたら、笑ったのよ、彼。大声で笑って、おれだってこのぐらいのことは予測するよ、おれがそういうタイプの人間ならって言ったの。で、こんなことぐらいでくよくよ心配しなさんなって言われた。それから、おまえにこんなノイローゼ気味なところがあったとはねって。結婚するまえに気づかなかったことが悔やまれるよって。そんなことを言われて以来、ときどき彼が先に寝ちゃって、わたしが寝つけないときに、あの人の顔をじっと見つめてるうちに、この顔を思い切り殴りつけてやろうかって思うようになったわ。でなければ、鼻を食いちぎってやろうかって。で、そんなふうにして最悪の事態ってやつをわたしの手で創り出しておいて、こう言ってやるの――『ほらね。わたし、ちゃんと言ったでしょ？　これでわかったでしょ？』って」彼女は今にもわっと泣き出しそうに見える。ぼくは思わず手を伸ばして、彼女の手に触れる。

次の瞬間、彼女はぼくのその手をつかみ、テーブル越しに自分のほうに引き寄せて、ぼくの唇に激しくキスをしてくる。勢いよくぶつかりあった唇が、少しずつゆっくりと動く。どちらも話をしたいと思っているのに、重なりあった唇をどうしても引き離すことができずにいるかのようでもある。彼女の手がぼくの後頭部にまわされ、反対の手もまわされ、ぼくを引き寄せ、さらに引き寄せ……それ以上息が続かなくなって、ぼくたちはようやく唇を離さざるを得なくなる。それぞれの椅子に坐りなおしたとき、彼女の指のあいだにぼくの髪の毛が何本も絡まっていることに気づく。ぼくも彼女も面喰らっていて、こういう状況はどちらにとってもかなり気詰まりだ。互いを見つめあっては眼をそらすことを繰り返す。彼女とぼくという組み合わせを想像してみようとするけれど、それがうまくいくとはどうしても思えない。コンピューターにデータを入力して検証してみるまでもない。この人とぼくとでは、互いの不安で互いを押し潰してしまうにちがいない。「ねえ、なんとかして」と彼女は言う。「お願いだから、助けてほしいの」ぼくはもう一度彼女にキスをする。今度はさっきよりもそっと優しく唇を重ねる。彼女が求めているのはもっと別のもので、それはぼくの持っていないものだと知りながら。

ベッドに入る支度をしているとき、ステラが深々と溜め息をつき、大きな声で「もう、どういうことなの、これ?」と言うのが聞こえる。ぼくは歯ブラシをくわえたまま、バスルームから出る。問題は例の枕だ。見ると、縫いあわせて閉じたはずの口がちょっとだけ裂けて、そこから中身の髪の毛がはみ出している。

ステラに近づき、とりあえず、ごめんと言う。そして、ステラの手から枕を受け取り、そいつを捨てにいく態を装ってキッチンに向かう。でも、枕は捨てない。ジップロックの大きな袋を取り出して枕をそっと滑り込ませ、食料品置場《パントリー》のソーダ水のケースの奥に隠す。

その夜、眠っているステラの脇腹を突《つつ》いて起こし、改めて訊いてみる。「ねえ、きみはそのうち、ぼくから離れていっちゃったりするのかな?」ステラは眼をこすり、首を持ちあげて、いつものようにぼんやりとした眼で前方を見つめている。たぶん、そのまままた頭を枕に戻して寝入ってしまうのだろうと思っていると、ステラが何やらつぶやくのが聞こえる。「そうね。うん、たぶんそういうことになると思う」と言っている。それだけ言うと、ステラは枕に頭を戻して眠りに落ちる。ぴくりともしないほど深い眠りに。ぼくは気分が悪くなる。胃袋がずしんと重みを増したような気がする。ステラのほうに屈み込んで、結婚してくれないかと訊いてみるけれど、ステラはもう遠いところに行ってしまっている。うんと、うんと遠いところに。

次の日の朝ステラに、出ていくことにしたから、と宣言される。「あなたと出会ってから、わたしはもっと孤独になった」スーツケースに衣類を詰め込みながら、ステラは言う。ぼくのほうはきみと出会って幸せになったけど、と言ってみる。「そう。だったらわかるでしょ?」とステラは言う。「ふたりのうちで割りを喰ったのがどっちか」そして、ぼくのまえから去っていく。永遠に。

ぼくはパジャマ姿のままその場に立ち尽くし、ステラが出ていくのをただ見ている。引き留めようにも、引き留める口実がただのひとつも思いつかない。頭が痛くなってきたので、髪の毛をつかんで引っ張る。つかんだうちの何本かが抜けるのが、手応えでわかる。慌てて手を離すと、抜けた毛が床にふわふわと舞い落ちる。とりあえず椅子に腰をおろして、人生これ以上悪くなるわけがない、と自分自身に言い聞かせる。

そうではないことに気づくのに、ほんの五秒もかからない。そうではないどころか、とんでもない錯覚だ。考えをめぐらせるまでもなく、たちまち起こりうる事態が次から次へと浮かんでくる。このところ夜になると壁の奥でかりかりいう音が聞こえていたけれど、あれは実はシロアリのたてる音で、この家の壁はそうして徐々に弱くなってきていて、ついには家全体がぼくのうえに崩れ落ちてくる。あっという間もなく、ぼくはこの二階建ての家を構成するありとあらゆる物と、そこに詰め込まれているありとあらゆるぼくの所有物の下敷きになる。瓦礫の隙間からのぞいているのは、禿げつつある頭頂部のピンクの地肌のみ。大声を張りあげて助けを求めるけれど、その声は誰にも気づいてもらえない——行くな、行かないでくれ。ぼくを置いていかないでくれ。その声が、ぼくの耳の奥でこだまする。そう、そのとおり。人生なんていくらでも悪くなりえる、ということだ。

その夜遅くなってから、ぼくはミーナの家に向かう。車の運転席に坐ったまま、ミーナの家の窓越しにときどき人影が動くのを眺める。助手席にはひと抱えもあるような大きな花束が置いてある。ダウンタウンの花屋で買ってきた、〝くよくよしないで、まあ、気楽にいこうよ〟の花束だ。見るからに元気が出そうな色の花を寄せ集めたもので、ヒマワリも一輪交じっている。メッセージカードには、ごく短く、ごくシンプルに**「笑って。たまには何もかもうまくいくことだってあるんだから」**と書いた。この世の中にひとりぐらい、ぼくのおかげで幸せな気持ちになれる人がいたっていいじゃないか。一生に一度でいいから、いい知らせをもたらす使者になってみたいじゃないか。

しばらくのあいだ、そうやって決断を先に延ばし、それ以上はもう先延ばしにできなくなったところで車を降り、細心の注意を払って、影になっているところから出ないように気をつけながら家に近づく。二、三軒先の家で犬が吠えはじめる。玄関にたどり着くと、ドアに花束を立てかけ、そのまま立ち去るべく向きを変える。そのとき窓越しに、デスクに向かって坐っている彼女の姿が見える。ぼくは窓ににじり寄る。ミーナが見ているのは、ぼくが渡した事例分析のデータだ。それを何度も何度も読み返している。気がついたときには、ぼくは窓に手を伸ばし、小さくノックしている。彼女が顔をあげてこちらを見たので、手を振る。彼女のほうも振り返してくる。びっくりしているふうにも、戸惑っているふうにも見えない。こんな真夜中に、自分の家の窓のそとにぼくがいることに、なんの違和感も抱いていないのだろうか。ぼくは玄関のほうを指差し、拳を握って親指を立ててみせる。そのとき、声がする。男の声だ。「おい、そこの変態野郎、ここはおれの家だ。とっとと失せろ」と怒鳴っている。ぼくに向かって言っているのだ。でも、それを確かめるために、わざわざ振り向こうとは思わない。ただ走りだすのみ。

うしろから足音が聞こえる。その足音がどんどん近づいてくるのが。「配達です、花の配達に来たんです」と大声で叫び、車に飛び乗る。だけど、ドアを閉めるまえに、敢えなく車外《そと》に引きずり出され、顔面を一発、殴られる。遅ればせながら、ぼくはそのときになってようやく、この筋書きにはわが社で言うところの〝大惨事〟に発展しかねない要素がひとつ残らず揃っていることに気づきはじめる。

「おまえだな、うちのやつにくそくだらない情報とやらを吹き込みやがったのは」と男は言う。「だろ？　だよな？」ぼくはうなずく。そこでさらに何発か蹴りを喰らう。そして、うちには金輪際近づくんじゃない、今度現れやがったら警察を呼ぶからな、と言われる。「お手伝いしようと思ったんです、それだけです」とぼくは言う。「気持ちを整理するお手伝いができたらって思って」男はせせら笑う。そしてこう言う――「整理どころか混乱させてるだけだろうが。四の五の言ってないで、とっとと失せやがれ」ぼくは車内に這い戻り、エンジンをかけ、車を出す。その場を離れながら、ミーナは見ていただろうかと考える。家のほうに眼をやってみたけど、彼女の姿は見当たらない。家の明かりは消えていて、花束はまだ玄関のところに置かれたままになっている。

翌日、普段どおりに〈ワースト・ケース・シナリオ株式会社〉に出社して、馘首《くび》にされるのを自分のブースで待つ。ミーナのご主人が会社に苦情の電話をかけてきていることはほぼ確実だから、じきに上層部《うえ》の人間に呼ばれて解雇を言い渡されるはずだ。社員心得その二に明記されている――〈クライアントとは、いついかなる状況下においても、個人的な接触を持ってはならない〉ちなみに社員心得その一は、ほかの何をおいても最優先とされる。曰く〈事態とは悪化の一途をたどるものである。それを常に念頭に置くこと〉

パンチを喰らった左眼は瞼が腫れあがり、まわりが紫色になっている。呼び出しを待ちながら仕事をするふりをしていたけれど、その案件はひとまず脇に置いておいて、新しく別のデータを入力する。必要な数値を打ち込み、シミュレーション・プログラムを起動させる。どんなものができあがってくるか、正確なところはぼくにもはっきりわかっているわけではないけれど、不確定要素も定量化が可能なので、ある程度のところで方向性が定まる。作業を続けていたところに、ぼくの並びのブースで環境・生態系関連の査定をやっているマイクが声をかけてくる。お客さんがお待ちかねだ、と。ぼくは痣《あざ》のできている瞼に触り、顔をしかめ、誰にも見られずにこの建物から抜け出す方法はないだろうか、と考える。だけど、ぼくは最悪の筋書きには慣れているはずだ。意を決して席を立ち、ブースを離れて廊下に出る。廊下の少し先にミーナがいる。赤ん坊を抱いて、ぼくを待っている。

彼女をぼくのブースに案内する。彼女は椅子に腰を降ろす。それでも赤ん坊はしっかりと胸に抱き締めたままだ。ぼくは昨夜のことを謝る。彼女はうつむいたまま、ぼくのほうを見ようとしないけど、いちおううなずいてはくれる。

そして「嬉しかったのよ」と言う。「あんなことまでしてくれて」

「だからって何が変わるわけじゃないけどね」とぼくは言う。

「ええ、それはわかってる。だとしても、やっぱり嬉しかった」

お互い、ほかに言うことはなさそうだった。ぼくたちはそれぞれの椅子に腰かけたまま、赤ん坊が発する意味をなさないことばというか声に聴き入る。しばらくして、彼女のほうから沈黙を破る。「あなたに訊けば教えてもらえるんじゃないかと思って。どうやって受け止めればいいか、わかるんじゃないかと思って。あんなことを知ってしまったあと、それとどう折り合いをつけて生きていけばいいか、あなたなら知ってるはずよ。それを教えてほしい」彼女は今にも泣き出しそうだ。ぼくはコンピューターのディスプレイ画面を彼女のほうに向け、数字をいくつか打ち込んで、シミュレーション・プログラムの動画を再生させる。そして、椅子から立ちあがり、デスクの角をまわって彼女が坐っているところまで歩き、隣にしゃがみ込んでディスプレイ画面を指差す。

シミュレーション・プログラムは筋書きの展開がスピーディとは言えないけれど、主な登場人物が母親と赤ん坊だということはすぐにわかる。ぼくたちは黙ったまま、画面のなかのその赤ん坊が丈夫で健康的に育っていき、その赤ん坊の母親のほうも最悪の事態は過去のものとなったことに安堵し、再び人生を謳歌できるようになっていく過程を、一年ごとに追っていく。赤ん坊はやがて少年となり、学校に通うようになり、プールで泳ぎ、自転車に乗るようになる。それでも一向に危険な目になど遭わない。最後の場面では、家族揃ってポーチの椅子に坐っている。地平線の彼方に夕陽が沈み、空が赤や紫に染まっていくのを、いかにも満ち足りた様子で、なんら思いわずらうことなく眺めている。その最後の場面を見ながら、それでもこんなものは彼女にとっては、なんの救いにもならないかもしれないと思う。この夕暮れ時の家族の光景のなかにミーナが見るのは、太陽はやがて地平線の彼方にすっかり姿を隠し、家族は闇に呑み込まれて姿を消してしまう、という部分なのかもしれない。ぼくたちはどちらももう手遅れで、そんなことで救われる段階は、とっくのとうに超えてしまっているのかもしれない。

動画が終わって立ちあがろうとしたとき、肩にミーナの手が置かれるのを感じる。それから彼女の顔がすうっと近づいてきたかと思うと、唇がそっと押し当てられる。軽くて、優しくて、まるで吐息のようなキスだ。顔のまえに垂れてきたぼくの髪の毛を払いのける彼女に、ぼくは思わず言ってしまう。「髪の毛が薄くなってきてるんだ」彼女はぼくのことをすぐ近くからまじまじと見つめる。焦茶色の眼で、ぼくが禿げ頭になる可能性を見極めようとしているのだろうか。「でも、あなたは頭の形がとてもいい」と彼女は言う。「少なくとも、あなたにはそれがあるじゃない？　頭の形のよさが」そのあと、ぼくは彼女に資料の束を手渡す。今日作成した残りの筋書きと、さっき見たばかりのシミュレーション・プログラムの基になっている計算式やら統計やら前提条件やら何やらかにやらを。

彼女はさっそくページを繰って眼を通しはじめる。途中で手を止め、それからゆっくりと、慎重な手つきでぼくに赤ん坊を渡してよこす。ぼくに抱かれると、赤ん坊は居心地が悪いのだろう、もぞもぞと身動きをする。とっさに、この子を落とすことになるありとあらゆる筋書きが思い浮かぶ。たとえば頭から真っ逆さまに、とか、脚のほうからずるずると、とか。ミーナはまた資料のページを繰りはじめる。見ると、口元に笑みが浮かんでいる。赤ん坊はむずかって泣きはじめる。ぼくは一瞬、心臓が停まりそうになる。慌ててもっとしっかりと抱きなおす。泣きやんでもらうべくあやそうとして、この子の名前を知らないことに気づく。

「坊やの名前は?」とミーナに尋ねる。

「アレックス」

赤ん坊はまだ泣いているけれど、ぼくはかまわず話しかける。「大丈夫だよ、アレックス。きっとうまくいくからね。何もかも順調だからね、きっとうまくいくって」そのことばを打ち消す筋書きはいくらでも思いつく。そうはならない可能性がいくらでもあることは、ぼく自身がいちばんよく知っている。それでも、今この子に言ったことは本当のことだ。ぼくはそう信じることにする。

謝辞

以下の方々に感謝を

Agent（エージェント）：まずは、誰よりも信頼する、ジュリー・ベアラーに。

Editor（編集者）：ぼくの知る限りにおける最高の編集者、リー・ボードローに。

Family, Extended（家族、拡大版の）：ウィルソン家、フューズリアー家、シライ家、ベルツ家、クーチ家、そしてウォーレン家の人たちの理解と、協力と、惜しみない愛に。

Family, Primary（家族、最小単位としての）：最初の読者であるリー・アン、未来の読者であるグリフに。

Friends（友人）：リーア・スチュアート、セシリー・パークス、フィル・スティーヴンズ、マット・オキーフ、アンドリュー・ハギンズ、ジュリアナ・グレイ、グレッグ・ウィリアムソン、エリカ・ドウソン、キャリー・ジェレル、ダニエル・グローヴズ、カーキー・ウィルキンソン、イザベル・ガルブレイス、ダニエル・アンダーソン、リサ・マカリスター、マーク・シュルツ、サム・エスクィス、アニー・マクフェイデン、テレンス・マクガヴァン、ブライアン・スミス、ローレンス・ウッド、ハイコ・カルンバック、ランダル・キーナン、スティーヴ・アーモンド、マイケル・グリフィス、ニコラ・メイソン、ダン・オブライエン、クリスティン・ロビンソン、エレン・スレザーク、ミシェル・ブラワー、ルーシー・コリン、ダン・ウィケット、その他大勢に。

Journals（掲載誌）：本書の作品を最初に掲載してくれた各文芸誌、とりわけその編集者であるブロック・クラーク、ドン・リー、ジム・クラーク、アリソン・シーイー、カイル・マイナー、そしてハンナ・ティンティ。作品に磨きをかけてくれた助言者たちに。

Patchett, Ann（パチェット、アン）：アン・パチェットに。

Publisher（出版社）：エコ社の全スタッフ、とりわけアビー・ホルスタインの献身的な仕事ぶりと、ぼくにアホ面をさらさせないでおく、その絶妙にして驚くべき手腕に。

Residencies（研修施設）：時間と空間というかけがえのない贈り物をくれたキンメル・ハーディング・ネルソン芸術センターとマクダウェル・コロニー・アンド・ヤドゥに。

Teachers（恩師）：ヴァンダービルト大学およびフロリダ大学の教授陣、とりわけトニー・アーリーと〝カーネル〟・パジェット・パウエルのおふたりに限りない感謝を。

Work（協力）：スワニー作家協会のワイアット・プランティとシェリー・ピーターズ、およびサウス大学の教授陣とスタッフに。

いつもこういう小説が書きたい

津村記久子

ケヴィン・ウィルソンがいれば、べつに自分が小説を書く必要はないなと思う。それで生計を立てているので、書かないと自分が困るのだけれども、それでも自分にとっての読みたい小説を書くのは、自分自身よりもケヴィン・ウィルソンのほうなので、単純に楽しんで小説を読むという意味では自分はいらなくなる。

その気持ちは、本書の単行本発売である二〇一五年から八年が経過した今も変わらない。当時は、視点人物が変わった仕事を一年間に五つ転々とする話の本を出すか出さないかという時期だったのだけれども、出版された年の十一月に本書を読んだわたしは、「本当に『この世にたやすい仕事はない』を書く前にこの本を読まなくて良かった。読んでたら敗北感で書くのをやめてた」と本書の読書メモに書き残している。「替え玉」の感想での記述だ。自分が考えたどの仕事よりも、この仕事は変だ。そして変なのに笑えるほど細部が詰まっていて、「代理祖母」という不思議な仕事が生き生きと立ち上がってくる。そもそもそんなものが立ち上がってきてどう解釈するのかと言われるかもしれないけれども、単純に楽しい、という感想以外に、今のこの世の家族というものが斜めから詳《つまび》らかにされるようで、その上そこに「代理祖母」という存在を投げ込んで様子を観察するようでおもしろいじゃないですか、とも言える。実験的なのだ。でもことさらにそういう顔はせず、おもしろい話としてどんどん読める。笑っているうちに見えてくる、単にファニーなだけじゃない人間たちの後ろめたい姿がきっちり描かれることに感心して、小説はいつの間にか終わっている。仕事先の家族の来歴を八代前までさかのぼれないといけないとか、孫に対して死んでいないふりをしながら電話をする「延命」サーヴィスは電話一回で百ドルの報酬だとか、孫へのお小遣いは払い戻しを請求できるとか、ある一家を忘れるのに四時間かかるといった細部が本当に楽しい。本書に収録されている短編はどれも、考え抜かれた細部とそれをうまく活かしたあらすじで構成されている。

本書のおもしろさについて誰かに説明する時に、必ず持ち出すのは「発火点」の主人公の青年が、スクラブル工場でコマを仕分ける仕事をしていて、「Q」を担当しているのだが「Q」は少ないことが不満で、「M」の担当の女性が間違えて「W」ばっかり拾ってしまって泣いている、という部分だ。「W」はひっくり返すと「M」ですよね。いやもうよくこんなことを考えられるなと思う。その主人公は、製菓店の二階で高校生の水泳選手の弟と暮らしており、一階のお店の女の子と付き合っている。弟のケイレブは、競技でタイムを縮めるために頭の毛も眉毛も剃り落としていてアザラシみたいで、一階の製菓店の娘のジョーンは学校には行かずに好んでずっと店で働いていて、髪は砂糖の味をまとっている。兄弟の両親は、人体発火現象が原因で亡くなってしまった。本書では、わたしはもっともこの「発火点」が好きで、続き読みたさにその後自分でも、親を亡くした兄弟と、その後兄と出会った女性という人間関係で小説を書いた。両親を亡くして精神的に不安定になっている弟のケイレブが、以前プールで手首を切ってそのまま自由形で百メートル泳いだことがあるという記述は、本書の中でも強く印象に残る。速かっただろう。なんという痛ましい百メートルなのだろう。スクラブル工場、ケイレブの存在、主人公とジョーンのラブストーリーと、三本分の話になりそうなアイデアが一本の短編に詰め込まれているこの小説は贅沢すぎる。でも主題は兄弟の両親が人体発火で亡くなってしまったことだ。どうかしている。

「発火点」の兄弟やジョーンもそうだけれども、著者は若者を描くのが本当にうまい。少し世間からははみ出しているけれども、それで開き直るのではなく、どうしても思いやりのようなものを、平たく言ってしまえば愛を捨てきれない。そういう彼らが主人公である「モータルコンバット」や「ゴー・ファイト・ウィン」の二作に関しては、もう残りの人生で恋愛小説を読む機会はこの二作だけですと言われても特に悔いはないですというぐらい好きだ。「モータルコンバット」は、ハイスクール対抗のクイズ大会に出場する二人の微妙に冴えない、オタクだけどもオタクにもなりきれないような男子生徒同士がなんだかよくわからないけどキスをして身体的接触を持ってしまってどうなる、という話だ。恋に落ちているのかどうかは正直わからないし、はっきりと気まずいし、話さなくなってしまう。その後彼らは、格闘ゲームの《モータルコンバット》の家庭用ゲーム機版を無言でプレイする。ゲームの中でキャラクター同士が殺し合う様子は、彼らの心持ちを象徴しているように思える。片方のスコッティが、相手のウィンが授業中に先生に当てられるのを待っているのは、そうしたらウィンの声が聞けるからだという記述が切ない。どうしたらそんな切実な気持ちが書けるのだろう。

「ゴー・ファイト・ウィン」は、性格は地味だが、器械体操をやっていて見た目がきれいだったせいで、母親に懇願されて仕方なくチアリーダーをやっているペニーという十六歳の女の子の物語だ。学校ではチアのチームと昼ごはんを食べているけれども、話したくないのでひと口ひと口時間をかけて噛みしめるようなことをしていて、学校帰りに送ってくれるハイスクールの用務員のベイカーさん夫妻の車の匂いが好きで、趣味は車のプラモデルを作ることだというペニーがおもしろすぎる。彼女の家の前に住んでいる十二歳の男の子は、文字通り命がけで彼女に恋をする。そしてペニーもまたそれに応えようとする。こんな誠実な恋愛小説を自分は読んだことがないと思った。読み終わりたくなかった。

本書について、「発火点」の「M」と「W」の話の次によく話をするのは、本書の最後の一篇である「ワースト・ケース・シナリオ株式会社」の抜け毛で悩む二十七歳の主人公が、溜め込んでおいた自分の抜け毛をピンクのハートの枕に唐突に詰め込んで、ハゲることに関して後ろ向きな彼女はプレゼントしてもらったそれを何も知らないで気に入るのだが、枕から毛が出てきて彼女と別れることになるというくだりだ。なんというアホな、けれどもなんという悲しい話なんだろう。大学でカタストロフィ理論を専攻し、「起こりうる最悪の筋書き（ワースト・ケース・シナリオ）」を営業して回るという主人公の職業も興味深い。彼が予測する、野球場でホームランが打たれた際に予想されるワーストケースの細かさが、あまりにも悲惨で笑ってしまう。それでも物語は、それほど悪くない地点に着地するのが不思議だ。

個人的に紹介したい五篇について書いたけれども、本書に収録されている十一篇はどれもすばらしい。「ツルの舞う家」の扇風機の風に折り鶴が一斉に吹き飛ばされるイメージの美しさ、「弾丸マクシミリアン」の主人公が恋している女性の賢さについて「理解できない自分を申し訳なく思わずにすむような賢さ」と表現する的確さ、表題作「地球の中心までトンネルを掘る」のバツは悪いけどどこか心地よいモラトリアムなど、本書のアイデアと、人間をとらえる視点の確かさと優しさは枚挙に暇がない。

著者は、嫌なやつが世界にはけっこういて、彼らが理不尽に跋扈《ばっこ》していることをよく知っている。しかし本書の登場人物たちは、そういう連中の価値観の外にいて、誰かに充分に優しく在れないことに悩みながら、それでも他者を諦めずに懸命でいる。そんな様子が、ここまでおもしろい小説として書かれること自体が希望だとわたしは思う。問題を突き詰めすぎて殻《から》に閉じこもったりはしない、ある種のおおらかな空気も、本書の特徴だろう。読み終わった後、小説自体や登場人物を大切な友達のように思う自分がいる。それは最高の読書をしたということなんじゃないか。

解説

倉本さおり

本作『地球の中心までトンネルを掘る』（*Tunneling to the Center of the Earth*, 2009）は、サスペンス、ホラー、ダークファンタジー等の要素を持つ優れた作品に贈られるシャーリイ・ジャクスン賞と共に、ヤングアダルト読者に読ませたい一般向けの作品を対象とする全米図書館協会アレックス賞を受賞した短編集だ。どの作品も、コミカルで現代的な空気を軽やかにすくいとりながら、ビターで複雑な味わいと普遍的な真理を穿《うが》つだけの強度を併せ持つ。一見するとバラバラな物語は、表題作よろしく、とあるテーマによってゆるやかに貫かれてもいる。親しみやすいのに奥行きのある作品集なのだ。

まずは各短編について簡単に紹介しておこう。

「替え玉」Grand Stand-In

いかにもアメリカ的な、核家族のもとへ代理母ならぬ代理祖父母を派遣する会社に登録している女性の話。主人公は五つの家庭を掛け持ちする〝売れっ子おばあちゃん〟だが、まだ存命中の祖母の〝替え玉〟を務めるというイレギュラーな案件を引き受けたのを機に、自らの行為の意味と人生の重さを問い直していく。

「発火点」Blowing Up on the Spot

両親を「人体自然発火」という不可解な現象で亡くして以来、自身も発火する恐怖におびえながらも、精神的に不安定な弟を支えて健気に暮らしてきた青年。下宿先で出会った恋人の存在が、彼の想像の中にある暗い光景にすこしずつ変化をもたらすことになる。

「今は亡き姉ハンドブック：繊細な少年のための手引き」The Dead Sister Handbook: A Guide for Sensitive Boys

曲者《くせもの》揃いの本作の中でも異質な一編。いうなれば〝メンヘラ〟な姉の行動テンプレ集であり〝シスコンあるある〟。アルファベット順に並んだ項目の中の至言の数々にニヤニヤさせられた後、ふっと寂しくなる。

「ツルの舞う家」Birds in the House

先祖代々、骨肉の争いを続けてきた一族の家長が息を引き取る。四人の息子たちは遺言状に従い、なぜか「折りヅル」を使った滑稽《こっけい》なゲームで相続権を争うことに。大人たちの醜態と悲哀、家族というコミュニティが抱える矛盾が、幼い孫の目を通じて綴られていく。

「モータルコンバット」Mortal Kombat
　ハイスクール対抗のクイズ大会に出場するチームメイトである、自他共に認める非モテ男子コンビ。誰もいない視聴覚機材室で過ごす、いつもの時間に魔が差したとしたら？――みもふたもない、けれど切実きわまりない、〝友達以上恋人未満〟の関係の、えもいわれぬ甘酸っぱさに悶絶しつつも、最後はしみじみ感涙を禁じ得ない。

「地球の中心までトンネルを掘る」Tunneling to the Center of the Earth
　大学卒業以来、宙ぶらりん状態の「ぼくたち三人」が、何を思ったか一心不乱に穴を掘り始める。ほどなくして縦穴は横穴になり、トンネル内に「部屋」もできあがる。日々新たな発見で心身ともに充実の三人、このまま延々と掘り続けられるかに見えたが――始まりとは対照的に、なんとも現実的な理由による転機が訪れる。

「弾丸マクシミリアン」The Shooting Man
　ステージ上で自分の眉間を銃で撃ち抜くセンセーショナルな芸を見せる〝弾丸マクシミリアン〟という男の噂をめぐる話。主人公はそのショウの真偽を確かめようとしたことで、はからずも世界の見え方そのものを変えざるを得なくなる。

「女子合唱部の指揮者を愛人にした男の物語（もしくは歯の生えた赤ん坊の）」The Choir Director Affair (The Baby's Teeth)

愛人にかまけて妻や赤ん坊をないがしろにしている男と、その友人である「きみ」。男女の痴情のもつれなどどこ吹く風、「きみ」自身はなぜかずらりと生え揃った完璧な歯を持つ赤ん坊の存在に強烈に惹かれる。愛情や執着の真実をシニカルに穿った一編。

「ゴー・ファイト・ウィン」Go, Fight, Win

本当はプラモデル作りが好きなインドア派なのに、母の要望を断り切れず、転校先の高校でチアリーディング・チームに入ってしまった十六歳のペニー。案の定まったく馴染めず苦行の日々を過ごす一方、近所で奇行ぶりが目立つ十二歳の男の子と心を通わせていく。

「あれやこれや博物館」The Museum of Whatnot

誰かが集めた、ごくごくありふれた日用品のコレクションを展示する、ある意味で頓狂《とんきょう》な博物館が舞台。一般的には「がらくた」の管理をしているようにしか映らない、いたって地味な生活を送る学芸員の主人公に、思いがけず淡いロマンスの匂いが立ちのぼる。

「ワースト・ケース・シナリオ株式会社」Worst-Case Scenario

希望者に「起こりうる最悪の筋書き」を残らず提示するという、因果な商売に就いている男が主人公。いわれなき中傷にも若ハゲにも負けず、仕事も恋愛もとことん真摯《しんし》にまっとうしているつもりなのに、顧客には恨まれ、恋人にはうんざりされてしまう。

あらすじを並べてみただけでもユニークな発想力は十二分に伝わってくると思う。だがこの短編集の本当の魅力は、細部にこそ宿るといっても過言ではない。

そのひとつが、主人公たちが従事する妙ちきりんな仕事内容。「祖母募集します：経験不問」という求人広告の一文がなんとも滋味深い「替え玉」をはじめ、「あれやこれや博物館」、「ワースト・ケース・シナリオ株式会社」など、この本の中には現実にありそうでない、実にすっとぼけた仕事がたくさん登場する。

たとえば「発火点」の主人公・レナードが従事しているのは「《スクラブル》の工場でコマを文字ごとに選り分ける仕事」(!)。時給プラス見つけたコマ数に応じた出来高制なのに、彼の担当はひとセットにつき一個しか存在しない「Q」のコマなので、必然的に無駄な作業が多くなってしまう。それでも彼はまだマシなほうで、「M」の担当者は間違えて「W」を集め続ける悲劇に見舞われるし、まっしろな「空白《ブランク》」の担当者と文字抜けの欠陥ゴマを集める担当者の間では常に諍《いさか》いが絶えない。一方、「弾丸マクシミリアン」の主人公・ガスターが勤めるのは「音入れ工場」。赤ん坊の人形に発声器を仕込む作業を受け持つ彼は、日がな一日〝うええん、うえええん〟と〝ミルク、ちょうだい〟の舌足らずなリフレイン地獄に晒されている。

レナードにしろガスターにしろ、彼らの仕事は「退屈で幸せとは言えない人生」の象徴だ。それは学校に通うティーンエイジャーたち——「今は亡き姉ハンドブック」に描かれている「姉」の姿のような、行き場のない鬱屈を抱えた少年少女にも適用される。たとえば「モータルコンバット」のウィンとスコッティにとって、自分たちをあくまでイケてない立場に追いやる学校と世の中は正直「くそ」でしかない。「ゴー・ファイト・ウィン」のペニーにとっても概《おおむ》ね同様だ。何かにつけて恋愛やセックスの話で盛り上がる女の子たちの輪の中は息苦しくてたまらない。けれど、それが〝社会〟というものの姿だと知ってもいる。だからこそ表面上は穏やかにやり過ごしながら、同じ息苦しさを共有できる誰かの存在を通じてささやかな〝逸脱〟を図ろうとするのだ。

〝二人がここにいる不思議〟に気づくということ。ウィンとスコッティ、ペニーと男の子が迷い込んだ世界のくらくらするような眩《まばゆ》さは、他の短編でも逆説的に描かれる。「そこにあると思っていたものを、こっちがただ見つけられなくなっただけのことだ」——「女子合唱部の指揮者を愛人にした男の物語（もしくは歯の生えた赤ん坊の）」の中にある一節は、いとも簡単に色褪せ失われる人と人との関係性を鋭く穿つ。

肩書から逆算して家族の姿を構築していくというブラックなユーモアにあふれた「替え玉」、千羽のツルに込められた母の願いにも気づかず、奪い合い罵り合うことに躍起《やっき》になる息子たちを描いた「ツルの舞う家」をはじめ、家族の崩壊、喪失、齟齬《そご》といったモチーフは多くの短編に共通するものだ。主人公（とその友人たち）をほとんど無償でサポートしながら辛抱強く見守る表題作の両親でさえ、彼らの行動を本当の意味で理解できているわけではない。

「ゴー・ファイト・ウィン」のペニーはついに本心を打ち明けたものの、母親からは「わかってるわよ、そんなこと」という答えが返ってくる。「しばらくはわたしの気持ちがついていけないだろうけど、仕方ないでしょ？　それがわたしの受け入れていかなくちゃならないことなんだから」――たとえ生活を共にする家族であってもディスコミュニケーションは避けられない。あっけらかんと口をあける心の奥の空洞は、生まれてから死ぬまでずっと抱え続けなければならない。そうした〝孤独〟に対する鋭敏な感性と、透徹した視点がもたらす諦念《ていねん》こそが、この作品集に通底するテーマなのだ。

二〇二二年に邦訳が刊行されたウィルソンの長編『リリアンと燃える双子の終わらない夏』(*Nothing to See Here*, 2019) は、「発火点」と同様、興奮したり動揺したりすると文字どおり発火する特殊体質を抱えた双子をめぐって起こる騒動を描いた物語だ。血族の中で居場所を見つけられない双子の姿は、まさに前述の孤独と諦念の象徴でもある。また、モンスターにまつわる物語ばかり十六編も集めたオリジナリティあふれるアンソロジー『モンスターズ　現代アメリカ傑作短篇集』(B・J・ホラーズ編／古屋美登里訳／白水社) の中には、ウィルソンの初邦訳作品も所収されている。「いちばん大切な美徳」と題されたこの短編、なぜか突然、吸血鬼になることを宣言した娘をハラハラしながら見守る両親の姿が描かれる。ユーモアたっぷりの筆致の根っこに潜むのは、やはりディスコミュニケーションの悲哀と諦念だ。

けれどその諦念とは、相手を尊重する姿勢の上にこそ表れる。つまり〝理解〟と表裏一体のものであり、〝愛〟に限りなく近い場所にある。

「ぼくという人間に辛抱してくれている、リー・アン・クーチに」

妻に向けたこの献辞の一文を読んだとき、ああ、この作者は信頼できるな、と感じた。

完璧な共感などありえない。それでも、差異を受け入れた上で相手を思い遣ること。本作の中の主人公たちは、ひとりひとり孤独や喪失を抱えつつも、けっして穏やかな光を失わずにいる。彼らが胸の奥に隠し持つ、果てのない空洞――それは、他者に手を伸ばし、受け入れるための大切な余白なのだ。

収録作原題・初出情報

◇替え玉　Grand Stand-In
The Cincinnati Review　二〇〇五年・二巻二号
◇発火点　Blowing Up on the Spot
Ploughshares　二〇〇三―四年冬・九十二号
◇今は亡き姉ハンドブック：繊細な少年のための手引き　The Dead Sister Handbook：A Guide for Sensitive Boys
電子ジャーナル　DIAGRAM　6.1
◇ツルの舞う家　Birds in the House
The Greensboro Review　二〇〇五年秋・七十八号
◇モータルコンバット　Mortal Kombat
書き下ろし
◇地球の中心までトンネルを掘る　Tunneling to the Center of the Earth
The Frostproof Review　掲載号不明

◇弾丸マクシミリアン　The Shooting Man

Meridian　二〇〇三年秋／冬・十二号

◇女子合唱部の指揮者を愛人にした男の物語（もしくは歯の生えた赤ん坊の）　The Choir Director Affair（The Baby's Teeth）

The Carolina Quarterly　二〇〇四年冬・五十六巻一号

◇ゴー・ファイト・ウィン　Go, Fight, Win

書き下ろし

◇あれやこれや博物館　The Museum of Whatnot

書き下ろし

◇ワースト・ケース・シナリオ株式会社　Worst-Case Scenario

One Story　二〇〇四年・四十二号

本書は二〇一五年小社刊『地球の中心までトンネルを掘る』の文庫化です。

検印
廃止

訳者紹介　成蹊大学文学部卒業。英米文学翻訳家。訳書にウィングフィールド「クリスマスのフロスト」「フロスト日和」、ピータースン「幻の終わり」「夏の稲妻」、クラヴァン「真夜中の死線」、ウィルソン「リリアンと燃える双子の終わらない夏」など。

地球の中心まで
トンネルを掘る

2023年8月25日　初版

著　者　ケヴィン・ウィルソン
訳　者　芹《せり》　澤《ざわ》　恵《めぐみ》

発行所　(株)東京創元社
代表者　渋谷健太郎

162-0814/東京都新宿区新小川町1-5
電　話　03・3268・8231-営業部
03・3268・8204-編集部
URL　http://www.tsogen.co.jp
DTP　精　興　社
暁印刷・本間製本

乱丁・落丁本は、ご面倒ですが小社までご送付ください。送料小社負担にてお取替えいたします。

ISBN978-4-488-56805-4　C0197